Bettina Brömme

Schmetterlingsschrei

Weitere Titel in dieser Reihe:

Tamina Berger: Elfengift
Tamina Berger: Engelsträne
Ulrike Bliefert: Lügenengel
Ulrike Bliefert: Eisrosensommer
Ulrike Bliefert: Schattenherz
Bettina Brömme: Engelmord
Bettina Brömme: Frostherz
Bettina Brömme: Rachekuss
Bettina Brömme: Todesflirt
Beatrix Gurian: Nixenrache
Beatrix Gurian: Liebesfluch
Zara Kavka: Blütensplitter
Zara Kavka: Giftkuss
Zara Kavka: Höllenprinz
Krystyna Kuhn: Schneewittchenfalle
Krystyna Kuhn: Märchenmord
Krystyna Kuhn: Dornröschengift
Krystyna Kuhn: Aschenputtelfluch
Kathrin Lange: Schattenflügel
Kathrin Lange: Septembermädchen
Inge Löhnig: Schattenkuss
Manuela Martini: Sommerfrost
Manuela Martini: Sommernachtsschrei
Susanne Mischke: Nixenjagd
Susanne Mischke: Waldesruh

Bettina Brömme

Schmetterlingsschrei

Arena

FSC
www.fsc.org
MIX
Papier aus verantwortungsvollen Quellen
FSC® C110508

1. Auflage 2015

Einbandgestaltung: Frauke Schneider
Gesamtherstellung: Westermann Druck Zwickau GmbH
ISBN 978-3-401-60121-2

www.arena-verlag.de
www.arena-thriller.de
Mitreden unter forum.arena-verlag.de

1. Kapitel

Papa!«

Ihr Schrei scheint die Wände des Hauses erzittern zu lassen. Ihre Kehle fühlt sich rau an und ein Blick in das Gesicht ihrer Mutter zeigt ihr, wie laut sie ist. Dagmar hält die Hände auf die Ohren gepresst und die Augen geschlossen. Gelungene Vorstellung! Alice achtet nicht weiter auf sie und stürzt sich in die Arme ihres Vaters.

»Danke«, sagt sie. Ganz leise nun. »Vielen, vielen Dank! Du bist der beste Papa der Welt.«

Hardy schmunzelt. »Das am 17. Geburtstag seiner Tochter zu hören, kann nur bedeuten, in ihrer Erziehung doch nicht alles falsch gemacht zu haben. Oder, Dagmar? Was meinst du?«

Ihre Mutter setzt sich an den Frühstückstisch, auf dem die Kerzen der Geburtstagstorte Käse, Wurst, Marmelade, frisch gepressten Orangensaft und warme Brötchen beleuchten.

»Kommt ihr?«, fragt sie.

Alice hakt sich bei ihrem Vater ein und gemeinsam gehen sie zum Tisch. Sie legt den dicken Umschlag neben ihren Teller, um den Rosenblüten verstreut liegen. Dieses Jahr sind sie vanillegelb-rosé.

Alice ahnt, dass ihre Wangen glutrot leuchten, wie immer, wenn sie aufgeregt ist. Und verlegen.

»Das ist das tollste Geschenk, das ich je bekommen habe.«

Sie streichelt die Hand ihres Vaters und strahlt ihn glücklich an. Hoffentlich glaubt er ihr. Er sieht so stolz aus. Stolz auf sie, sein einziges Kind. Das genauso abenteuerlustig, wagemutig und unabhängig sein soll wie er selbst. Dabei aber bitte schön das kleine, anschmiegsame Papakind bleibt. Sie kann ihm unmöglich sagen, dass sie sich viel mehr über Karten für das Coldplay-Konzert im September in München freuen würde. Ein Fallschirmsprung – auweia! Aber wie immer wird sie ihn nicht enttäuschen. Ihre Reaktion auf das Geschenk scheint zumindest schon mal ziemlich überzeugend zu sein. Sie räuspert sich und trinkt einen Schluck Orangensaft.

»Danke, Mama«, zieht sie dann Dagmar ins Gespräch und fasst auch nach der Hand ihrer Mutter. Diese seufzt. Wieder einmal.

»Ich war ja dagegen, aber dein Vater ...«

»Bitte, Dagmar«, unterbricht Hardy. »Das Kind ist beinahe volljährig. In exakt einem Jahr können wir ihr sowieso nichts mehr verbieten. Wird Zeit, uns daran zu gewöhnen.«

»Ausgerechnet mit einem Fallschirmsprung? Komm, Alice, puste die Kerzen aus, das Wachs tropft schon auf den Kuchen.«

»Gleich«, erwidert Alice und holt den Gutschein erneut aus seinem Umschlag. Sie fährt mit dem Finger über das glatte Papier, als sei es ein kostbares Schmuckstück. »Geil, einfach nur geil! Ein Tandemsprung – echt mega!« Dann holt sie tief Luft und bläst die Kerzen aus. Alle 17. Ein Wunsch wird in Erfüllung gehen. Sie wird den Sprung überleben! Hoffentlich!

Sie steht vom Stuhl auf, legt die Arme um den Hals ihres Vaters und übersät sein Gesicht mit kleinen Küssen.

Seit Hardy vor einem Dreivierteljahr seinen ersten Sprung absolviert hat, hat er Alice immer wieder mitnehmen wollen, damit sie es ebenfalls ausprobieren kann. Aber Dagmar hat es kategorisch abgelehnt. Viel zu gefährlich, ist sie der Meinung.

»Wenn du einmal dabei wärst«, wird Hardy nicht müde, ihr zu erklären, »würdest du sehen, dass es eben *nicht* gefährlich ist. Die Sicherheitsvorkehrungen sind so umfassend, dass gar nichts passieren kann. Da gibt es Sportarten, die viel waghalsiger sind. Selbst Auto fahren ist unsicherer. Selbst fliegen!«

Aber Dagmar will sich nicht überzeugen lassen. Bei jedem seiner Versuche erinnert sie an den von ihm initiierten Surfkurs an der portugiesischen Atlantikküste vor drei Jahren, der damit endete, dass Alice, blutige Anfängerin, mit dem Board zu weit aufs Meer hinausgetrieben worden war. Ein Fischerboot musste sie einsammeln.

»Da war sie doch noch viel jünger«, hält Hardy Dagmar dann immer entgegen.

Wie es ihm jetzt gelungen ist, sich durchzusetzen, kann Alice nur ahnen. Wahrscheinlich hat er einfach Fakten geschaffen.

Es ist schon immer so gewesen. Dagmar sieht die Welt als gefährlichen Ort an, vor dem sie ihr kleines Mädchen beschützen muss, so gut es geht. Hardy dagegen begreift das Dasein als Abenteuerspielplatz, den es zu erkunden gilt. Vielleicht liegt es an seinem Beruf, dass er Risiken ausloten will, ist Alice irgendwann zu der Einschätzung gekommen. Als Pilot einer großen Passagiermaschine übernimmt er ständig immense Verantwortung und ist es gewohnt, dass man sich auf ihn verlässt. Wenn er sich auf eine Gefahr einlässt, dann nur, wenn er das Gefühl hat, sie im Griff zu haben – wie beim Fallschirmspringen.

Alice selbst fühlt sich noch lange nicht so weit. Weder bereit zum Fallschirmspringen noch dazu, sich mit Haut und Haaren auf die Welt da draußen einzulassen. Sie ist kein Alphamädchen, wie ihr Vater es gerne in ihr sehen will. Will sie auch gar nicht sein. Und Fallschirm springen steht nicht auf ihrem Plan.

Bisher hat sie nicht so deutlich gesagt, was sie von einem Sprung hält, ihren Vater aber gerne berichten lassen, was das Springen in ihm auslöst, und ihn dabei fasziniert angelächelt. Offensichtlich so überzeugend, dass er glaubt, ihr mit diesem Geschenk den größten Wunsch zu erfüllen.

»Du musst los«, erinnert Dagmar Alice und weist auf die Uhr über dem Backofen.

»Einmal noch«, antwortet Alice. »Morgen um die Zeit schlafe ich einfach weiter. Und träume von meinem ersten Sprung.«

Wie gut sie ihre Rolle spielt!

Irgendwie ist es cool, am letzten Schultag vor den Sommerferien Geburtstag zu haben. Richtigen Unterricht gibt es schon seit ein paar Tagen nicht mehr, auch wenn jeder Lehrer meint, ihnen sagen zu müssen, dass sie über die Ferien lernen sollen, weil das Abitur im kommenden Frühjahr kein Spaziergang wird. Heute nimmt sich Herr Schmitz Zeit, Alice gemeinsam mit dem Geschichtskurs ein Geburtstagsständchen zu singen, und sogar Hendrik, bemerkt Alice aus den Augenwinkeln, brummt verdruckst mit. Mit großer Ausdauer werden dann die Schokomuffins vertilgt, die Alice am Vorabend gebacken hat. Jeder erzählt ein bisschen, was er in den Sommerferien so vorhat, und irgendwann ist es elf und die Zeugnisse werden ausgeteilt.

Als sie vor dem Eingang stehen, schlingt Alice ihre Arme um Tessa, ihre beste Freundin, und drückt sie fest an sich. Sie werden sich fast sechs Wochen nicht sehen.

»Tut mir leid, dass wir schon heute nach Frankreich starten«, sagt Tessa. »Ich hätte gerne mit dir gefeiert. Und noch lieber hätte ich dir beim Springen zugeschaut. Das würde ich mich nie trauen! Ich hoffe, du kommst am Stück unten an!«

»Schauen wir mal!« Alice lacht und küsst ihre Freundin auf die Wange, bevor sie sich von ihr losmacht. »Wir feiern nach, wenn du zurück bist. Mir ist eh nicht so arg danach zumute. Ich wüsste gar nicht, wen ich außer dir einladen sollte ...«

»Ach, komm«, unterbricht Tessa sie. »Der hat es nicht verdient, dass du ihm nachtrauerst, der Depp.«

Sie beobachten den Typen in den knallengen Röhrenjeans und dem tief ausgeschnittenen, ärmellosen Shirt in Olivgrün, der auf dem Parkplatz sein Fahrrad aufschließt. Alice kann sich ein Seufzen nicht verkneifen.

»Süße«, Tessa streicht ihr sanft über den Arm. »Ich weiß, dass du ihn nicht betrogen hast. Wenn Hendrik dir nicht glaubt, heißt das, er hat kein Vertrauen – und ohne Vertrauen keine Beziehung. Also scheiß drauf!«

»Du hast ja recht. Aber trotzdem.« Alice muss die Tränen runterschlucken. Nicht heute. Heute ist ihr Geburtstag. Da wird sie nicht wieder weinen. Sie wird sehr bald über sich hinauswachsen und mit dem Fallschirm abspringen. Dann wird alles andere unwichtig sein, das liest man doch immer. Nur sie und der Himmel und die Freiheit.

»Dass er mir nicht glaubt, tut mehr weh, als dass er nicht mehr mit mir zusammen sein will«, stellt sie fest.

»Versteh schon.« Tessa hakt sie unter und sie gehen in Richtung des Fahrradparkplatzes. Hendrik ist irgendwo in dem kleinen Wäldchen, das an die Schule grenzt, verschwunden.

»Lass uns bei *Rosa* noch einen Kaffee trinken, ja? Ich schreib meiner Ma, dass es später wird«, schlägt sie vor. »Schließlich sehen wir uns jetzt ewig nicht – ich weiß gar nicht, wie ich das überstehen soll.«

»Ich auch nicht.«

Fast wirft Alice das Stück Papier aus ihrem Fahrradkorb achtlos beiseite, aber Tessa hält sie auf.

»Da steht was drauf – ein Geburtstagsgruß?«

Alice streicht das zerknitterte Blatt glatt. Die roten, krakeligen Buchstaben springen ihr beinahe ins Gesicht.

Happy Deathday, Schlampe! Verreck endlich!, steht da breit und fett und es sieht aus, als ob Blutstropfen aus den Worten herauslaufen. Tessa reißt Alice den Zettel aus der Hand, knüllt ihn zusammen und wirft ihn in hohem Bogen ins Gebüsch.

»Arschloch«, schreit sie, aber außer Alice hört sie niemand.

»Ich glaub, ich fahr doch lieber heim«, hört sich Alice sagen. Sie will allein sein. Ihre Knie zittern, was ihr furchtbar peinlich ist. Jetzt mit Tessa im Café zu sitzen und sich anzuhören, wie sich ihre Freundin auf den Tenniskurs in Biarritz freut, kann sie nicht ertragen. Und von Tessa gesagt zu bekommen, dass sie Hendrik einfach vergessen soll, ist noch schlimmer.

»Versteh schon«, sagt Tessa glücklicherweise und nach

einer langen Umarmung machen sich die zwei Freundinnen in entgegengesetzte Richtungen auf den Heimweg.

Im Haus ist es ganz still. Ihre Mutter ist vermutlich einkaufen oder beim Friseur oder sie sitzt bei Conny, ihrer besten Freundin, und heult sich darüber aus, dass Hardy ohne Rücksprache einfach diesen Tandemsprung-Gutschein besorgt hat.

Alice ist froh, dass sie mit niemandem reden muss, am allerwenigsten mit ihrer Mutter. Aus dem Briefkasten zieht sie einige Geburtstagskarten und setzt sich mit den Umschlägen auf die Terrasse, ein Glas Eistee neben sich. Sie nimmt einen großen Schluck und starrt gedankenverloren in den Garten. Im sanften Wind schwingt die alte Schaukel hin und her, als ob ein Kindergeist sie in Besitz genommen habe. Wann wird Hardy sie endlich abbauen, wie er es schon so oft versprochen hat?

Hendrik, denkt sie, Hendrik, wie konnte das passieren?

Vor drei Wochen erst tobten sie wie die Grundschüler durch den Garten, benutzten die Schaukel als Klettergerüst (was einen entsetzten Aufschrei ihrer Mutter provozierte) und Alice saß auf Hendriks Schoß und küsste ihn, während die Schaukel quietschend höher und höher schwang. Nur zwei Tage später machte Hendrik mit ihr Schluss. Er hatte ein Foto auf seinem Smartphone, das Alice zeigte. Alice in den Armen von Marvin, diesem Streber. Eine Fälschung – was sonst? Als ob sie den je küssen würde! Sie hat noch immer keine Ahnung, wie dieses Bild zustande gekommen ist. Sie beschwor Hendrik, ihr zu glauben, dass da jemand gebastelt, die Realität verfälscht, etwas erfunden hatte.

Aber Hendrik vertraute ihr nicht. Er war sowieso eifersüchtig, weil Marvin ihr gelegentlich in Physik half.

»Der starrt dich immer so an«, sagte er. »Das ist garantiert ein Perverser.« Alice ist klar, dass Marvin auf sie steht, aber genauso klar ist, dass sie nie im Leben auch nur Händchen mit ihm halten würde.

»Bestimmt hat er das Bild manipuliert, um uns auseinanderzubringen«, versuchte Alice, Hendrik zu überzeugen. »Du weißt ja noch nicht mal, wer dir das Foto geschickt hat.«

»Das muss ich gar nicht wissen«, antwortete er und blickte sie mit einem bisher unbekannten Ausdruck von Abscheu an. Dann löschte er vor ihren Augen ihre Kontaktdaten auf seinem Handy, drehte sich einfach um und ging. Und Alice stürzte in ein Meer der Trauer. Aß tagelang fast nichts, schrieb Seiten voller Klagen in ihr Tagebuch, weinte sich stundenlang bei Tessa aus und schlief nur mithilfe von Baldriantabletten, die sie aus der Nachttischschublade ihrer Mutter klaute. Sie sagte ihren Eltern nicht, warum sie sich nicht mehr mit Hendrik traf. Sie stellte es so hin, als wäre sie es, die Schluss gemacht hätte – was Hardy zu einer bewundernden Bemerkung über die erstaunliche Reife seiner Tochter verleitete. Keiner der beiden wollte ansonsten Genaueres wissen. Somit reiht sich Hendrik nun in die Reihe der bisherigen drei Freunde ein, die ihr Vater ebenfalls nicht mag, da er sie allesamt für unpassend hält und als seinem Mädchen hoffnungslos unterlegen ansieht.

Bald darauf gingen die Schmähungen und Beleidigungen durch Hendriks Freunde los. *So eine Bitch,* postete Pascal auf Facebook und veröffentlichte das gefälschte Bild gleich dazu. Einmal stellte ihr Matthias im Gang vor dem

Klassenzimmer ein Bein und lachte sich halb tot, als sie mitsamt ihrer Schultasche der Länge nach hinknallte. Ihr Fahrrad war mehrmals platt gewesen und dieser fiese Zettel heute in ihrem Korb passt genau zu den Aktionen der letzten Zeit. Wie gut, dass jetzt erst einmal sechs Wochen Ruhe sind. Nach den Ferien gibt es bestimmt neue Skandale, andere Aufreger und bessere Opfer als sie. Hofft sie.

Sie spürt, wie sich ihre Halsmuskulatur zusammenzieht und der Schmerz die Hirnschale hinaufzuklettern beginnt. Keine Kopfschmerzen am Geburtstag, fleht sie und trinkt den Rest Eistee. Sie beschließt, den Druck zu ignorieren, und öffnet die erste Geburtstagskarte. Ihre Patentante schickt ihr 20 Euro, wie lieb. Ihre kleinen Cousinen haben ein sehr süßes Bild gemalt und Großonkel Konrad schenkt ihr wie jedes Jahr einen Blumenscheck von Fleurop. Ihre Mutter hat ihr verboten, sich darüber lustig zu machen, und sie muss sich immer schriftlich für das langweilige Geschenk bedanken.

Auf dem letzten Umschlag klebt ein maschinengeschriebener Adressaufkleber. Wo der Brief aufgegeben ist, kann man nicht erkennen und ein Absender fehlt. Vielleicht eine Werbesendung?

Die Karte schlicht zu nennen, wäre übertrieben. Sie ist ganz einfach weiß, nichts steht darauf. Alice klappt sie auf. Und blickt auf ein Foto. Ein Foto von sich und ihren Eltern. Eigentlich. Sie will dieses Stück Papier von sich werfen, es davonflattern, irgendwo in der Tiefe des Gartens verschwinden sehen, als habe es nie existiert. Aber so angeekelt sie ist, sie kann den Blick nicht abwenden. Denn sie kennt dieses Bild, sie weiß sogar, wo im Fotoalbum es klebt. Alice ist darauf ein Jahr alt, es ist an ihrem ersten

Geburtstag aufgenommen worden. Sie sitzt auf dem Ehebett ihrer Eltern, ein buntes Klämmerchen im spärlichen Haar, strahlt in die Linse, streckt die Arme in Richtung des Fotografen und hat genau die gleichen roten Bäckchen wie heute, wenn sie aufgeregt ist. Links neben ihr liegt ihre Mutter, rechts daneben ihr Vater. Auch sie strahlen vor Glück. Doch auf diesem Abzug des Fotos ist alles anders. Dagmars Gesicht ist durch ein anderes, fremdes Frauengesicht ersetzt. Ein Gesicht, das zwar wunderschön ist, jedoch eine große Traurigkeit ausstrahlt, sehr abwesend wirkt. Und das ihres Vaters ist zerkratzt und wie mit Blutstropfen bespritzt.

»Schatz, bist du schon da?«, hört sie Dagmar aus dem Flur rufen. Instinktiv schiebt sie die Karte unter ihr T-Shirt. Es ekelt sie beinahe, das Bild mit dem blutverschmierten Gesicht auf ihrer nackten Haut zu spüren.

Es ist ja nur ein Foto, nur ein Foto, beschwört sie sich.

»Bin hier draußen«, ruft sie zurück. »Onkel Konrad hat wieder seinen Fleurop-Scheck geschickt.«

»Wie schön«, sagt ihre Mutter völlig ironiefrei und tritt auf die Terrasse. Für eine Sekunde hat Alice die Vision, Dagmars Gesicht sei auch im echten Leben durch das der Unbekannten ersetzt worden.

Den Nachmittag verbringt sie damit, im Schatten zu liegen und auf dem Tablet YouTube-Videos von Fallschirmsprüngen anzuschauen. Die Leute sehen nach der Landung alle sehr glücklich aus, macht sie sich Mut. Zum Feiern ist ihr noch immer nicht zumute. Nur beunruhigende Gedanken drehen in ihrem Hirn eine Runde nach der anderen. Gelegentlich schickt sie eine sehnsüchtige WhatsApp-Nachricht an Tessa, die aber bald schon die französische Grenze passiert haben wird und dann erst mal auf die teure Auslands-Internetverbindung verzichten muss. Wer weiß, wann sie sich wieder in einem kostenlosen WLAN-Netzwerk einloggen kann.

Dagmar hat beim Mittagessen versucht, Alices Laune mit deren Lieblingsessen etwas anzukurbeln, scheiterte aber kläglich. Alice stocherte in den Nudeln mit Gambas rum und bemühte sich, ihrer Mutter klarzumachen, dass sie unmöglich Pasta mit so viel Sahnesoße daran essen konnte. Nicht mal am Geburtstag. Und wie immer war Dagmar beleidigt und Alice hatte ein schlechtes Gewissen, wusste aber nicht, wie sie ihre Mutter besänftigen sollte. Wieso ist ihr Vater ausgerechnet heute zu einem Langstreckenflug aufgebrochen? Er wollte es vermeiden, aber ein Kollege ist krank geworden und Hardy musste übernehmen. Erst am Freitagabend wird er aus Mumbai zurückkommen.

»Am Samstag, Schatz«, hat er ihr versprochen. »Am Samstag kannst du deinen Sprung machen. Ich habe dich schon angemeldet! Und danach gehen wir essen und feiern deinen Geburtstag nach.«

Drei Tage also noch, in denen sie hauptsächlich grübeln wird – darüber, wie sie endlich mit Hendrik abschließen kann, wie sie den Fallschirmsprung abbiegt, aber vor allem darüber, wer ihr diese gruselige Geburtstagskarte geschickt hat.

Als sich ihre Mutter zu einem kleinen Mittagsschlaf hinlegt, schleicht Alice zu den Fotoalben im Wohnzimmer und zieht das rosafarbene mit den Schmetterlingen darauf hervor. Es ist furchtbar kitschig, wohl ein Geschenk zu ihrer Taufe. Hastig blättert sie es durch – überzeugt davon, dass das Foto ihres ersten Geburtstages fehlen wird. Ob es Hendrik bei einem seiner Besuche heimlich herausgerissen hat? Sie hat mit ihm einen ganzen Nachmittag lang in ihren Kinderbildern geblättert, weil sie irgendwann feststellten, dass sie in denselben Kindergarten gegangen waren. Die Vorstellung, als Dreijährige gemeinsam auf einem Bild zu erscheinen, hatte sie sehr amüsiert. Aber anscheinend gab es keines. Hendrik hatte sich bei ihren Babybildern halb totgelacht. Beinahe glatzköpfig und voller prächtiger Speckröllchen war sie, während er, behauptete er, schon als Baby einen Lockenkopf und stramme Muskeln besaß.

Sie zuckt zusammen, als ihr Handy klingelt, so versunken ist sie in das Betrachten der Bilder. Eine unterdrückte Rufnummer – ein geheimnisvoller Gratulant?

»Hallo?«

Stille.

»Hallo?«, fragt sie nach. Keine Reaktion.

Doch ehe sie das Handy vom Ohr nimmt, um aufzulegen, dröhnt die Musik los. Beinahe unmenschliche Schreie, schrille Gitarrenriffs und Schlagzeugbeats, als ob ein Psychopath von einem Teufel angestiftet wird, die Welt akustisch in die Luft zu sprengen. Mit zitternden Fingern schafft sie es, die Leitung abzuwürgen.

Hendrik? Ist es nicht langsam genug mit den Demütigungen?

Sie massiert sich die Schläfen und spürt, dass sie den aufwallenden Schmerz nur knapp bändigen kann. Ihr fällt es schwer, den Anruf zu verdrängen und sich wieder auf das Fotoalbum zu konzentrieren. Mit einem Mal fühlt sie sich so erschöpft. Vielleicht alles nur Zufall, gelangweilte Viertklässler, die einen Telefonstreich spielen. So ganz kann sie nicht daran glauben. Ein Rest Schmerz bleibt zwischen Schädel und Hals zurück, eine Warnung: Du kannst nie sicher sein. Sie gibt sich einen Ruck und blättert fahrig im Fotoalbum weiter.

Beinahe übersieht sie das gesuchte Bild. Aber da ist es. Und ihre Eltern sehen ganz normal aus. Keine ausgetauschten Köpfe, keine zerkratzten Gesichter, kein Blut. Hat er es einfach abfotografiert? Sie nimmt das Album mit in ihr Zimmer und zieht widerstrebend die Karte heraus, die sie ganz unten in ihrer Schreibtischschublade unter Unmengen von Kabeln, CD-Hüllen und vollgeschriebenen Notizbüchern versteckt hat. Instinktiv hat sie beschlossen, ihren Eltern die Karte nicht zu zeigen. Ihre Mutter würde sich sicher tierisch aufregen und ihr Vater Hendrik die Hölle heißmachen.

Das Foto ist direkt auf die Karte gedruckt worden und die Qualität ist erstaunlich gut. Aber wer sich heutzutage nur ein bisschen mit einem Bildbearbeitungsprogramm auskennt, der kann so etwas leicht herstellen. Was bezweckt der Absender mit diesem fiesen Bild? Ihr einfach den Geburtstag zu versauen? Sie zu verunsichern? Ihre Eltern in ein schlechtes Licht zu rücken? Wer mag nur diese fremde Frau sein?

»Was hast du da?«, hört sie plötzlich die Stimme ihrer Mutter dicht neben sich. Sie klappt die Karte zu und steckt sie zurück in den Umschlag.

»Hab nur meine Geburtstagskarten angeschaut.«

Glücklicherweise fragt Dagmar nicht weiter nach.

»Und jetzt zum Mutter-Tochter-Teil des Geburtstages«, sagt sie. »Wie wäre es mit einem Stadtbummel? Inklusive H & M, Desigual, Eisdiele und was immer du willst.«

Alice spürt ein Zucken um die Mundwinkel. Sie ist froh über jede Ablenkung.

»Okay.« Sie steht auf und schiebt die Karte zwischen die anderen. »Coole Idee.« Allemal besser, als hier vor lauter Grübeln in Depressionen zu verfallen.

2. Kapitel

Mehr als drei oder vier Stunden hat sie heute Nacht bestimmt nicht geschlafen. Aber als der Wecker – trotz Sommerferien – um sieben klingelt, steht sie blitzschnell auf. Unten in der Küche hört sie schon das Zischen der Kaffeemaschine. Hardy ist erst gestern Nachmittag aus Indien zurückgekommen, und auch wenn er mit Jetlags besser zurechtkommt als Normalsterbliche, ist ihr klar, dass er seit vier, fünf Uhr früh wach ist. In Indien ist man immerhin fünfeinhalb Stunden weiter als hier.

»Na, Große«, begrüßt er sie, als sie die Küche betritt. »Munter?«

Sie streicht sich die verwuschelten braunen Locken aus dem Gesicht und versucht, so fröhlich wie möglich dreinzublicken. »Absolut!«, sagt sie.

»Aufgeregt?«

»Nö, gar nicht.«

Er legt den Kopf schief. Sie hat zu dick aufgetragen.

»Na ja, ein bisschen.« Sie mopst sich die Cappuccinotasse, die gerade fertig gefüllt ist, und setzt sich damit an den Küchentresen.

»Ich finde es großartig, dass du dich traust.« Hardy grinst sein spitzbübischstes Lachen. »Du bist halt meine Tochter.«

»Für wann ist der Sprung gebucht?«, lenkt sie ab und rührt im Kaffee. Irgendwie verursacht ihr der Duft Übelkeit. Sie versucht, es zu ignorieren.

»Zehn, wir haben noch Zeit. Am besten, du ziehst bequeme Klamotten an. Ich schmiere uns ein paar Brote für später.«

Sie ist ihm dankbar, dass er sie nicht auffordert, jetzt etwas zu essen. Sie brächte keinen Bissen herunter. *Keep cool,* denkt sie, aber das Poltern in ihrem Herzen wird immer stärker.

»Wie ging's dem Kopf die letzten Tage?«, fragt er. Sie nickt. Den kleinen Anfall von gestern wird sie nicht erwähnen, sonst macht er sich wieder Sorgen, wird den Sprung für heute absagen wollen und ist dann gleichzeitig enttäuscht. Ach, es ist kompliziert.

Alice hat mit 14 die ersten Migräneanfälle erlitten und von Nachmittagen in dunklen Zimmern mit Entspannungsübungen über Homöopathie und Biofeedback bis hin zu Hypnose alles versucht, um die Schmerzen in den Griff zu bekommen. Phasenweise geht es ihr wochenlang gut – dann, wie aus heiterem Himmel, prasselt ein Anfall nach dem anderen auf sie nieder. Oft sogar eher, wenn der Stress nachlässt. Ferien sind ihre klassische Zeit für Migräneanfälle. Heute allerdings nicht!

Sie schiebt die Kaffeetasse von sich und greift nach ihrem Handy, das zum Aufladen auf der Küchentheke liegt. Sie checkt, ob irgendwelche Nachrichten gekommen sind. Keine. Zum Glück. Seit ihrem Geburtstag hat es noch vier, fünf Anrufe gegeben, bei denen die Nummern unterdrückt waren. Sie konnte auf weitere infernalische Musikattentate verzichten und war nicht drangegangen. Nur einmal hat sie mehr aus Versehen ein Gespräch angenommen, aber es hat sich niemand gemeldet. Sie schiebt das Handy in ihren Rucksack, der neben der Theke liegt.

»Ich mach mich mal fertig.« Sie steht auf und lächelt tapfer. Es kostet sie große Anstrengung, so zu tun, als freue sie sich auf den Sprung. Jetzt erscheint ihre Mutter mit grauem Gesicht im Türrahmen.

»Lass dich noch mal drücken!«, sagt Dagmar beinahe theatralisch, als sei es ein Abschied für immer. Sie klammert sich regelrecht an ihre Tochter. Alice macht sich schnell von ihr los, nicht ohne Hardys spöttischen Gesichtsausdruck zu bemerken. Den sie auch etwas übertrieben findet.

»Willst du nicht doch mit?«, fragt Hardy.

»Das schaue ich mir sicher nicht an«, sagt Dagmar tonlos und geht zurück Richtung Schlafzimmer.

»Komm, Alice, mach«, drängt ihr Vater nun und deutet Richtung Bad. Als sie sich in der Tür zu ihm umdreht, tippt er eine SMS in sein Handy und lächelt dabei mit diesem milden, generösen Blick, den sie manchmal liebt, manchmal hasst. Wen – außer ihr – bedenkt er mit diesem Ausdruck?

Im Flur stolpert Alice über die coolen Bikerboots, die sie mit Mama an ihrem Geburtstag in der Stadt gekauft hat. Die wird sie anziehen. Die werden ihr Halt geben. Ganz bestimmt.

*

Querida Mamá,

ich hoffe, es geht dir gut. Ich denke jeden Tag an dich und vermisse dich noch immer sehr. Aber mach dir keine Sorgen um mich, ich komme schon klar. Du würdest dich freuen zu sehen, wie schön der Ginkgobaum an Omas und Opas Grab wächst. Ich gehe sie oft besuchen, wenn es die

Zeit erlaubt. Ich arbeite sehr viel, aber es macht mir Spaß. Die Leute sind nett zu mir. Keiner lacht mich aus. Und stell dir vor: Das Mädchen wird auftauchen! Ich glaube, es wird mich mögen. Ich werde mich darum bemühen. Liebste Mama, ich werde Vater von dir grüßen, ganz bestimmt. Und ich schreibe dir bald wieder.

In Liebe
dein einziges Kind

PS: Das Foto habe ich aus seinem Album abfotografiert. Es war ganz einfach, niemand hat es bemerkt. Ich will dich damit nicht kränken, aber du sollst sehen, dass ich recht habe mit dem, was ich tue.

*

Das Gelände der Sprungschule liegt mit dem Auto etwa 20 Minuten von der Stadt entfernt. Sie passieren kleine Dörfer, die Alice allesamt nichts sagen. Ihr Vater scheint sich auszukennen, er benutzt kein Navi und zögert trotzdem an keiner der vielen Abzweigungen. Ist er nicht erst drei oder vier Mal hier gewesen? Da seine freien Tage nicht an das Wochenende gebunden sind, ist er unter der Woche zum Springen gegangen.

Alice war ganz froh, dass sie ihn wegen der Schule nicht begleiten konnte.

Von Weitem sieht sie über den wogenden Weizenfeldern nur den weißen Buckel einer hässlichen Industriehalle aufragen. Unter diesem Blechdach soll eine Fallschirmsprungschule sein?

Je näher sie kommen, umso mehr Gebäude entdeckt sie. Sicher sind dort die Flugzeuge untergebracht, wenn sie nicht benötigt werden. Auf einem unbefestigten Parkplatz stehen schon eine ganze Menge Autos, manche von ziemlich weit her. *Himmelstaucher – Skydiven ohne Limit* prangt in einer wolkig-blauen Schrift auf einem großen Schild, das an einer der Hallen hängt. Daneben das überdimensionale Foto eines grinsenden, bärtigen Mannes, dessen Augen beinahe komplett hinter einer Sprungbrille verborgen sind und der neben seinem Gesicht einen ausgestreckten Daumen in die Kamera hält.

»Das ist Jürgen, der Chef«, erklärt Hardy und steuert einen der letzten freien Parkplätze an. »Der hat schon über 7.000 Sprünge auf dem Buckel.«

Sie steigen aus und Alice läuft zögerlich hinter ihrem Vater her, der genau zu wissen scheint, wohin es geht. Soll sie nicht doch darum bitten, umzukehren und heimzufahren? In der Luft hängt der schwere Geruch von Kerosin. Schlimmer als an einer Tankstelle. Ihr wird beinahe etwas schwindelig. Echter Kopfschmerzgeruch! Vor der zur Landebahn hin komplett offenen Halle stehen auf einem schmalen, geteerten Streifen ein paar niedrige anthrazitfarbene Loungesessel aus Plastik. Daneben ein umgebauter Wohnwagen, in dem jemand eine Imbissküche eingebaut hat. *¡Viva el paracaidismo!* steht in großen grünen Lettern darüber. »Es lebe das Fallschirmspringen«, reimt sich Alice mit ihren geringen Spanischkenntnissen zusammen.

Über die erstaunlich kurze Landebahn – die aus nichts als einer langen, ebenen Grasfläche besteht – rattert gerade ein Flugzeug. Oder das, was sie hier so nennen. Der Lärm ist ohrenbetäubend. Der lächerlich winzige Propeller dreht sich rasend schnell und nach wenigen Metern steigt die kleine Maschine leicht schwankend auf in die Luft. In so was soll sie sich reinsetzen? Alice ist oft mit ihrem Vater in einer großen Chartermaschine geflogen und es kommt ihr vor wie Bus fahren. Aber das hier? *Never. Ever.*

Etwa 30 Menschen stehen in der Halle herum. Manche noch in Alltagsklamotten, andere schon in der Springermontur. Auf dem Boden hocken zwei Jungs, kaum älter als sie selbst, schätzt Alice, die riesige Fallschirme sehr konzentriert zu handlichen Päckchen zusammenrollen.

»Hi, Hardy«, ruft eine junge Frau mit streng nach hinten gebundenen Haaren ihrem Vater zu und begrüßt ihn mit einem Kuss auf die Wange. »Ist es endlich so weit?«

Hardy grinst und schiebt seine Tochter ein wenig vor sich. »Alice, das ist Luna. Meine Kollegin, ich hab dir von ihr erzählt. Sie arbeitet hier nebenbei als Sprunglehrerin.«

»Hi«, sagt Luna und hält Alice die Hand hin. Schnell ergreift sie sie.

»Alice brennt darauf zu springen. Sie kommt ganz nach ihrem Vater«, sagt Hardy mit beinahe vor Stolz geschwellter Brust. Megapeinlich!

»Schön, dass du dich traust. Finde ich super!« Luna scheint keine Zweifel zu haben. »Du wirst es nicht bereuen. Es ist einfach ... das Geilste, was es gibt.«

Lunas Name kommt Alice tatsächlich bekannt vor. Ist Luna nicht Flugbegleiterin? Sie sieht noch so jung aus und trotzdem gibt sie hier schon Unterricht. Sie muss früh mit dem Fallschirmspringen angefangen haben.

»Komm erst mal mit zum Manifest, da melden wir dich an.« Sie dirigiert Alice und Hardy zu einem Tresen, auf dem diverse Computer aufgebaut sind. Darüber hängt eine riesige Videoleinwand, auf der stumm Filme von Fallschirmsprüngen und begeisterten Menschen laufen. Ein Hoffnungsschimmer keimt in Alice auf.

Hardy ist bei einem mittelalten Mann hängen geblieben und begrüßt ihn ausgiebig. Vermutlich Jürgen, der Chef. Zumindest ähnelt er dem Menschen auf dem Plakat draußen sehr. Alice stellt sich neben Luna an den Tresen, gleich an der rückwärtigen Wand der Halle, wo ein weiterer Mitarbeiter sich an einem der Computer zu schaffen macht. Was wird jetzt passieren? Ängstlich stopft Alice ihre Hände in die Hosentaschen. Sie hat gar nicht gemerkt, wie sie vor lauter Nervosität ihre Finger durchgeknetet hat.

Der Typ hinter dem Monitor hebt endlich den Kopf, wobei er sich seine dunklen Locken zurückstreicht, und Alice spürt, wie ihre Knie zu zittern anfangen. Nicht nur, weil es jetzt ernst wird. Der Typ hat die unglaublichsten braunen Augen, die sie je gesehen hat. Groß und intensiv und das Lächeln seines Mundes schafft es auf eine aberwitzige Weise, sich in ihnen zu spiegeln.

»Hallo«, sagt er freundlich. »Du bist Alice, oder? Ich habe deine Daten hier schon auf dem Schirm.« Er dreht den Monitor so, dass sie etwas erkennen kann. Da – tatsächlich: *Lift 4* steht dort, *Platz 7: Alice Bohrmann.* Alice bringt keinen Ton über die Lippen und starrt zwischen dem Typen und dem Bildschirm hin und her. Alles Blut sackt aus ihrem Hirn in die Wangenpartie ab und färbt sie krebsrot. Zumindest fühlt es sich so an.

»Aufgeregt?«, fragt er. Jetzt fällt ihr auf, dass seine dunkle Stimme perfekt mit der warmen Farbe seiner Augen harmoniert.

»Geht so«, stammelt sie.

»Ich war vor meinen ersten Sprüngen auch megaaufgeregt«, erzählt Luna. »Die ersten beiden Male bin ich mit dem Absetzflugzeug wieder runtergekommen – ich hab's einfach nicht über mich gebracht. Im Gegensatz zu Sky ...« Sie weist auf den Typen hinter dem Tresen. »Der hat am ersten Tag schon gleich fünf Sprünge gemacht, weil er gar nicht genug bekommen konnte.«

»Vier«, korrigiert Sky sie und grinst weiter Alice an. »Du wirst es mögen. Ich bin total sicher.«

Sky – der Name passt ja super. Sie muss sich zwingen, ihn nicht völlig bescheuert anzustarren.

»Bist du mein Tandem ... äh, Partner?«, hört sie sich fragen, und wenn sie gedacht hat, ihr Kopf könne nicht noch röter werden, dann wird sie jetzt eines Besseren belehrt.

»Dein Master«, lacht er. »Aber nicht heute.«

»Ich werde mit dir springen«, antwortet Luna lächelnd. Für eine Sekunde hat Alice den Eindruck, Skys Augen verfinstern sich ein wenig.

»Na, alles klar?« Ihr Vater tritt ebenfalls an den Tresen und hebt die Hand grüßend in Richtung Sky. Der fixiert Hardy durchdringend.

»Deine Tochter sieht dir ganz schön ähnlich«, sagt er und wendet sich wieder dem Computer zu.

»Gute Gene«, antwortet Hardy und klopft Alice auf den Rücken. Sie macht sich los.

»Komm!« Luna führt Alice in eine Art Garderobenbereich, wo an Haken eine ganze Reihe hässlich-beigefarbener Fallschirmoveralls hängen. Sie sehen riesig aus. Sie wird glatt darin ertrinken. Daneben steht ein Regal voller Helme, Sprungbrillen und Höhenmesser sowie ein Gestell, an dem das Gurtzeug aufgereiht ist. Ein orangefarbenes

Schild springt Alice ins Auge: *Danger!* ist sehr dick und knallorange darauf geschrieben. Auweia!

Mit kurzen, prüfenden Seitenblicken auf Alice sucht Luna die verschiedenen Ausrüstungsgegenstände zusammen und drückt Alice ein Teil nach dem anderen in die Arme. Puh, ganz schön schwer. Sie finden einen freien Platz auf einem der schäbigen Sessel, die an den Längsseiten der Halle aufgereiht stehen, wo sie alles zwischenlagern. Alice sieht sich nach ihrem Vater um, aber der ist schon wieder ins Gespräch mit diesem Jürgen vertieft. Als sie zum Tresen blickt, meint sie, ein Lächeln in Skys Gesicht zu erkennen. Ob das ihr gilt? Sie hat sich fest vorgenommen, nach der Pleite mit Hendrik erst mal Abstand von männlichen Wesen zu halten. Doch dieser Sky ... Wow!

»Alice?«, reißt Luna sie aus den Gedanken. »Schau, da drüben guckst du dir jetzt ein kurzes Video über die Sicherheitsvorkehrungen und den Ablauf des Tandemsprungs an. Bevor es ernst wird, üben wir noch auf dem Trockenen. Alles klar? Ich bin da, wenn was ist.« Sie zeigt in Richtung Manifest, wie der Empfangstresen wohl genannt wird.

Alice nickt nur ergeben und lässt sich auf einen Klappstuhl vor der Videoleinwand fallen. Von dem etwa zehnminütigen Film bekommt sie allerdings nicht allzu viel mit. Immer wieder wandert ihr Blick zu Sky, der mit Luna lacht, freundlich neu ankommende Springer begrüßt und sich am Computer zu schaffen macht. Herrje, was für ein gut aussehender Typ. Sie überlegt, ob sie heimlich ein Foto von ihm machen kann, um es an Tessa zu schicken. Doch das Handy liegt mit den übrigen Sachen am anderen Ende der Halle in ihrem Rucksack. Na ja, vielleicht wird es sich später ergeben.

Alice ist froh, dass ihr Luna kurz nach dem Film hilft, den riesigen Overall – »wir sagen Kombi« – anzuziehen. Wenn sie es richtig verstanden hat, kann beim Springen wirklich nichts passieren. Es gibt sogar einen Sicherheitsfallschirm, der sich ab einer bestimmten Höhe von alleine öffnet – falls der Springer sich beim Ausstieg den Kopf am Flugzeug stößt und ohnmächtig vom Himmel fällt. Aber das würde ja eh nicht geschehen ... Und wenn doch?

»Hey, meine Hübsche, cool siehst du aus«, ruft Hardy und macht einige Fotos mit dem Handy. »Dann kann's ja jetzt losgehen. Ich bin so stolz auf dich!«

Alice nickt tapfer. Wie gerne würde sie sich die fremden, kratzigen Klamotten vom Leib reißen. Aber sie ist es gewohnt, ihren Vater nicht zu enttäuschen. Unter keinen Umständen!

»Wir sehen uns am Landeplatz«, sagt Hardy völlig ruhig.

Sie holt tief Luft, drückt ihm einen Kuss auf die Wange und dann fasst Luna sie schon am Ärmel und zieht sie hinaus aus der Halle, auf dieses winzige Flugzeug zu, das beim ersten Windhauch sicher ins Trudeln gerät, auseinanderfällt, abstürzt. Wie kann Luna nur so lässig und locker in die Sportmaschine einsteigen? Irgendwie sieht die Kiste aus, als habe sie jemand aus einem Stecksatz zusammengebaut. Das Cockpit wirkt verlottert, die Hebel, Schalter und Anzeigen vermitteln den Eindruck, als seien sie nur Attrappen, der Pilotensitz zerschlissen.

Luna, die dicht bei ihr bleibt, sagt irgendetwas, was Alice in dem Lärm nicht versteht. Auf der schmalen Bank sitzen schon drei andere Paare. Man kann genau sehen, wer der Master und wer der – Alice muss lächeln, obwohl ihr gar nicht danach zumute ist –, wer der Sklave ist. Die Master wirken entspannt, ja vorfreudig, selbstsicher. Die Sprungschüler dagegen wie völlig neben sich stehend. Ein Typ wirkt versteinert, eine Frau redet, ohne Luft zu holen, und Nummer drei schüttelt unentwegt den Kopf, die Lippen zusammengepresst. Wie sie selbst wohl aussieht?

Als das Flugzeug nach sehr kurzem Anlauf abhebt, fühlt sich Alice, als bekomme sie einen Schlag in den Magen. Sie starrt panisch aus dem Fenster, sieht ihren Vater winken und dort, neben dem Küchenwagen, steht da nicht Sky und sieht ihr nach? Es ruckelt und schwankt, die Maschine steigt steil in die Luft und sie wird an ihren Nebenmann gepresst, der so blass ist, als würde er sich gleich übergeben. Luna fummelt an irgendwelchen Leinen und Gurten herum, schließt hier einen Karabiner, dreht dort an einem Verschluss. Dann fordert sie Alice auf, die Brille aufzusetzen, die altmodisch anmutende Lederkappe unterm Kinn zu schließen, die Handschuhe überzustreifen und sich bereit zu machen.

»Tief atmen«, rät sie.

Auf einmal drosselt der Pilot den Schub und die Motorengeräusche werden merkwürdig leise. Alice klammert sich an ihr Gurtzeug. Sie werden abstürzen, ganz bestimmt. Aber der Pilot dreht sich fröhlich zu ihnen um und ruft: »Exit!«

Ein eiskalter Luftzug fährt in die Maschine und das erste Paar robbt über den Boden zu der nun offenen Ausstiegsluke. Alice erkennt die ständig quasselnde Frau, der es endlich die Sprache verschlagen hat. Sie schwingt die Füße auf das außen liegende Trittbrett, öffnet den Mund, doch da stößt sich ihr Tandemmaster schon am Ausstieg ab und die beiden sausen in die Tiefe.

Nein, denkt Alice. Nein, ich will das nicht. Ich hab Angst! Ich überleb das nicht.

»Klar, das wirst du«, hört sie Luna dicht an ihrem Ohr. Hat sie laut gesprochen? »Auf geht's!«

Luna drückt sie auf den Boden des Flugzeugs und gemeinsam robben sie auf dem Po in Richtung der Tür. Der Luftzug wird immer stärker, der Wind schneidet ihr eisig ins Gesicht. Wenn es hier schon so kalt ist ... Sie spürt die Metallstange des Trittbrettes unter ihren Füßen. Um sie herum sind Wolken, kleine, feine, die vorhin noch nicht da gewesen sind. Ist es nicht gefährlich, ohne Sicht zu springen? Droht gar ein Gewi...

Und dann fällt sie.

Sie hat sich nicht einmal abstoßen müssen, nicht überwinden, gar nichts. Luna hat das alles für sie gemacht. Sie quasi rausgeschubst. Alice spürt die beruhigende Nähe des Tandemmasters auf ihrem Rücken. Luna hält ihr den ausgestreckten Daumen vor die Nase und Alice nickt. Ja, tatsächlich, alles okay. Sie atmet ruhig und gleichmäßig. Sie hat instinktiv die Arme ausgebreitet wie ein Vogel seine Flügel. Und ihr wird klar, dass sie gar nicht fällt. Nicht mehr, nicht wirklich. Sondern dass sie fliegt. Auf dem Wind, der Luft, durch das Grau der Wolke, die sie jetzt passieren. Kleine Wassertröpfchen schneiden ihr in die Haut wie eine Eisdusche, aber schon wird die Sicht wieder klar und sie erkennt, noch immer weit unter sich, den Flickenteppich der Felder, Wälder und Dörfer.

Und mit einem Mal spürt sie – Glück. Nichts anderes. Sie will nicht landen. Sie will hier oben bleiben. Dem Rauschen des Windes lauschen, die Weite bis in die tiefsten Fernen erkunden und sich für immer so leicht und frei fühlen wie nie zuvor. Alice stößt einen Juchzer aus und merkt, wie ihr Luna über die Lederkappe streicht, als sage sie: »Siehst du! So schön ist das! So schön!«

Alice hat den Zeitbezug verloren und bekommt einen Schreck, als der sich öffnende Fallschirm das Tempo abrupt drosselt. Das ist eine Minute freier Fall gewesen? Es kommt ihr viel kürzer vor. Oder viel länger. Das kann sie gerade nicht entscheiden. Sie fühlt sich völlig geborgen in diesem nun ruhigen Gleiten. Sie spürt das Leben selbst in ihren Adern pulsieren und meint, ihre Augen seien plötzlich so scharf wie die eines Adlers. Jedes Detail, jeder Baumwipfel, die unterschiedlichen Grünschattierungen des Hochsommers, die dunklen Bänder der Straßen – alles scheint ihr so kontrastreich, so nah und so weit fort zugleich.

Doch unaufhaltsam nähern sie sich dem Boden. Schon ruft Luna: »Denk dran, die Beine anzuziehen!«, und die Felder werden größer. Sie werden gleich die Maispflanzen mit den Füßen berühren, aber Luna zieht so geschickt an den Schnüren, dass sie sich eindrehen und nun der Landeplatz direkt unter ihnen liegt. Alice hält die Beine angewinkelt, die Wiese kommt näher und sie nimmt so elegant im Gras Platz, als handele es sich um ein Sofa. Kurz spürt sie Lunas Gewicht auf ihren Schultern, doch dann hat sich ihr Tandemmaster abgefangen. Mit einem sanften »Hach« landet der Fallschirm hinter ihnen.

Alice bleibt einen Moment sitzen, während Luna sie von sich losmacht.

»Und?«, fragt die junge Frau erwartungsvoll und hält Alice ihre Hand hin, damit sie sich hochzieht. »Ich seh schon, ich muss gar nicht fragen.« Sie lacht und Alice kommt mit einem kleinen Hüpfer auf die Beine. Hinter Luna taucht Hardy auf.

»Papa«, schreit Alice, völlig außer sich. »Es war geil! Es war so geil!« Darüber, ihn nicht anlügen zu müssen, ist sie beinahe genauso glücklich wie über den Sprung selbst. Sie rennt auf ihn zu, packt ihn um die Hüften und dreht sich mit ihm im Kreis.

»Noch mal, noch mal«, ruft sie. »Darf ich gleich noch mal? Bitte! Es war so schnell vorbei. Viel zu schnell!«

Hardy lacht sein generöses Lachen und tätschelt ihre Schulter. »Freut mich, dass es dir gefällt.«

»Gefällt? Es ist das Beste, was ich in meinem ganzen Leben erlebt habe! Das Allerbeste! Ehrlich! Danke, danke, danke!«

»Schade, dass Mama nicht dabei war«, sagt Hardy und legt seinen Arm um Alice. Im Vorbeigehen berührt er Luna kurz an der Schulter. »Danke, dass du auf mein kleines Mädchen so gut aufgepasst hast«, sagt er. Luna nickt und gemeinsam gehen sie zu dem klapprigen VW-Bus, der sie vom Landeplatz zurück zur etwa 800 Meter entfernten Halle bringen wird.

»Ich muss laufen«, entscheidet Alice und wirft ihr Gurtzeug, Brille, Helm und Handschuhe in den Bus. »Ich kann jetzt nicht still sitzen.«

Luna und Hardy grinsen verständnisvoll und Alice macht sich auf den kurzen Weg. Sie rennt, es tut so gut, die Muskeln zu fühlen, den Atem, das Keuchen zu hören. Sie kann sich nicht erinnern, wann sie das letzte Mal so glücklich war. Mit einem Mal kommt ihr alles so lächerlich vor, worüber sie sich aufgeregt hat. Hendrik? Wer bitte ist Hendrik? Irgendein Gnom, dem sie nicht länger hinterherweinen wird. Vor ihr liegen sechs Wochen Sommerferien, und wenn sie auf die Schnelle noch einen Ferienjob findet, dann wird sie mit dem Geld nicht nach Mallorca fliegen, wie einige ihrer Klassenkameraden das vorhaben, nein, dann wird sie springen! Fallschirm springen, wieder und immer wieder. Sie hätte niemals geglaubt, dass es so großartig ist, und jetzt – jetzt ist sie ihrem Vater wirklich dankbar. Vielleicht kann sie doch so stark, so selbstbewusst und abenteuerlustig werden, wie er sich das vorstellt. Sie breitet die Arme aus, so wie sie es ganz da oben im Himmel getan hat, vier Kilometer über dem Erdboden – aus dieser Höhe ist sie abgesprungen. 4.000 Meter! 4.000! Es ist unfassbar! Warum ist Tessa jetzt nicht da? Aber der wird sie später Fotos schicken.

Als sie um die letzte Ecke biegt, sieht sie vor der Halle als Erstes Sky stehen. Er sieht ihr entgegen, grinst breit und sie meint, das Braun seiner Augen bis zu sich hinüberleuchten zu sehen. Sie rennt weiter, obwohl sie schon völlig außer Atem ist. Es ist egal.

»Wie war's?«, ruft Sky ihr zu und sie läuft noch schneller.

Als würden sie sich ewig kennen, breitet Sky seine Arme aus und Alice fliegt hinein. Er hebt sie hoch und sie drehen sich ein paar Runden wie betrunken. Behutsam setzt er sie auf dem Boden ab.

»Scheint dir Spaß gemacht zu haben«, sagt er und seine Augen sind dicht vor ihren. Alice keucht und mit einem Mal schießt ihr das Blut in den Kopf, wieder einmal. *Oh, my god,* denkt sie nur. Ich kenn den Typ doch gar nicht, was mache ich da? Aber sie beschließt, dass heute ein besonderer Tag ist und man da auch mal besonders ausgelassen sein darf.

»Ich möchte gleich noch mal«, sagt sie und spürt, wie schwer es ist still zu stehen. Er wuschelt ihr durch die Haare.

»Das kann ich gut verstehen.« Dann hebt er den Kopf, offenbar nähert sich ihnen jemand. »Hier hat sich eine einen Virus eingefangen, einen unheilbaren, fürchte ich.«

Hardy und Luna bleiben neben Alice stehen und Hardy legt seinen Arm um seine Tochter. Er küsst ihre Schläfe und streichelt ihr über die Wange.

»Oje, das wird ein teures Hobby.« Er stöhnt laut auf. »Na ja, bin selbst schuld.«

»Das heißt ...« Alice trippelt mit beiden Füßen auf dem Boden. »Das heißt, ich darf noch mal?«

»Bestimmt. Aber nicht heute«, schränkt ihr Vater ein.

»Och, bitte ...«

»Nee, wir wollen doch nachher zur Feier des Tages bei *Benedetto* eine Pizza essen gehen. Ich hab einen Tisch bestellt, das wird zeitlich alles zu eng sonst.«

Alice zieht ein Duckface. Warum ist er immer resistent gegen ihre Überredungskünste?

»Komm, Alice, wir schneiden dein Video. Und deine Urkunde bekommst du auch«, lockt Sky sie fort. Alice geht hinter ihm her in Richtung Manifest und hat das Gefühl, mindestens zwei Zentimeter gewachsen zu sein.

Kurz darauf lässt Sky das Video über die große Leinwand ablaufen. Alice lacht sich halb tot, als sie ihr schreckensstarres blasses Gesicht direkt vor dem Absprung sieht. Und sie erkennt, wie sich ihre Züge entspannen, als sie im Freiflug ist. Sie presst die Urkunde an ihren Bauch – diesen Beweis, dass sie sich getraut hat, dass sie mutig ist, kann sie jedem unter die Nase halten. Jedem.

Hardy kommt mit dem Handy am Ohr auf sie zu.

»Sag deiner Mutter, dass es dir gut geht«, raunt er. Alice greift nach dem Telefon und geht ein paar Schritte beiseite.

»Mama?«, fragt sie. »Ja, Mama, es war mega! Absolut der Hammer! Einfach unglaublich.«

»Echt jetzt?« Sie hört ihre Mutter stöhnen. Kann sie sich nicht einmal mit ihrer Tochter freuen? Muss sie immer an allem etwas auszusetzen haben? Ärgerlich reißt Alice eine kleine Ecke eines Flyers ab, der vor ihr an einer Pinnwand hängt.

»Vielleicht kommst du ja das nächste Mal mit?«

»Welches nächste Mal? Alice, da reden wir noch drüber«, wird Dagmars Stimme laut.

»Ich kann dich nicht mehr verstehen«, behauptet Alice und kappt die Verbindung. Vergiss es, redet sie sich gut zu. Lass dich heute nicht ärgern. Lass es dir nicht kaputt machen. Nicht von ihr! Nicht heute!

Sie versucht, ihre Wut herunterzuschlucken, und starrt auf die kleinen und größeren Zettel, die an der Pinnwand hängen. Ein neuer Ausbildungslehrgang wird angekündigt, gleich am Montag geht es los. Menschen, die Fallschirme zu verkaufen haben, ebenso wie solche, die günstige Helme oder Brillen suchen, haben hier ihre Zettel aufgehängt. Und dann pinnt da noch einer.

Aushilfe gesucht. Wer (Schüler, Student) hat Lust, uns zu unterstützen – am Manifest, beim Packen, beim Videoschnitt? Gute Bezahlung plus preiswerte Sprünge inklusive. Für weitere Infos fragt Jürgen, steht da.

Ohne nachzudenken, reißt Alice den Zettel ab. Sie gibt Hardy im Vorbeigehen sein Handy zurück und stürmt direkt auf Jürgen zu.

»'tschuldigung«, ruft sie und wedelt mit dem Wisch.

»'tschuldigung, aber ich ...«, sie gerät ins Stocken. Was tut sie da?

Jürgen dreht sich mit belustigtem Ausdruck im knorrigen Gesicht zu ihr.

»Ja? Suchst du einen Ferienjob?«

Sie versucht zu lächeln und nickt. Presst die Lippen fest zusammen. Das ist ihre Chance. »Ja«, sagt sie schließlich. »Und wie!«

Hardy taucht neben ihr auf, zieht ihr den Zettel aus der Hand und überfliegt ihn.

»Och, nö«, sagt er nur. Jürgen sieht ihn fragend an.

»Bist du schon volljährig?«, will er dann von Alice wissen. Sie lässt den Kopf hängen und schüttelt ihn.

»Dann muss er entscheiden.«

Hardy starrt kurz an die Hallendecke, von der irgendwelche Gerüste mit zerknuddelten Fallschirmen daran hängen.

»Bitte«, hört sie ihn flüstern. »Muss das sein?«

»Och, Papa!« Alice vergisst jede Form von Diplomatie. »Nur weil wir nicht in den Urlaub fahren, heißt das noch lange nicht, dass ich mich sechs Wochen langweilen muss. Bitte, komm schon! Ich würde was Sinnvolles tun. Ich würde was lernen. Dir macht es doch auch Spaß! Und irgendwann können wir mal zusammen springen, bitte!«

»Bin ich froh, dass ich keine Tochter habe«, lacht Jürgen. »Also, meinen Segen hätte sie.«

»Ich überleg's mir.«

»Versprochen?«

»Versprochen.«

»Bis wann?«, fragt sie mit einem Seitenblick auf Jürgen. Und Sky, der den letzten Teil des Gesprächs offensichtlich verfolgt hat. So, wie er grinst.

»Ist ein cooler Job hier«, steuert er zur Unterhaltung bei. »Und ich würde auch ein Auge auf Alice haben.«

Hardys Blick wandert nur kurz zu ihm. Hoffentlich ist Skys Vorschlag nicht kontraproduktiv, überlegt Alice. Männliche Aufpasser mag ihr Vater gar nicht.

»Aber du hast doch gar keine Ahnung von den Sachen hier.«

»Wir lernen sie an, das ist mit eingeplant«, assistiert Jürgen.

»Und ich hab letztes und vorletztes Jahr in der Video-AG mitgemacht. Filme schneiden kann ich schon.«

Hardy zieht die Lippen kraus. Er ist noch immer nicht überzeugt. »Und wie willst du jeden Tag hierherkommen? Deine Mutter hat bestimmt keine Lust, dich zu fahren. Und ich bin oft unterwegs die kommenden Wochen.«

»Bis ins nächste Dorf fährt ein Bus«, sagt Jürgen. »An der Haltestelle könnten wir sie aufgabeln, wäre kein Problem.«

»Ich kann sie auch mitnehmen«, wirft Sky ein. »Wäre mir eine Freude.«

»Kein Problem, Papa«, echot Alice. Ein Ferienjob! Hier! Und Sky wird sie im Auto mitnehmen!

Hardy seufzt tief. Holt Luft. Setzt zum Sprechen an. Bricht ab.

»Also gut«, sagt er schließlich. »Also gut.«

Und Alices Jubelschreie branden in der Halle auf wie Applaus.

3. Kapitel

Weil noch mal Geburtstag ist, hat Alice beim Italiener einen Prosecco mit Holunderblütensirup bekommen. Sie muss aufpassen, dass sie ihn nicht zu schnell austrinkt. Könnte verdächtig wirken. Dass sie auf der einen oder anderen Party schon härtere Sachen probiert hat, wird sie ihren Eltern nie erzählen. Bei Alkohol ist vor allem Dagmar furchtbar spießig. Und hat immer fürchterlich Angst, Alice wird beim kleinsten Schluck sofort einen Migräneanfall bekommen.

»Hab ich euch recht verstanden, dass Alice einen Ferienjob in der Sprungschule angenommen hat?« Dagmar zerknüllt die Serviette und wirft sie auf ihren leer gegessenen Teller.

»Genau«, sagt Hardy. »Sie verdient richtig gut, es sind total nette, sehr verantwortungsbewusste Leute da und sie wird eine Menge lernen.«

»Wie man vom Himmel fällt und sich das Genick bricht etwa.« Dagmar ordert bei dem vorbeigehenden Kellner ein weiteres Glas Wein. Nein, einen Ramazotti, verbessert sie sich schnell. »Ich brauch jetzt einen Schnaps!«

Noch auf der Heimfahrt diskutieren sie, ob der Job etwas für Alice ist. Dagmar kann ausgesprochen stur sein.

»Aber ich kutschiere dich da nicht jeden Tag raus, das kannst du knicken.«

»Ist doch längst geklärt, entweder ich fahr mit dem Bus oder Sky holt mich ab«, versucht Alice, ihr den Wind aus den Segeln zu nehmen.

»Sky? Was ist das denn für einer? Fährt der ordentlich Auto? Kennt den irgendwer näher?«

»Komm, Dagmar«, Alice ist dankbar, dass ihr Vater für sie Partei ergreift – wie immer. »Das sind da alles sehr vernünftige junge Menschen. Wer Fallschirm springt, für den steht Sicherheit an oberster Stelle. Auch beim Autofahren. Die wollen sich doch nicht ins Grab bringen.«

Dagmar starrt schweigend aus dem Fenster, bis ihr Reihenendhaus in Sicht kommt.

Alice ahnt, was ihre Mutter denkt. Sie hat sich deren Vorwürfe oft genug anhören müssen: »Ihr zwei schließt mich aus. Ihr macht alles miteinander aus. Ich gehöre doch auch zur Familie. Darf ich etwa nicht mitreden?« Manchmal hat Alice beinahe Mitleid, weil ihre Mutter unter der engen Bindung zwischen Vater und Tochter leidet.

Sie hat keine Lust, sich mit ihren Eltern auf die Terrasse zu setzen, auf der die heiße Sommerluft endlich abkühlt. Sie will versuchen, Tessa per Skype zu erreichen, um ihr alles zu erzählen – vom Sprung, von ihrer Angst und ihren Glücksgefühlen und vielleicht auch von Sky. Außerdem will sie das Video noch mal anschauen, am liebsten Bild für Bild. Will das Gefühl gleich nach dem Absprung noch einmal in sich aufleben lassen. Diese Überraschung, dass nichts Schlimmes passiert. Diese Freiheit, die Schwerelosigkeit, die gleichzeitig in ihrem Bauch und ihrem Kopf aufbrandeten. Unvergleichlich. Unbeschreiblich.

Sie wirft sich auf ihr Bett, ruckelt die Kissen zurecht und schnappt sich ihr Smartphone.

Bist du da, Tessa?, schreibt sie ihr per WhatsApp. *Lust zu skypen?*

Während sie auf eine Antwort wartet, tastet sie nach

der Nackenrolle, von ihrer verstorbenen Großmutter noch selbst gehäkelt. Nirgends zu finden. Sie blickt suchend durchs Zimmer. Die Nackenrolle liegt auf ihrem Sessel. Wie ist sie dahin gekommen? Wahrscheinlich hat ihre Mutter einen Ordnungs-Kontrollgang unternommen, als sie beim Springen war. Sie nimmt die Rolle vom Sessel und wirft sie aufs Bett.

Ein *Pling* kündigt ihr den Eingang einer Nachricht an. Doch sie kann jetzt nicht reagieren. Da ist etwas mit dem Sessel. Sie starrt ihn an und macht innerlich eine Checkliste. Der kleine Steiff-Igel sitzt darauf, daneben der Affe, den sie zur Taufe bekommen hat, die verstrubbelte Barbie, von der sie sich aus ihr selbst unerfindlichen Gründen nicht trennen kann.

Das Krokodil fehlt. Das riesige Plüschkrokodil, das Hendrik beim Frühlingsfest an der Schießbude für sie gewonnen hat. Wieso ist ihr das nicht gleich aufgefallen? Sie sieht hinter den Sessel und in alle Ecken ihres Zimmers. Das Krokodil ist weg. Aber zwischen Barbie und Affe klemmt etwas anderes: ein Teddybär, matschbraun, zerschlissen und mit fehlendem Ohr. Am Bauch quillt ein wenig Füllwatte heraus.

Alice lässt sich, plötzlich furchtbar erschöpft, auf ihr Bett sinken. Alles Blut scheint aus ihrem Kopf zu strömen. Es bleibt nur ein diffuses Gefühl. Beklemmung. Das Krokodil ist weg und stattdessen liegt hier ein Teddy. Ein Teddy, den sie noch nie gesehen hat. Sie kann sich nicht vorstellen, dass ihre Mutter dahintersteckt. Sie ist sich sicher, sich an alle Plüschtiere aus ihrer Kindheit zu erinnern. Sie hat mal einen Teddy gehabt, aber der war weiß mit einem aufgenähten rosa Herzen auf dem Bauch. Irgendwann hat sie ihn verloren. Soll sie ihre Eltern fragen, ob die etwas zu dem Teddy wissen?

Ihr Blick fällt auf die Schreibtischschublade. Darin schlummert diese grässliche Geburtstagskarte mit dem gefälschten, geschändeten Foto. Und dann sind da ja noch die Anrufe. Alice läuft ein Schauder über die Arme, den Rücken. Sie umklammert ihre Knie. Ob Hendrik sich wirklich all diesen Blödsinn ausgedacht hat, nur um sich für ihren angeblichen Verrat zu rächen? Will er sie verunsichern? Leider muss sie zugeben, dass ihm das prächtig gelungen ist. Sie steht auf und schließt die Balkontür.

Die hat den ganzen Tag offen gestanden, auch als sie beim Essen waren, fällt ihr ein. Über das Dach des Wintergartens auf ihren Balkon zu klettern und ihr Zimmer zu entern, ist ein Leichtes. Und die meisten Nachbarn sind im Urlaub. Keine Zeugen. Langsam und konzentriert atmet sie aus. Das nächste Mal wird sie auf Dagmar hören, wenn die sich mal wieder beschwert, dass Alice immer alles sperrangelweit offen stehen lässt.

Alice starrt den Teddy an. Was soll sie nur mit ihm machen? Irgendwie ekelt sie sich davor, ihn anzufassen. Jemand ist in ihrem Zimmer gewesen. Einfach so. Ob dieser Jemand in ihren Tagebüchern geblättert, sich auf ihr Bett gesetzt hat? An ihren Klamotten geschnüffelt?

Sie hat das Gefühl, das Zimmer um sie herum wird immer kleiner, die Wände kommen näher und dieser feindliche Teddy wächst und wächst zu einem riesigen Monster. Scheiße! Wieso muss ein so schöner Tag so mies enden? Sie rennt hinaus, schmeißt die Tür hinter sich zu und bleibt ratlos im Flur stehen. Im Moment kann sie sich nicht vorstellen, in ihrem Zimmer zu schlafen. Keinen Schritt will sie mehr dorthinein setzen. Von unten hört sie ihre Eltern auf der Terrasse miteinander sprechen. Soll sie doch nachfragen, ob einer von ihnen etwas über das Krokodil und den Teddy weiß? Ihre Mutter klingt vorwurfsvoll. Ihr Vater genervt. Wie so oft. Sie öffnet die Badezimmertür, denn dort gibt es den einzigen Platz, der ihren Frust und ihre Angst ein wenig abmildern wird.

Obwohl sie sich verschwitzt fühlt, dreht sie das Wasser ganz heiß. Vielleicht wird die Dusche all die widersprüchlichen Gefühle in ihrem Kopf abwaschen.

*

Querida Mamá,

ich will dir nur kurz berichten: Das Mädchen war tatsächlich da. Erst war ich aufgeregt, aber dann bin ich ganz ruhig geworden. Es ist, na ja, nett und es wirkt unkompliziert. Das ist gut. Ich glaube auch, es mag mich. Das ist noch besser. Und das Allerbeste: Es wird wiederkommen. Es hat ihm gefallen, sehr sogar.

Ich rechne fest damit, dass es keine Probleme geben wird. Mein eingeschlagener Weg erweist sich als gangbarer, als ich zuerst gedacht habe. Alle sind so ahnungslos. Ich muss aufpassen, dass ich nicht immer mit einem Lachen auf dem Gesicht herumlaufe. Bald, Mamá, bald wird unser Tag kommen.

In Liebe
Dein Kind

PS: Kannst du dich an ihn erinnern? Es war das einzige Geschenk. Es fiel mir schwer, ihn wegzugeben, deswegen habe ich wenigstens das Foto gemacht. Aber bestimmt kann ich ihn am Ende zurückholen. Zurück nach Hause.

*

Als sie am Montagmorgen um 20 nach acht aus dem Bus steigt, schlägt ihr die Hitze bereits wie aus einer Sauna entgegen. Sie pfriemelt die Trinkflasche aus der Seitentasche ihres Rucksacks, nimmt einen Schluck Wasser und geht los. Gegen halb neun soll sie da sein, hat Jürgen sie gebeten. Sie wird sich beeilen müssen. Um neun Uhr öffnet die Sprungschule und heute startet gleich der neue AFF-Ausbildungslehrgang, hat man ihr gesagt. Was auch immer das ist.

»Am besten, du läufst den ersten Tag einfach mal mit, dann stellen wir schon fest, wofür du am besten geeignet bist«, hat Jürgen vorgeschlagen. Alice lässt das Dorf langsam hinter sich. Die Straße zwischen den Feldern hindurch bietet keinerlei Schatten und sie spürt, wie der Schweiß an ihr herunterrinnt. Wird sie jetzt jeden Morgen hier entlangstapfen müssen? Grauenhafte Vorstellung. Aber vielleicht wird ja Sky auf sein Angebot, sie mitzunehmen, zurückkommen. Ob sie ihn danach fragen soll?

Sie hat am Sonntag Tessa nicht nur vom Tandemsprung vorgeschwärmt, sondern auch von diesem wahnsinnig süßen Lehrer. Ihre Freundin hat vehement ein Foto eingefordert und Alice hat ihr eins versprochen. Natürlich hat sie schon auf Facebook nach ihm gesucht, aber nichts gefunden. Doch sie weiß ja nicht mal seinen Nachnamen.

Die Geschichte mit dem Teddy hat sie Tessa nicht erzählt. Irgendwie hat sie sich dafür geschämt, obwohl sie selbst ja gar nichts getan hat. Ein Eindringling ist in ihrem Zimmer gewesen! Den ganzen Sonntag über hat sie versucht, sich nicht dort aufzuhalten. Sie ist mit ihrem Vater ins Schwimmbad gegangen, fühlte sich aber auch dort unwohl, als sie ein paar von Hendriks Freunden entdeckte, die sie gnadenlos abschätzig musterten. Gibt es denn keinen Platz, wo sie nicht an ihn erinnert wird?

Der Weg scheint kein Ende zu nehmen. Sie kann nicht einmal die hässliche Halle mit dem Blechdach ausmachen. Sicher wird ihr Marsch noch Stunden dauern. Mit dem Auto ist alles so schnell gegangen.

Hinter sich hört sie plötzlich das Geräusch eines Motors. Oh ja, bitte – jemand, der sie mitnehmen kann. Sie bleibt stehen, dreht sich um und hält auf gut Glück den Daumen raus. Der Autofahrer antwortet mit der Lichthupe. Kurz darauf bremst ein silbergraues Audi-Cabrio mit geschlossenem Verdeck auf ihrer Höhe. Die Scheibe des Beifahrerfensters fährt herunter und endlich erkennt Alice Sky am Steuer. Und neben ihm sitzt Luna.

»Hi«, sagen die beiden wie aus einem Mund.

»Ist das nicht ein bisschen heiß zum Laufen?«, fragt Luna. Klingt sie schnippisch? Als Hardy dabei war, war sie doch so freundlich ...

»Schon«, sagt Alice matt. Wie blöd ist sie eigentlich? Na klar, Luna und Sky – Sky und Luna –, die sind ein Paar. Zwei so schöne Menschen müssen einfach zusammengehören.

»Fahrt ruhig weiter«, hört sie sich sagen. »Ihr habt ja eh keinen Platz.« Das Cabrio hat keine Rückbank, hat sie sofort festgestellt.

»Ach, für besondere Tramper haben wir einen Notsitz«, lacht Sky und drückt auf einen Knopf am Armaturenbrett. Mit einem sanften Surren fährt das Verdeck wie von Zauberhand nach hinten. Er klopft auf die Sitzlehnen.

»Für das kurze Stück geht das hier, oder?«, fragt er.

Alice zögert nicht. Wenn das ihre Eltern sehen würden: die verantwortungsbewussten jungen Fallschirmspringer! Von wegen! Aber angesichts der Hitze und des bestimmt noch meilenweiten Wegs steigt sie über Luna hinüber, kauert sich mehr schlecht als recht auf die Rückenlehnen und klammert sich an den Kopfstützen fest.

»Los geht's«, ruft Sky fröhlich und beschleunigt so stark, dass Alices Fingerknöchel beim Festhalten weiß hervortreten. Ihre Haare wehen im Fahrtwind, an ihrem Bein spürt sie Skys warmen Oberarm. Sie starrt auf eine hässliche Diddl-Maus, die am Rückspiegel baumelt. Wie ist die nur hier reingeraten? Sky dreht die Musik, die sie bisher gar nicht bemerkt hat, laut und singt mit: *»I'm free ... free fallin'.«* Luna stimmt ein, nur Alice bekommt keinen Ton heraus.

Sie sind ein wunderschönes Paar, denkt sie stattdessen. Sky mit seinen dunklen Locken, den braunen Augen, dem markanten Kinn mit dem Drei-Tage-Bart und den sinnlich geschwungenen Lippen und Luna mit ihrem offenen, beinahe herzförmigen Gesicht, in dem klare blaue Augen leuchten, umrahmt von langen blonden Haaren und einer schmalen, nur ein klein wenig zu spitzen Nase im Zentrum. Wieso hat sie das nicht sofort begriffen?

Zwei Minuten später parken sie neben der Halle. Alice klettert ernüchtert und ein wenig mühsam über den Beifahrersitz nach draußen. Luna streckt ihr eine Hand hin, damit sie sich abstützen kann, aber sie weicht aus.

»Wann ist deine Vespa repariert?«, fragt Sky und Luna zuckt mit den Schultern.

»Morgen, nehme ich an«, antwortet sie. Hat er sie doch nur aus Gefälligkeit mitgenommen?

Hinten aus der Halle hören sie schon ein Rumoren und im Näherkommen erkennt Alice, dass neben dem Manifest eine Tür offen steht, dahinter liegt offensichtlich das Büro. Jürgen lacht laut am Telefon.

Während Luna den Computer zum Schneiden der Videos und den am Empfangsdesk hochfährt, verschwindet Sky in einer kleinen Nische zwischen Tresen und Büro.

»¿Café con leche, las señoras?«, ruft er kurz darauf und Alice meint, den Duft von frisch gemahlenem Kaffee zu riechen.

»Gerne, mit viel Milch, wenn's geht«, antwortet sie.

»Sí, inmediatamente«, kommt es fröhlich von der Küchenzeile.

»Sprichst du Spanisch?«, fragt Alice.

»Hab nur ein paar Brocken von José aufgeschnappt. Hast du ihn schon kennengelernt? Er betreibt draußen den Imbiss. Ein super Koch! Kommt aus Guatemala.« Er reicht Alice ihren Kaffee. »Aber Luna spricht perfekt Spanisch, gell, Schatzilein?«

Doch ein Paar?

»Er übertreibt mal wieder maßlos«, Luna gibt ihm einen Klaps. »Ich habe ein Jahr bei einer spanischen Fluggesellschaft gearbeitet, da ist schon einiges hängen geblieben ... aber perfekt würde ich das nicht nennen.«

»Ah, Señor Sky ist wieder in seinem Element«, spottet Jürgen, der aus seinem Büro zu ihnen herüberkommt. »Na, dann wollen wir mal sehen, was wir mit dir anfangen können, Alice. Am besten, du schaust dir heute in Ruhe alles an.«

Der Tag vergeht – im wahrsten Wortsinne – wie im Flug. Pünktlich um neun tauchen acht Schüler auf, die in der kommenden Woche nach sieben Übungssprüngen ihren ersten Solosprung absolvieren werden. Das ist diese AFF-Ausbildung. Die nächsten eineinhalb Tage sind der *Groundschool* gewidmet, den Trockenübungen in der Halle.

Vom Manifest aus, wo ihr Luna das Computerprogramm für die Anmeldungen erklärt, hat Alice einen guten Blick auf den Lehrgang. Weil außer den Schülern an diesem Montagmorgen niemand betreut werden muss, kann sie sich immer wieder dazusetzen und Skys Erklärungen zuhören. Er erläutert die verschiedenen Fallschirmsysteme, gibt einen Überblick über die Sicherheitsvorkehrungen und macht die Schüler mit der Theorie von Freifall und Schirmfahrt vertraut. Am Anfang versteht Alice oft nur Bahnhof – Windrichtungen, Thermik, Wetterkunde, das klingt erst mal nicht ganz so spannend. Dafür hat sie umso mehr Muße, Sky genau zu beobachten. Er wirkt so freundlich, dabei sehr konzentriert und leidenschaftlich. Selbst Hardy muss ihn mögen. Oder?

Luna hockt sich neben sie auf die Bank. »Alles klar?«

Alice nickt. »Wie lange ist er schon Lehrer?«, fragt sie leise.

»Sky? Seit dieser Saison. Aber er hat eine Blitzkarriere gemacht. Er hat vor gut zwei Jahren mit dem Springen angefangen – und zwar so intensiv, dass er nach vier Wochen seine Lizenz hatte. Na ja, und seitdem arbeitet er hier.«

»Und wie alt ist er? Sieht noch so jung aus.«

»Wird bald 20.«

Fast drei Jahre älter als sie selbst.

Und seid ihr schon lange zusammen? Die Frage brennt Alice auf den Nägeln, aber sie traut sich nicht, sie auszusprechen.

»Und du?«, fragt sie stattdessen.

»Ich hab mit 16 angefangen, vor fünf Jahren. Allerdings bin ich die erste Zeit in der Nähe von Regensburg gesprungen. Ich stamme von da.«

»Und was hat dich nach Freising verschlagen?«

»Na ja, der Flughafen in Erding ist nicht weit und es ist hier günstiger als in München.«

»Ach so, du arbeitest ja sonst als Flugbegleiterin, oder?«

Luna nickt. »Ich fliege oft mit deinem Vater zusammen. Ein wirklich lieber Kollege. Aber jetzt habe ich zwei Wochen frei. Komm, wir machen Mittagspause.«

Sie folgen den Schülern und Sky nach draußen. Jürgen und ein Junge stehen bereits am Imbisswagen und unterhalten sich mit José. Es duftet verführerisch nach scharf angebratenem Hackfleisch.

»Hast du schon Neil kennengelernt?«, fragt Jürgen. »Mein Sohn. Er jobbt hier auch in den Ferien. Wenn du Fragen hast – er hilft dir weiter.« Neil nickt und streckt Alice seine Hand entgegen. Er trägt eine dunkle Nerdbrille, hat kurze dunkelblonde Haare und ist höchstens 14 oder 15. Aber er bewegt sich zwischen den anderen wie ein alter Hase.

»Wie viele Sprünge hast du schon gemacht?«, fragt Alice.

»250«, kommt es wie aus der Pistole geschossen. Wow! Kein Wunder, dass er so erfahren wirkt.

»Komm, hier ist noch ein Platz frei«, ruft Sky und Alice

glaubt zuerst, er meint Luna. Doch die isst ihre Mahlzeit im Stehen am Wagen und plaudert mit José. Alice lässt sich mit ihrem dampfenden Teller neben Sky auf der schmalen Bierbank nieder.

»Und, alles klar?«, fragt er sie zwischen zwei Löffeln Chili. Alice nickt. Ganz schön scharf das Essen. Sie wedelt mit der Hand vor dem Mund.

»Ja, sehr spannend. Hätte nicht gedacht, dass so viel Theorie zum Springen dazugehört.«

»Wäre dir Praxis lieber?«

»Oh ja, unbedingt.«

Sky grinst und sieht hinüber zu Jürgen am anderen Ende der Bank. »Wenn wir morgen noch einen Platz im Flugzeug haben – ich kann ja mal sehen, was sich machen lässt.«

»Echt?« Alice spürt, wie ihr Herz schneller klopft. Morgen schon darf sie vielleicht wieder springen! Aber dann fällt ihr etwas ein.

»Das ist viel zu teuer, das gibt meine Spardose nicht her.«

Sky beugt sich über seinen Teller und kratzt die letzten Reste zusammen. »Lass mich mal machen«, sagt er und zwinkert.

Der Nachmittag geht noch schneller herum als der Vormittag. Luna zeigt ihr, wie der Schnittcomputer funktioniert, und Alice hat großen Spaß daran, die Sprungvideos zusammenzuschneiden.

»Ist echt kein Hexenwerk«, stellt sie nach zwei Stunden fest.

»Findest du«, sagt Luna. »Wir haben hier manchmal so Herzchen sitzen, die fragen jedes Mal ›Welchen Knopf muss ich jetzt drücken?‹, und egal wie oft du es ihnen zeigst, sie schnallen es einfach nicht.«

Alice lacht und fühlt sich ein wenig geschmeichelt. Diese Luna ist doch richtig nett. Wenn sie sich etwas besser kennen, kann sie Luna bestimmt wegen Sky ausquetschen. Na ja, wahrscheinlich hat sie bis dahin längst herausgefunden, was zwischen Luna und Sky tatsächlich läuft.

Der baut sich plötzlich vor dem Tresen auf und schenkt ihr sein schönstes Lächeln.

»Eine gute Nachricht, eine schlechte«, sagt er.

»Zuerst die schlechte«, entscheidet Alice.

»Ich kann dich heute leider nicht mit in die Stadt reinnehmen, nur bis zur Haltestelle. Aber wegen morgen – ist gebongt.«

»Du holst mich morgen früh ab?« Alice spürt schon wieder, wie ihre Wangen rot anlaufen. Verdammt!

»Ach so, ja, klar, kann ich machen. Ich meinte aber eigentlich ... das andere.« Er zwinkert sehr auffällig, legt die Fingerspitzen einer Hand zusammen und formt sie zu einem Fallschirm.

»Echt?« Alice würde ihm am liebsten um den Hals fallen. »Wie cool!«

Luna betrachtet sie beide mit einem skeptischen Seitenblick.

»Nichts, was dich interessieren müsste«, sagt Sky zu ihr.

»Das hoffe ich«, antwortet sie, dreht sich um und verschwindet im Büro.

»Kümmer dich gar nicht um sie«, sagt Sky und macht eine wegwerfende Handbewegung. »In einer halben Stunde geht das Bushaltestellentaxi, okay?«

Alice genießt die kurze Fahrt im offenen Cabrio und reckt ihr Gesicht in die Sonne, die nach wie vor heiß vom Himmel brennt. Perfektes Sprungwetter. Hoffentlich ist es morgen auch so schön. Dann wird sie zusammen mit Sky im Himmel tanzen. Aber wenn er doch was mit Luna hat? Sie hat vorhin so merkwürdig reagiert. Ist sie etwa ... eifersüchtig?

Sky hat die Arme lässig aufs Lenkrad gelegt und summt irgendein Lied aus dem Radio mit. Es fühlt sich gar nicht komisch an, neben ihm zu sitzen und zu schweigen. Sonst bemüht sie sich immer fürchterlich um eine Konversation. Damit niemand sie für langweilig hält. Mit Sky ist das irgendwie anders. Wie schade, dass jetzt schon die Bushaltestelle in Sicht kommt. Ob sie ihn fragen kann, was er heute Abend noch vorhat? Bestimmt nichts mit Luna, sonst säße die hier an ihrer Stelle im Auto.

Er bremst das Fahrzeug langsam ab und legt seinen Arm hinter ihre Rückenlehne.

»Ich freue mich auf unseren Sprung morgen«, sagt er. »Häng es nicht an die große Glocke, ja?«

Sie schüttelt den Kopf.

»Aber es ist doch nichts Unerlaubtes, oder?«, fragt sie. Klingt das kindisch?

»Nein, gar nicht. Nur Jürgen ist manchmal so ein Korinthenkacker. Furchtbar korrekt. Und wehe, jemand springt, der nicht mindestens seit drei Tagen angemeldet ist ... Okay, du, ich hole dich morgen um acht ab, ja? Ich wünsch dir einen schönen Abend.« Er beugt sich zu ihr hinüber und küsst sie auf die Schläfe. Alice ist so überrascht, dass sie stocksteif sitzen bleibt.

»Ich muss ...«, sagt er und endlich versteht sie. Bis sie ausgestiegen ist, ist ihr Kopf schon wieder hochrot. Du bist einfach nur peinlich, schimpft sie sich. Sky winkt ihr noch einmal zu und dann ist er weg, eine Staubwolke auf dem sandigen Landwirtschaftsweg aufwirbelnd.

Alice trottet zur Bushaltestelle, die wenigstens ein Häuschen aufweist, in dem man sich vor der Sonne verstecken kann. Ein Blick auf den Aushangfahrplan zeigt ihr, dass der nächste Bus erst in 20 Minuten fährt. Vielleicht kann sie so lange mit Tessa chatten. Immerhin ein kleiner Aufschub, bevor sie in ihr entweihtes Zimmer zurückmuss. Sie streckt sich auf dem Bänkchen aus und kramt ihr Handy hervor, tippt eine Nachricht ein und wartet.

Morgen wird sie also gleich wieder springen. Mit Sky! Wie cool ist das denn? Und er hat sie geküsst. Zwar nur am Haaransatz, aber besser als nichts. Sie spürt noch immer seine Berührung.

In der Ferne hört sie das Knattern von Motoren. Kommt der Bus? Nein, nur drei Mopeds erkennt sie. Sie flimmern in der Hitze, als sie sich über die Kuppe nähern. Gehört dieser leuchtend lila Helm nicht …? Sie rutscht weiter in die Ecke des Haltestellenbänkchens. Hendrik! Den braucht sie jetzt gerade gar nicht. Hoffentlich bemerkt er sie nicht. Garantiert kommt sonst der nächste Angriff.

Schon werden die drei Mopeds langsamer und stoppen in der Haltebucht.

»Tatsächlich – da hockt sie. Wie blöd ist die eigentlich?«, fragt Hendrik und streift seinen Helm ab. Alice versteht kein Wort.

Wie hat sie diesen Typen nur jemals gut finden können? Klar, er sieht cool aus mit seinen strahlend blauen Augen und den dunklen Wimpern drum rum, aber irgendwie hat er auch etwas Kühles, fast Gemeines.

»Die spricht nicht mehr mit dir«, ruft Pascal, einen

Kopf größer als alle anderen und spindeldürr. »Nur über dich.«

»Dabei hast du ihr so eine schöne Geburtstagskarte geschickt.« Matthias rollt sein Moped dicht neben Hendriks.

Von welcher Geburtstagskarte spricht er? Das Foto? Kam das Foto tatsächlich von ihm? Oder meint er den blöden Zettel in ihrem Fahrradkorb?

»Verarschen kann ich mich selbst«, presst sie hervor und starrt demonstrativ auf ihr Smartphone. Warum meldet sich Tessa nicht?

Hendrik steigt von seinem Moped ab und kommt auf sie zu. Er kratzt sich am Bauch und setzt sich dicht neben sie. Sie sollte ihm mit der Polizei drohen – wegen Einbruchs, wegen Stalkings. Ihr Mund ist ausgetrocknet. Keine Silbe bringt sie über die Lippen.

»Und, wo ist dein toller Lover? Hat er dich schon versetzt? Oder schickst du Marvin-Baby gerade Liebesschwüre via Facebook?«

Alice verdreht die Augen.

»Du nervst, Hendrik.«

»Mann, Hendrik, sei nicht so gemein zur Prinzessin«, höhnt Matthias.

Auch er und Pascal steigen von ihren Mopeds ab und stellen sich dicht vor Alice auf. Was soll das jetzt werden? Wo bleibt nur der verdammte Bus? Warum bloß hat Sky sie heute nicht mitnehmen können?

Mit einem überraschenden Ruck reißt Hendrik ihr das Handy aus der Hand.

»Wahrscheinlich schickst du ihm ja gerade ein Nacktfoto.« Matthias und Pascal brechen in schallendes Gelächter aus.

Oh, my god, sind die pubertär! Alice versucht, ihr Smartphone zurückzubekommen, aber Hendrik springt auf die Bank, streckt es nach oben und scrollt über den Bildschirm.

»Hey, was ist das denn?«, ruft er. »Bist du das an dem Fallschirm? Krass!«

»Ja«, sagt Alice. »Und jetzt gib her.«

»Ui, Alice macht Fallschirm springen – was für eine coole Braut! Kommt, wir lassen sie fliegen!«

Ehe sie reagieren kann, hat Hendrik das Handy in die Ecke geschmissen und von oben ihre Arme geschnappt. Matthias und Pascal packen ihre Beine. Sie reißen sie in die Höhe, grob zerren sie an ihr und Alice schreit laut auf.

»Und ich flieg, flieg, flieg«, grölen sie und schwingen sie wild hin und her. »Wie a Flieger, bin so stark, stark, stark ...«

»Ihr Arschlöcher!« Alice strampelt und versucht, sich zu befreien, aber die drei sind übermächtig und singen lautstark weiter. Sie spürt, wie ihr T-Shirt immer weiter nach oben rutscht, fühlt schweißige Hände auf ihrem Bauch, ihrem Rücken.

Plötzlich brüllt jemand: »Aufhören! Sofort!« Die drei gehorchen erschrocken und lassen sie los. Sie knallt auf den Asphalt und ein heißer Schmerz durchzuckt ihr Knie.

»Seid ihr wahnsinnig?«, erkennt sie jetzt die Stimme ihres Vaters, entdeckt durch ihre von Tränenschlieren verschleierten Augen seinen Wagen am Straßenrand und versucht, sich hinzusetzen.

»Lasst die Finger von meiner Tochter«, schreit er weiter und geht drohend auf Hendrik zu. Er überragt ihn um gut einen Kopf. Pascal und Matthias versuchen, unauffällig zu ihren Mopeds zu schleichen, während sich Hendrik nicht rührt.

»Du kommst wohl nicht damit zurecht, dass sie mit dir Schluss gemacht hat«, sagt Hardy schneidend und fingert schon nach seinem Handy. »Ich rufe jetzt die Polizei und dann gibt's eine Anzeige wegen Körperverletzung.«

»Die will ich bestimmt nicht zurück, die Schlampe. *Ich* hab Schluss gemacht!«, wagt es Hendrik, sich zu wehren. Ein letzter Anflug von Stolz lässt ihn ein paar Zentimeter wachsen.

»Du?« Hardy lässt das Handy sinken. Dann hebt er die Hand ganz schnell hoch über seinen Kopf und Alice befürchtet, er schlägt gleich zu. »Du Nichtsnutz, du *Küchenschabe* wagst es, meine Tochter so zu verletzen?« Und dann gibt er ihm tatsächlich einen heftigen Schlag vor die Brust. Hendrik knickt beinahe ein. Alice schafft es, trotz der Schmerzen überall, aufzustehen und ihrem Vater in den Arm zu fallen.

»Lass ihn«, schreit sie, aber er scheint sie gar nicht zu bemerken. Er schubst Hendrik vor sich her, bis dieser gegen sein Moped stößt. Der Roller kippt um, Hendrik fliegt der Länge nach darüber. Alice zerrt an Hardys Hemd, doch er achtet nicht auf sie. Drohend baut er sich über dem am Boden liegenden Hendrik auf, der sein Gesicht mit den Armen schützt.

Das Aufheulen zweier Motoren lenkt Hardy ab. Pascal und Matthias machen sich vom Acker, lassen ihren Kumpel im Stich. Ein Grinsen, angewidert und triumphierend zugleich, erscheint auf Hardys Gesicht.

»Schöne Freunde«, sagt er und spuckt neben Hendrik auf den Boden. »Wenn ich dich noch einmal in ihrer Nähe sehe ...« Er haut mit der rechten Faust in die linke Handfläche. »Und jetzt verschwinde!«

Mühsam rappelt sich Hendrik auf und versucht, sein Moped aufzurichten. Hardy bleibt so lange stehen, bis er den Motor anlässt und davonknattert. Dann geht er zu Alice hinüber, die an der Kühlerhaube des Autos lehnt.

»So ein ... Saftsack«, echauffiert er sich und setzt sich hinter das Steuer. Die ersten Kilometer schweigen sie.

»Bist du verletzt?«, fragt Hardy dann. Alice schüttelt den Kopf. Ihr Knie hämmert und auch in ihrem Kopf lauert der Schmerz. Aber sie will ihm davon nichts sagen.

»Wie gut, dass ich vorbeigekommen bin. Ich dachte mir, es ist besser, wenn ich dich an deinem ersten Tag abhole.« Und nach einer Pause: »Alice? Alles okay?«

Sie starrt aus dem Fenster, sie will jetzt nicht reden. Soll er sie doch in Ruhe lassen. Viel mehr als Hendriks Angriff hat sie Hardys vehemente Reaktion verstört. Wie er Hendrik einfach umgeschubst hat. Und der Zorn in seinem Gesicht. So hat sie ihn noch nie erlebt.

»Warum hast du mir nicht gesagt, dass er Schluss gemacht hat? Oder war das nur eine dumme Behauptung von ihm?«

Sie zuckt mit den Schultern. »Nein. Ist doch egal.«

»Nein, Alice, ist es nicht.« Er schüttelt den Kopf, fährt viel zu schnell. »In Zukunft ...« Er verstummt. Überholt einen Traktor, weicht knapp einem entgegenkommenden Fahrzeug aus. Alice klammert sich am Sitz fest.

»In Zukunft werde ich dafür sorgen, dass du nicht noch mal auf einen solchen Typen reinfällst. Der war doch völlig unter deinem Niveau.«

»Papa«, stöhnt Alice nur. »Chill mal.«

Sie kann es einfach nicht mehr hören. Dieses Königsgetue und sie die Prinzessin. Sie ist ein ganz normales Mädchen, das seine Fehler endlich alleine machen will. Sie braucht niemand mehr, der ihr beim Ausbügeln hilft. Aber das will nicht in seinen Kopf.

Als sie zu Hause ankommen, flüchtet sie sofort in ihr Zimmer, auch wenn sie sich hier seit dem Vorfall mit dem Teddy nicht wirklich geborgen fühlt. Zum Glück ist Dagmar fort und Hardy kann ihr nicht von Hendrik erzählen. Kaum hat Alice die Tür geschlossen, klingelt ihr Handy. Immerhin ist es nicht kaputtgegangen. Tessa? Die Rufnummer ist unterdrückt. Vielleicht hat sich Tessa in Frankreich eine günstigere Prepaid-Karte besorgt?

»Hallo?«, meldet sich Alice.

Das Lachen, das aus dem Lautsprecher zu hören ist, klingt metallisch, dumpf und hämisch. Und es hört nicht auf.

4. Kapitel

Eigentlich müsste sie den zweiten Sprung total genießen. Sie empfindet längst nicht mehr eine so große Angst wie beim ersten Mal. Schließlich weiß sie, was auf sie zukommt. Das Wetter ist perfekt und Jürgen hat ihr heute mehrmals versichert, dass sie ihre Sache als Aushilfe ziemlich gut macht – »Dafür, dass du so 'n Frischling bist.«

Und nicht zuletzt ist dieses Mal Sky ihr Tandempartner. Er hat sie am Morgen, glatt rasiert, nach einer umwerfenden Mischung aus Kaffee und dezentem Duftwasser riechend, abgeholt – unter den misstrauischen Blicken von Hardy, der keine Zeit hatte, sie selbst zu fahren. Die ganze Fahrt bis zur Sprungschule hat Sky launig geplaudert. Sie war nicht sicher, ob ihm ihre Einsilbigkeit auffiel. Vielleicht dachte er einfach, sie wäre ein Morgenmuffel. Aber jetzt, nach dem Sprung, sieht er sie skeptisch an.

»Was ist los, Alice? Hat es dir keinen Spaß gemacht? Ist die Euphorie schon verflogen?«

»Nein, es war super, ehrlich. Vielen Dank, dass du mit mir gesprungen bist.«

»Du klingst, als ob wir vom Ein-Meter-Brett gehüpft wären. Hey, wenn du merkst, das hier alles ist doch nichts für dich – ist kein Problem. Du wärst nicht die Erste, die schnell wieder aufhört.«

Sie schlendern langsam in Richtung des VW-Busses, mit dem Sky sie zurück zur Halle fahren wird. Es war der letzte

Sprung des Tages und außer ihnen und dem Piloten war niemand an Bord gewesen.

»Nein, nein.« Alice versucht, überzeugend zu klingen. Sky hievt den zusammengeknüllten Schirm in den Kofferraum des Transporters. »Ach, es ist gerade alles ein bisschen ... schwierig. Ich konnte mich nur nicht so auf den Sprung konzentrieren. Tut mir leid.«

Sky sieht sie fragend an. Soll sie ihm einfach sagen, was passiert ist? Immerhin hat Hardy ihrer Mutter nichts von dem Vorfall an der Bushaltestelle erzählt, soviel sie weiß. Gestern Abend kam sie so spät, dass er schon im Bett war, heute Morgen hat sie noch geschlafen. Und von all den anderen gruseligen Zwischenfällen hat sowieso niemand etwas mitbekommen. Was auch besser ist – sonst wäre Alice vor lauter elterlicher Sorge in so was wie Isolierhaft gekommen, da ist sie sich sicher.

Sky startet den VW-Bus und sie tuckern langsam los. Aus den Wiesen ringsum steigen Feldlerchen auf und zwitschern unternehmungslustig.

»Ich mach auch lieber alles mit mir allein aus«, sagt Sky nun. »Obwohl ich mir manchmal wünsche, ich könnte mich anderen besser anvertrauen. Wenn ich's dann doch mal über mich bringe, merke ich hinterher, wie entlastend das ist.«

Liegt ein kleines bisschen Spott in seiner Stimme?

»Ach, es kommt mir so albern vor. Es ist nichts Großes.« Alice zieht am Gurt, der ihr in den Hals einschneidet. Sky sieht sie fragend an.

»Na ja, da ist so ein Typ ...«, fängt sie an.

»Da sind immer so Typen«, lacht Sky. »Vor allem bei Mädchen wie dir.«

Was soll das heißen? Glaubt er, bei ihr wimmelt es von Verehrern? Offensichtlich bemerkt er ihren irritierten Gesichtsausdruck.

»Schon gut.«

Er parkt vor der Halle, wo nirgends mehr weitere Fahrzeuge stehen, macht aber keine Anstalten auszusteigen. Alice fasst sich ein Herz und erzählt von den seltsamen Ereignissen der letzten Wochen. Das gefälschte Foto mit Marvin, die Trennung von Hendrik, die Anrufe, bei denen sich niemand meldet, die Gemeinheiten in der Schule, der fremde Teddy in ihrem Zimmer. Auch das manipulierte Kinderbild beschreibt sie ihm. Und den Übergriff an der Bushaltestelle gestern, das verstörende Eingreifen ihres Vaters. Das gruselige Lachen am Telefon kurz danach. Sky unterbricht sie nicht und hört konzentriert zu. Wie wohltuend das ist. Endlich jemand, der sie ernst nimmt.

»Okay«, sagt er schließlich. »Bei so viel Scheiße könnte ich mich auch nicht auf das Springen konzentrieren.«

Sie schenkt ihm ein dankbares Lächeln.

»Und du glaubst, hinter alldem steckt dieser Hendrik?«

Alice zuckt mit den Schultern. »Wer sonst?«

Sky sieht sie forschend an. Das Braun seiner Augen glänzt noch dunkler. Ihr wird heiß. Sie greift nach der Sprudelflasche in ihrem Rucksack.

»Ich weiß nicht ...«, fängt er an. »Ich meine, ich kenne deinen Vater ja kaum, versteh mich nicht falsch, aber könnte es nicht auch sein, dass er ...?«

Alice verschluckt sich an der Kohlensäure und beginnt zu husten.

»Mein Vater?«, bringt sie zwischen zwei Atemzügen mühsam hervor.

»Na ja, ich hatte den Eindruck, er ist extrem stolz auf dich, und ihr habt so gewirkt, als ob ihr ein sehr enges Verhältnis hättet. Nenn mir einen Vater, dem der Freund der Tochter gut genug für sie ist.«

Da ist bestimmt etwas Wahres dran. Und für Hardy wäre es ein Leichtes, all diese Dinge einzufädeln, um ihr klarzumachen, dass Hendrik nicht der richtige für sie ist. Und weil er sichergehen will, dass sie sich nicht mit ihm versöhnen wird, hat er noch eins draufgesetzt, dieses Foto manipuliert und das Krokodil verschwinden lassen. Ist er zu so was in der Lage? Eigentlich schwer vorstellbar. Bis gestern, nach seinem Auftritt ... sozusagen als krönender Abschluss, um ihr zu zeigen, dass sie noch immer einen Beschützer braucht.

»Meine Mutter mochte meine Freundinnen auch nie«, reißt Sky sie aus ihren Überlegungen.

»Und inzwischen?«

»Inzwischen bekommt sie sie nicht mehr mit.«

»Oh!«

»Sie lebt nicht in Deutschland, wir sehen uns nur sehr selten. Und wenn ich sie treffe, nehme ich nie eine Freundin mit. Falls ich gerade eine habe.«

Er öffnet die Tür und Alice bemerkt jetzt erst, wie heiß es im Auto mittlerweile ist. Sie steigen aus. Warum fragt sie ihn nicht einfach: »Und – hast du gerade eine?« Stattdessen überlegt sie laut: »Mein Vater behandelt mich noch immer, als sei ich ein kleines Baby und er der große Retter. Als sei ich überhaupt nicht in der Lage, irgendwas für mich selbst zu entscheiden.«

»Wobei er natürlich recht hat und dieser Hendrik offensichtlich überhaupt nicht deine Kragenweite ist, oder?«

Sie nickt. »Ja, logisch. Ich weine dem eh keine Träne mehr nach.«

»Dann ist es ja gut.«

Er hat das Fallschirmbündel aus dem Kofferraum genommen und läuft jetzt vor ihr her. Seine Größe, sein kraftvoller Gang haben etwas Vertraueneinflößendes. Und er hat so recht: Nachdem sie sich alles von der Seele geredet hat, fühlt sie sich schon viel besser. Auch wenn eine ganze Menge Fragezeichen zurückbleiben. Sie geht schneller und holt ihn ein.

»Der Sprung«, sagt sie. »Es war echt ... geil!« Er grinst und schubst sie ein bisschen zur Seite.

»Siehste. Geht doch.«

Und sie schließt die Augen und versucht, ihren Körper noch einmal in dieses Gefühl des angstlosen Fallens gleiten zu lassen. Warum kann sie nicht einfach nur genießen und alles andere vergessen?

Die nächsten Tage gehen verblüffend schnell vorbei. Alice macht es nichts aus, morgens ganz früh da zu sein und abends als eine der Letzten zu gehen. Das hilft ihr, nicht über die beunruhigenden Dinge der letzten Wochen nachdenken zu müssen. Hardy ist unterwegs, in Neuseeland oder Australien, und sie ist froh, wenn sie Dagmar so wenig wie möglich sieht. Das Sommerwetter ist stabil und zum Wochenende hin kommen jeden Tag mehr Springer zum Platz. Alice genießt den lässigen, lockeren Umgangston der Skydiver untereinander. Alles wirkt so unbeschwert und leicht – Balsam für ihre Seele. Ob das an diesem wahnsinnigen Freiheitsgefühl beim Springen liegt? Sie nennen sich Skygods und wünschen sich bei jeder Gelegenheit *»Blue*

Skies« ... Vermutlich ist es das Bewusstsein, dass sie ständig dem Tod ein Schnippchen schlagen, das so befreiend ist.

Inzwischen hat sie schon so etwas wie einen festen Ablauf gefunden. Morgens, noch vor Öffnung, kocht sie Thermoskannen voller Kaffee, hilft Luna beim Bereitlegen der Infopakete für die Ausbildungsschüler und trägt mit Neil beim Hallefegen Besenduelle aus. Am Vormittag kommt es dann drauf an, wie viel los ist. Manchmal schneidet sie Sprungvideos zusammen oder hilft am Manifest. Wenn Jürgen sie nicht benötigt, klettert sie auch schon mal in Josés Küchenwagen zum Gemüseschnippeln für das Mittagessen. Der junge Mann aus Guatemala stellt sich als ausgesprochen unterhaltsam heraus. Er macht am liebsten Späße. Außerdem singt er gerne beim Kochen und hat Alice ein guatemaltekisches Volkslied beigebracht.

»Vengan niños a cantar el son Chapín con gran placer«, singen sie im Duett. »Kommt, Kinder, singt den Chapín mit großer Freude ... «

Am späten Nachmittag, wenn die letzten Springer wieder Boden unter den Füßen haben, darf sie Neil und Sky beim Fallschirmpacken unterstützen. Schon gleich am Anfang hat er ihr klargemacht, dass dies eine extrem verantwortungsvolle Aufgabe ist – schließlich hängt das Leben der Springer an ihren Schirmen. Wenn die Leinen nicht vollständig entheddert sind, die Schirme verdreht oder die Hilfsschirmverbindungsleine nicht richtig gelegt, kann das zu schweren Unfällen oder gar zum Tod führen.

Fasziniert beobachtet Alice, wie geschickt Sky die Schirme packt. Am Anfang hat sie es kaum für möglich gehalten, dass man diese riesige Menge Stoff in den kleinen Sack, den Pod, reinbekommen kann.

Sky weist auf das fertig gepackte Gurtzeug: »Und am Ende kontrollierst du immer genau, ob das gesamte Bridle unter den Klappen verstaut ist, okay? Das muss exakt so aussehen wie hier.«

Alice nickt. Ihr schwirrt der Kopf von all diesen fremden Ausdrücken. Bridle, Pin, Pod, Side-Pack, Pro-Pack.

»Guck nicht so«, zieht Sky sie auf. »Schließlich willst du doch am Freitag das erste Mal selbst springen, oder?«

Alice klappt der Mund auf.

»Ich? Am Freitag?«

»Na klar«, lacht er.

Alice muss sich schwer zurückhalten, um Sky nicht um den Hals zu fallen.

»Mit dir?«, bringt sie hervor und er nickt. Alice springt auf und vollführt ein Freudentänzchen quer durch die Halle.

*

Querida Mamá,

meine Mission schreitet unaufhaltsam voran. Ich bin sehr erleichtert. Dadurch kann ich all das andere Übel endlich verdrängen. Obwohl ich sie ständig sehe, konzentriere ich mich ganz auf das Mädchen. Es vertraut mir übrigens völlig. Wenn ich aufgewachsen wäre wie es, könnte ich das sicher auch – anderen Menschen vertrauen. Nein, Mamá, ich weiß, du kannst nichts dafür. Ich mache dir keinen Vorwurf. Wir beide wissen doch, wer allein die Schuld trägt.

In Liebe
Dein Kind

PS: Ich hoffe, du erträgst den Anblick des Turms auf der Vorderseite. Ich gehe fast jeden Tag durch sein Tor und denke an dich.

*

Den Freitag über beobachtet Alice den Himmel mit großer Sorge. Am Morgen ist es grau und regnerisch und bis Mittag haben sich die Wolken fest zusammengeballt. Innerlich rechnet sie schon damit, dass ihr erster Sprung allein heute nicht mehr stattfinden wird. Auch die AFF-Teilnehmer sind frustriert, dass ihr siebter Sprung nun ausfallen muss. Aber morgen ist ja auch noch ein Tag.

Jürgen und Neil verabschieden sich am Nachmittag – sie wollen einkaufen gehen für das Abschlussfest, das für Samstagabend geplant ist. Jeder noch so kleine Anlass ist für die Springer ein Grund, eine Fete zu starten, und das Ende eines AFF-Kurses ist sogar ein richtig guter Grund. Außerdem wird der 500. oder gar 1.000. Sprung einiger Springer bejubelt und das verspricht ein feuchtfröhliches Ritual, das Sky nur andeutet: »Musst du sehen, kann man nicht beschreiben. Auf jeden Fall ist es sehr lustig!«

Alice hat versprochen, eine große Schüssel Tomaten-Mozzarella-Salat zum Buffet mitzubringen, und Luna will einen Kuchen backen. Sky steuert lieber ein paar Scheine für die Bierkasse bei.

Gegen halb sechs bricht die Sonne zwischen den grauen Schichten hindurch. Alice ertappt sich, wie sie, gen Himmel flehend, mit gefalteten Händen neben der gelb-roten Pilatus Porter steht, als könne das Flugzeug die letzten dunklen Regenwolken vertreiben.

Plötzlich tritt Sky an ihre Seite.

»Das Regenradar gibt grünes Licht«, sagt er. »Wenn du also magst?«

Und ob! Unter den aufmerksamen Blicken von Sky packt sie sogar eigenhändig ihren Fallschirm. Es ist gar nicht so schwierig, wie sie im ersten Moment gedacht hat. Man muss nur Geduld haben. Alice kommt sich komisch vor, sich mit ihrem ganzen Gewicht auf den Fallschirm zu legen, aber nur so wird die Luft zwischen den Stofflagen hinausgepresst. Sie braucht ein paar Mal, bis sie den Fallschirm tatsächlich so klein falten kann, dass er in sein Behältnis hineinpasst.

»Weiter so, gut«, lobt Sky sie zwischendurch.

Endlich ist sie so weit. Fertig angezogen, alle Ausrüstungsgegenstände an der Frau und das Herz schlägt bis zum Hals, bis zur Oberkante Unterlippe.

»Höhenmesser auf null?«, fragt er und blickt sie kritisch an. Ob er auch aufgeregt ist? Alice reckt den Daumen in die Luft.

In der Pilatus Porter wartet neben Chris, dem Piloten, auch Andi, der mit ihnen springt. Die ersten Solosprünge absolviert jeder Schüler in Begleitung von zwei Lehrern. Sie versucht, sich selbst Mut zu machen. Wie oft hat sie jetzt schon das Lehrvideo gesehen! Wie oft hat sie Lunas oder Skys Anweisungen und Erklärungen zugehört! Es ist nicht viel anders als bei einem Tandemsprung. Sie wird nur auf sich allein gestellt sein. Nein, Sky wird dicht neben ihr bleiben. Und Andi, ein lustiger Rothaariger mit breiter Nase und Millionen von Sommersprossen. Der war sogar mal Fallschirmspringer bei der Bundeswehr, hat Sky ihr erzählt. Also los geht's.

Diesmal muss sie den Schritt hinaus alleine tun. Niemand, der sie schubst. Sky hockt dicht hinter ihr und drückt fest ihre Schulter. »Jetzt«, soll das heißen. Da lässt sie sich fallen. Und fliegt. Einfach so.

Doch schon spürt sie Sky direkt neben sich. Er legt eine Hand auf ihr ausgestrecktes Bein und das gibt ihr Sicherheit. Andi ist mit der Kamera auf der anderen Seite und streckt ihr immer wieder den aufgerichteten Daumen entgegen. Nicht einmal den Fallschirm wird sie selbst öffnen. Sky wird das für sie tun. So langsam vergeht die Anspannung und sie konzentriert sich auf dieses unglaubliche Gefühl: Sie schwebt in der Luft, der Wind zieht und zerrt an ihr, aber es ist herrlich. In weiter Ferne erkennt sie die Kirchtürme von Freising, die Dunstglocke über München. Mit einem Seitenblick checkt sie den Höhenmesser. Bald ist die 1.500-Meter-Marke erreicht. Gleich wird Sky ihren Fallschirm öffnen. Doch – wo ist er? Einen Moment ist sie irritiert, abgelenkt, Andi dreht einen Salto, was garantiert zu besonders coolen Filmbildern führt, sie aber furchtbar ablenkt. Sky? Panisch dreht sie den Kopf nach rechts und links. Wieso sieht sie ihn nicht?

Plötzlich gibt es ein lautes Geräusch, ein Flattern und Knistern und dann verschwindet Andi unter ihr und sie entdeckt endlich Sky, der soeben ihren Fallschirm ausgelöst hat. Jetzt erst wird ihr klar, dass sie ihn über Funk jederzeit hätte ansprechen können, doch vor lauter Schreck hat sie gar nicht daran gedacht. Nun hängen auch Andi und Sky an ihren Schirmen und sie gleiten gemütlich nebeneinanderher in der Schwebefahrt. Oh ja, es ist cool. Megacool. Und wieder werden alle Sorgen und Ängste klein und unbedeutend.

Die Landung ist noch einmal heikel, Alice kommt nicht genau auf dem vorgesehenen Punkt auf und nicht ganz so sanft wie im Tandem mit Sky oder Luna. Aber immerhin bricht sie sich keinen Knöchel, geschweige denn das Genick. Etwas benommen bleibt sie am Rande des Landeplatzes sitzen und beobachtet, wie elegant die beiden anderen aufkommen. Das wird ihr auch irgendwann gelingen.

Als Sky sie vor der Haustür absetzt, ist es schon beinahe dunkel. Alice ist froh, nicht alleine unterwegs sein zu müssen. Sie hat ihrer Mutter vom Sprungplatz aus eine SMS geschrieben, dass es später wird, weil sie noch so viel aufräumen und einiges für die Party morgen vorbereiten müssen. Dass sie heute zum ersten Mal alleine gesprungen ist, hat sie ihr nicht gesagt.

»Und?«, fragt Sky nun und dreht das Autoradio leiser. »Meinst du, du willst beim Springen bleiben?«

Sie streckt die Arme über ihren Kopf, am Firmament funkeln Sterne. »Ich glaube ja. Es war echt super heute! Vielen Dank!« Aus den Augenwinkeln bemerkt sie, dass sich die Haustür ein wenig öffnet und Dagmar herauslugt. Spioniert die ihr schon wieder nach? Hardy hat sie wie einen Wachhund abgerichtet.

»Ich hoffe, ich darf morgen ein bisschen länger bei der Fete bleiben«, fällt ihr ein. »Aber wie ich Hardy kenne, steht der um Punkt elf auf der Matte und holt mich ab.«

»Deine Eltern machen sich ganz schön viel Sorgen um dich.«

»Na ja, ich bin nun mal das einzige Kind. Da muss man schon aufpassen, dass nichts passiert. Ziemlich lästig.«

»Sei froh. Ich wünschte, meine Eltern hätten das auch

ab und zu mal gedacht«, sagt er leise. Alice sieht ihn fragend an. Doch er bleibt stumm. Schließlich dreht er ihr sein Gesicht zu und seine Augen schimmern melancholisch im Mondlicht. Wie gerne würde sie in seine Locken greifen und ihn an sich ziehen. Nun aber beugt er sich vor und küsst sie. Wieder auf die Schläfe. Oh Gott, das ist kaum auszuhalten. Sie traut sich nicht, nach seiner Hand zu greifen oder seine Wange zu berühren. Manchmal sagt sein Blick so etwas wie »Komm mir nicht zu nahe«. Wahrscheinlich bildet sie sich das nur ein.

»Alice? Bist du das?«, ruft ihre Mutter nun von der Haustür. Na, danke auch.

Sie öffnet die Beifahrertür. »Dann bis morgen.«

»Zehn nach acht, wie immer. Schlaf schön!«

Sie sieht ihm nicht nach, sondern geht schnell ins Haus, hofft, dass dort keine neue unangenehme Überraschung wartet.

Keine Viertelstunde später liegt sie im Bett und versucht, sich auf den Jugendthriller zu konzentrieren, den sie von Dagmar zum Geburtstag bekommen hat. Doch ihre Gedanken schweifen ständig ab. Was hat er damit sagen wollen, er wünscht sich, seine Eltern hätten mehr Angst um ihn gehabt? Haben sie sich zu wenig um ihn gekümmert und er ist so ein Wohlstandsvernachlässigter? Denn Geld scheint in seinem Leben genügend vorhanden zu sein. Das teure Auto, die schicken Klamotten, die besten Ausrüstungsgegenstände ... Eventuell kann sie ja Luna ein bisschen über seinen Hintergrund befragen. Hat er nicht neulich erzählt, seine Mutter lebe im Ausland? Und was ist mit dem Vater?

Sie lässt das Buch auf die Bettdecke sinken. Ist da etwas

an der Balkontür? Die sie wieder nicht geschlossen hat! Ein merkwürdiges Geräusch. Sie zieht die Decke bis unters Kinn, obwohl ihr sofort der Schweiß ausbricht. Geh nachschauen, versucht sie, sich Mut zu machen, hat aber das Gefühl, ihr ganzer Körper sei von einer plötzlichen Lähmung befallen. Was, wenn Hendrik versucht, hier einzudringen? Mitten in der Nacht? Sie hält den Atem an.

Als es an der Zimmertür klopft, erschrickt sie so sehr, dass sie einen heiseren Schrei ausstößt. Dabei ist es bestimmt bloß Dagmar, die ihr jedes Detail des Tages entlocken will, allem voran, ob sie etwas Vernünftiges gegessen habe und ob »dieser Sky« anständig gefahren sei.

Doch es ist Hardy, der eintritt.

»Hey, Paps!« Alice richtet sich wahnsinnig erleichtert auf, wischt die schweißnassen Finger an der Bettdecke ab. Er beugt sich zu ihr, küsst sie, genau an dieselbe Stelle wie Sky kurz zuvor.

»Hab ich dich nicht geweckt, mein Schatz? Wollte nur kurz Hallo sagen, bin gerade angekommen«, begrüßt er sie. »Außerdem war ich neugierig, was es Neues von der Sprungschule zu berichten gibt.«

Er lässt sich in ihrem smaragdgrünen Sessel nieder. »Macht's noch immer Spaß?«

Sie nickt. Bemüht sich, unbekümmert zu klingen. »Und wie! Und weißt du, was?«

»Hm?« Er fasst hinter sich und befördert den Affen, die Barbie und den Steiff-Igel hervor. Schmunzelnd legt er sie auf dem Boden ab, dann lehnt er sich zurück und streckt die Beine weit aus. »Ah, eine Wohltat«, stöhnt er genussvoll.

»Ich bin heute zum ersten Mal alleine gesprungen. Ohne Tandemmaster!«

»So schnell? Wow! Gratulation!« Er fummelt erneut an dem Sessel herum, irgendetwas stört ihn noch immer. Schließlich hält er ein weiteres Kuscheltier in Händen. Den Teddy. Den fremden, den bösen Teddy. Mit dem Loch am Bauch. Sie hat ihn unter die Kissen gedrückt und gehofft, er würde sich von selbst atomisieren. Oder irgend so etwas. Jetzt sieht Hardy ihn irritiert an. Dreht ihn in alle Richtungen, stopft das bisschen heraushängende Watte zurück in den Bauch. Alice spürt, wie sich ihre Muskulatur anspannt.

»Ich kenne deinen Vater ja nicht«, fallen ihr Skys Worte ein. »Vielleicht hat ja er …?« Sieht Hardy so befremdet aus, weil er den Teddy kennt? Weil er ihn dort platziert hat?

»Wo kommt der denn her?«, fragt er. Wirklich verblüfft? Oder nur gespielt? »Noch so ein Henrik-Überbleibsel?«

»Hendrik«, sagt Alice. »Er heißt Hendrik.«

»Wie auch immer. Ist er von ihm? Hat er ihn dir geschenkt?«

Warum hackt er da so drauf rum?

»Ist doch egal, keine Ahnung, wo der herkommt.«

»Alice«, er sieht sie in einer Mischung aus Erstaunen und Verärgerung an. »Du wirst wohl wissen, wie so ein zerlumptes Teil hier reinkommt. Da gibt es nicht so viele Möglichkeiten.«

»Hey, du kannst das blöde Ding gerne mitnehmen und wegwerfen. Ich glaube, er hat ihn hier mal vergessen.«

»Weil 17-jährige Jungs ständig Kuscheltiere mit sich rumtragen. Obwohl – hätte zu dem gepasst. Hat er dir nicht mal so ein unsäglich riesiges Plastikplüsch-Krokodil geschenkt?«

Sie starrt genervt auf ihre Fußspitzen und quetscht ein »Ja« hervor.

»Und wo ist das?«

Sie hebt die Schultern, lässt sie gleich wieder sinken.

»Hat er es sich zurückgeholt? Ohne dein Wissen? Ist er hier eingedrungen?«

»Ehrlich gesagt«, dieses Verhör macht sie richtig wütend, »ehrlich gesagt habe ich mir schon überlegt, ob du das nicht warst, der das Vieh hat verschwinden lassen. Und nach deinem peinlichen Auftritt an der Bushaltestelle traue ich dir das erst recht zu. Du willst mir bestimmt klarmachen, dass Hendrik ein Depp ist, dem ich nicht nachzutrauern habe. Weil dir ja eh jeder Typ zu schlecht für dein ach so tolles Töchterchen ist. Aber weißt du, was: Ich kann inzwischen ganz gut selbst herausfinden, wer zu mir passt und wer nicht. Und Irrtümer sind ja wohl erlaubt. Mama war bestimmt auch nicht deine erste Freundin.«

Jetzt sieht er richtig entsetzt aus.

»Was unterstellst du mir da? Dass ich in deinem Zimmer rumschnüffle? Und ich werde ja meine Tochter noch vor Typen verteidigen dürfen, die sie gewalttätig angreifen. Das gehört zu meinen Erziehungspflichten. Kümmern, nennt man das. Ich muss doch wohl eingreifen, wenn der Verdacht besteht, dass da einer in dein Zimmer eingebrochen ist. Am besten, ich zeig den Typ doch noch an.«

»Nein, das tust du nicht«, schreit sie jetzt. »Du bist auch handgreiflich geworden, schon vergessen? Du hättest ihn fast erschlagen!« Sie weiß, dass das eine maßlose Übertreibung ist, aber sie ist es einfach leid, immer nur wie ein kleines, unfähiges Mädchen behandelt zu werden. Dann dreht sie sich zur Wand, kneift die Augen zu und hofft, er geht. Diese Diskussion macht keinen Sinn. Und zugeben, dass sie wegen des Teddys die gleiche Vermutung hat wie er, wird sie garantiert nicht. Das würde seine »Kümmern-These« ja nur untermauern. Er steht auf, beugt sich zu ihr, wuschelt ihr durch die Locken.

»Komm schon, erzähl mir alles über deinen Sprung. Wer war dabei? Luna?«

Seine Stimme hat wieder diese sanfte Färbung. Sie weiß, dass sie nicht schlafen kann, wenn sie sich nicht mit ihm versöhnt. Dann grübelt sie die ganze Nacht und dann kommen die Kopfschmerzen und der Tag morgen wird die Hölle. Langsam dreht sie sich zu ihm. Er streichelt ihre Wange.

»Hm? Bist du mit Luna gesprungen?«

»Nein, mit Sky und ...«

»Ist dieser Sky auch erfahren? Wie viele Sprünge hat der gemacht?«

Er kapiert es einfach nicht!

»Keine Ahnung, aber er hat eine Lehrerlizenz, also von daher ...«

»Ich finde den Typ etwas ... hm, sagen wir ... halbseiden. Der wirkt, als ob er sich wahnsinnig viel auf sein gutes Aussehen einbildet. Und fährt der nicht so ein sauteures Cabrio? Wie kann er sich das leisten?«

»Weiß ich nicht. Siehste – es geht schon wieder los. Keiner ist dir gut genug. Dabei ist er nett – und sehr verantwortungsbewusst. Er hat mir beim Schirmpacken genau auf die Finger geschaut.«

»Hast du den selbst gepackt?«

»Ja, klar, muss ich doch lernen. Ich soll ja bald die Packer unterstützen.«

Er setzt sich zurück in den Sessel. Mit düsterem Blick.

»Ich muss mir den Kerl mal genauer ansehen.«

»Papa, bitte, der ist völlig in Ordnung. Und du wolltest

unbedingt, dass ich Fallschirm springe. Jetzt tue ich es und es ist dir auch nicht recht.«

»Doch, doch, es ist mir recht.« Er presst die Lippen fest aufeinander.

Alice beobachtet befremdet, wie Hardy den Teddy außen gegen die Sessellehne knallt. Immer hektischer. Was ist nur mit ihrem Vater los? So kennt sie ihn nicht, so unbeherrscht, so ... grimmig.

Sie steht vom Bett auf und nimmt ihm das Kuscheltier aus der Hand. Verwundert, als ob er gerade gedanklich in einem fernen Land gewesen sei, blickt er zu ihr auf.

»Schon gut, ich bin etwas übermüdet. Das Alter macht den Jetlag auch nicht besser.« Er erhebt sich und greift wieder nach dem Teddy.

»Ich entsorge ihn am besten, wer weiß, wie viele Keime der verbreitet. Also, gute Nacht.«

Er hält den Teddy mit spitzen Fingern an einem Fuß und umarmt Alice beiläufig. Dann verlässt er ihr Zimmer. Einen Moment starrt sie ihm bewegungsunfähig hinterher. Wahrscheinlich ist er wirklich vollkommen übermüdet. Von Australien aus ist es ein ewig langer Flug. Da kann man schon mal schräg draufkommen. Aber wie er diesen Teddy angesehen hat, war seltsam. Über den flauschigen Hochflor ihres Flokati-Teppichs geht Alice zurück zu ihrem Bett.

Autsch! Was ist das? Eine scharfe Kante bohrt sich in ihren Fuß. Sie bückt sich und sucht zwischen den apfelgrünen Fransen, was es sein könnte. Sie entdeckt einen Ring, einen schmalen, schlichten Silberring. Im Licht ihrer Leselampe kann sie die Gravur auf der Innenseite entziffern. In zwei verschlungenen Herzen erkennt sie zwei Buchstaben: H & K steht da. H wie Hendrik. Und K wie ... Genau, Karla –

das war das Mädchen, das er wegen Alice verlassen hat. Nachdem sie anderthalb Jahre unzertrennlich waren. Aber wie kommt der Ring hierher? Er kann nur aus dem Bauch des Teddys gefallen sein, als ihr Vater ihn an die Sessellehne gedonnert hat.

Hendrik war tatsächlich hier. Sie ist sich jetzt ganz sicher.

Sie sinkt auf ihr Bett, kauert sich zusammen. Hinter ihrer Stirn lauert Schmerz.

Er ist gefährlich. Seine Rache ist noch nicht beendet. Wenn sie nur wüsste, was er noch alles plant.

»Papa«, flüstert sie, so leise, dass sie es selbst kaum hört.

5. Kapitel

Auch wenn sie müde ist, ist sie froh, dass der Tag so angefüllt ist mit Arbeit. Keine Zeit zum Denken. Jetzt sinkt sie matt auf eine Ecke der Bierbank, die dicht neben dem Grill steht. Sie hat schon eine Steaksemmel gegessen und jetzt muss es einfach noch ein Paar Rostbratwürste sein. Der Duft, der von Josés Grill aufsteigt, ist zu verführerisch. Außerdem lenken sie Josés Sprüche ab, die er den Springern mit auf den Weg gibt.

»Ey, *muchacho«,* ruft er Andi zu, »du weißt doch, man findet keine Freunde mit Salat! Nimm noch ein Steak!« Oder: »Ah, Luna, wenn wir Tiere nicht essen sollen, warum sind sie dann aus Fleisch gemacht?« Luna zeigt ihm einen Stinkefinger und nimmt sich von Alices Tomaten-Mozzarella-Salat.

»Der ist lecker«, sagt sie zu ihr im Vorbeigehen und lässt sich neben Sky nieder, der aus einem Fass Bier zapft.

»Ach, Vegetarier! Eine Schande!«, ruft José ihr lachend hinterher.

Alice blickt in die Runde. Irgendwie hat sie sich heute Abend noch nicht in Skys Nähe getraut. Er schenkt am Bierstand eifrig Getränke aus und Luna versorgt ihn mit Steaks und Salat und hilft ihm beim Gläserspülen. Sie wirken so einvernehmlich, dass sich Alice nicht dazugesellen will.

Überall sitzen und stehen Grüppchen von Springern. Die

AFF-Kursteilnehmer hocken zusammen an einer Bierbank und tragen das gleiche T-Shirt. *I survived,* steht fett darauf gedruckt, darunter jeweils ihr Konterfei mit Fliegerbrille und erhobenem Daumen sowie das Datum des heutigen Tages. Die T-Shirts gab's zur Urkunde dazu und alle acht sehen stolz und zufrieden aus.

Plötzlich zerren Chris und Andi Luna vom Getränkestand weg und schubsen sie in Richtung Startbahn. Luna kreischt, aber es klingt eher belustigt. Die erfahrenen Springer folgen, klatschen in die Hände und fangen an, »1.000 Sprünge« zu skandieren. »1.000 Sprünge«, wieder und wieder. Sky tritt hinter der Zapfanlage hervor. Auf dem Rücken versteckt er etwas. Luna zappelt, aber ihre Bewacher halten sie umso fester. Sky bleibt dicht vor ihr stehen.

»Luna, oh Göttin des Mondes und des Himmels«, sagt er feierlich. »Wir wollen dir heute huldigen und dich ehren – 1.000 Sprünge hast du absolviert, 1.000 Mal hast du dein Leben den Skygods dargeboten –, sie haben es nicht gewollt.« Irgendjemand kichert laut, ansonsten sehen alle schweigend, aber breit grinsend zu. Luna blickt zu Boden, die Finger zupfen an der Naht ihrer Jeans. Sky legt ihr eine Hand auf die Schulter.

»Es sei«, sagt er und zieht hinter seinem Rücken eine große Flasche Sprühsahne hervor. »Und los.«

Und dann sprühen er, Chris und Andi Luna voll. Ins Gesicht, in die Haare, in den Ausschnitt, auf den Bauch und den Rücken. Sie wehrt sich, die Sahne kleckert auf den Boden und auch die Sprayer bleiben nicht verschont. Die Menge fotografiert, johlt und klatscht und irgendwann sitzt Luna auf der Startbahn und wischt sich das klebrige Zeug aus dem Gesicht. Sky hält ihr eine Hand hin, zieht sie hoch und klopft ihr anerkennend auf die Schulter. Unter Applaus verschwindet sie winkend und Victory-Zeichen machend in Richtung der Toilettencontainer.

»Nimm dich in Acht«, sagt Sky zwinkernd, als er an Alice vorbeigeht. »So ergeht es jedem, der es wagt, die Götter herauszufordern.« Alice lacht und würde gerne mit ihm reden, aber ihr fällt keine halbwegs witzige Erwiderung ein. Schon ist er hinter dem Getränkestand verschwunden, wo er sich Hände und T-Shirt an einem Handtuch abwischt.

Neil steht nun an einer DJ-Anlage und legt ziemlich chillige Musik auf, die perfekt zu dem lauen Sommerabend passt. Der Mond ist aufgegangen, der Himmel spannt sich über ihnen mit kunstvollen Übergängen von Zartrosa zu Hellblau, Stahlblau und im Osten tiefem Dunkelblau. Alice seufzt laut. Könnte nicht einfach alles andere für immer von den Rändern ihres Bewusstseins abstürzen? All der blöde Mist?

»Alles roger, *belleza?«,* fragt José.

Alice nickt und steht auf. Vielleicht noch ein ganz kleines Würstchen? Oder so ein paar Chicken Wings?

»Ich hätte mir vor einer Woche nicht träumen lassen, dass ich heute hier stehe – mit euch allen. Es ist einfach – großartig!«

José grinst und legt ihr ein knuspriges Hühnchenteil auf den Teller.

»Ah, *el jefe«,* sagt er dann und angelt nach dem größten Steak auf dem Grill.

»Nein danke, lass mal, José«, lehnt Jürgen ab, der nun am Grill aufgetaucht ist. »Alice, hast du einen Moment?«

Alice nickt, stellt ihren Teller ab und folgt dem Chef ein paar Meter abseits, direkt neben die Pilatus Porter.

»Ich habe vorhin in den Berichten gesehen, dass du gestern Nachmittag deinen ersten Sprung gemacht hast.«

»Ja, es war super.« Warum sieht Jürgen sie so missmutig an?

»Bei uns gelten Regeln und ich möchte, dass sich alle daran halten. Auch du. Nur weil ich deinen Vater kenne und dich hier jeder süß findet, gibt's keine Extrawürste, haben wir uns verstanden?«

Alice schluckt. Sie spürt etwas wie eine Hand, die sich eng um ihre Kehle legt. Was hat sie denn verbrochen?

»Äh, ich versteh nicht ganz?«

»Komm schon«, sagt er gereizt. »Du warst nicht mal gemeldet für den Sprung.«

»Was?«

»Hey, du hast die ganze Woche mit am Manifest gestanden, du weißt genau, wie es abläuft, damit jemand einen Lift bekommt.«

Alice sieht aus den Augenwinkeln Luna in frischen Klamotten und Sky, die sich ihnen nähern. Können die sie retten?

»Aber …«, Alice spürt, wie Tränen in ihr hochsteigen. Nicht noch mehr Schwierigkeiten, betet sie. »Ich dachte …«

»Gibt's ein Problem?«, fragt Sky. »Stimmt was nicht?«

Jürgen sieht ihn genervt an und erklärt, dass es ihm überhaupt nicht behage, wenn Alice einfach so springe, ohne die Formalitäten einzuhalten.

»Ich hab gedacht …«, fängt Alice an und sieht Sky in die Augen. Soll sie ihn anschwärzen? Sagen, dass sie meinte, alles sei abgesprochen, weil Sky ihr das so mitgeteilt hat.

»Was?«, fragt Jürgen scharf.

»Komm, Jürgen«, beschwichtigt Sky. »Bestimmt hat sie

was missverstanden. Kann passieren am Anfang. Alice, ich hatte dir in dein Fach diesen Zettel gelegt, du weißt doch, den lässt du dir von Jürgen abzeichnen, dann gibst du die Daten ins System ein und schon kannst du springen. Hast du das nicht gemacht?«

»Aber …« Alice überlegt fieberhaft. Ein Zettel? In ihrem Fach? »Da war kein Zettel.«

Sky spitzt kurz die Lippen. »Der muss da gewesen sein.«

»Vielleicht hast du ihn übersehen. Ich bin sicher, Sky ist da sehr korrekt«, schaltet sich Luna ein und sieht sie missbilligend an. »Und außerdem: Als du bezahlt hast, da hättest du den Zettel doch gebraucht.«

Alice überfällt die Röte wie eine Feuersbrunst einen dürren Busch. Sie glüht im ganzen Gesicht. Sie hat nicht einmal nach der Bezahlung gefragt! Wo hat sie nur ihren Kopf gehabt?

»Ich dachte …«, stammelt sie weiter.

»So viel, wie du denkst, müsste doch auch was dabei herauskommen«, ätzt Jürgen.

»Ich dachte, ich zahle erst am Schluss, alles auf einmal.« Sie spürt, wie mau die Erklärung klingt. Luna lässt ein verächtliches Lachen hören.

»Außerdem ist der Sprung schon bezahlt«, sagt Jürgen nun. »Das ist nicht das Problem.«

Jetzt versteht Alice gar nichts mehr. Verschwundene Zettel, von Unbekannten bezahlte Sprünge … Besser, sie sagt nichts.

»Na ja«, lenkt Jürgen ein. »Okay, ist passiert, kann man nicht ändern. Aber das nächste Mal, junge Dame – absprechen. Haben wir uns verstanden? Wir machen hier schließlich kein Sackhüpfen.«

Alice kann nur stumm nicken. Jürgen stapft in die anbrechende Dunkelheit davon.

»Kopf hoch«, sagt Sky. »Der klingt oft so brummig. Der meint das nicht so. Ich hätte dich vor dem Sprung noch mal fragen müssen, ob du alles geklärt hast. Tut mir leid.«

Alice spürt seine Hand auf ihrer Schulter. Sie sieht auf und blickt in seine warmen Augen.

»Tja«, sagt Luna und es klingt wie ein Seufzen. Ihr Gesichtsausdruck wirkt angespannt. »Würde ja gerne mal wissen, wer der edle Spender war, der den Sprung bezahlt hat.« Sie schielt zu Sky hinüber und sieht ihn herausfordernd an.

»Keine Ahnung«, sagt der. »Alices Vater vermutlich. Oh, am Bierstand ist eine ganz schöne Schlange. Ich muss wieder rüber.«

Er lässt die beiden stehen und Alice weiß nicht so recht, ob sie sich zu ihren Chicken Wings verdrücken soll.

»Glaubst du, er hat meinen Sprung bezahlt?«, fällt ihr ein zu fragen. Luna schüttelt langsam den Kopf.

»Keine Ahnung. Aber manchmal ... da macht er so auf großer Gentleman. Und Geld ist bei ihm nun wahrlich kein Thema.«

»Weißt du, wieso?«

»Geerbt würde ich tippen. Er redet sehr wenig über sich. Irgendwann hat er mal was von reichen Großeltern erzählt. Na ja, und als Botschaftsangehörige verdient seine Mutter sicher auch nicht schlecht.«

»Ach, deswegen sieht er sie so selten. Wo lebt sie?«

»Südamerika. Ob es Guatemala war? Ich glaub schon.«

Alice nickt, und bevor sie weiterfragen kann, wendet sich Luna ab und geht zurück zu Sky und dem Bierfass. Alice sieht ihr nachdenklich hinterher.

Ist sie heute frostiger als sonst? Und warum hält Sky so Abstand?

»Alice, Schatz«, hört sie plötzlich die Stimme ihres Vaters. »Magst du dich von deinen Freunden verabschieden? Dann können wir gehen. Ist schon nach elf.«

Sie hat ihn nicht kommen sehen und stöhnt innerlich. Mein Gott, sie ist kein Kind mehr. Es war ausgemacht, dass sie sich von Sky nach Hause bringen lässt.

»Deine Mutter hat darauf bestanden, dass ich dich jetzt abhole«, sagt er, aber sie glaubt ihm nicht. Vermutlich will er sehen, was sie hier so macht. Mit wem sie zu tun hat.

Sie nickt ergeben, sie ist zu müde zum Streiten und läuft in Richtung der Halle. »Hol nur schnell meine Tasche.«

Als sie die Tasche aus ihrem Fach nimmt, flattert etwas Weißes zu Boden. Sie hebt es auf. Ein Zettel. *Lift 7* steht darauf. *Let it sign before entering the system. Date: Friday, 05:00 p.m.* Das Kästchen *paid* ist angekreuzt. Nur eine Unterschrift fehlt. Megapeinlich!

Zurück im Freien hält Alice Ausschau nach ihrem Vater, schließlich entdeckt sie ihn bei Luna. Sie muss sich daran erinnern, dass die beiden beruflich miteinander zu tun haben. Luna fummelt sich äffisch in ihren langen Haaren herum und lacht affektiert. Dämlich. Alice wendet sich ab, um sich von Sky zu verabschieden.

»Morgen ist Familientag bei uns«, erklärt sie ihm. »Aber Montag bin ich wieder da.«

»Okay.«

Sie kann ihre Augen nicht von ihm abwenden. Warum ist er mit einem Mal so distanziert?

»Kommst du mich Montag früh abholen?«

»Mmh, kann ich machen.«

Sie nickt und hebt die Hand. Er sieht weiterhin konzentriert auf das Bierglas, als würde die Welt untergehen, wenn der Schaum überliefe.

»Ciao«, ruft er ihr schließlich hinterher, aber da hat sie sich schon zum Gehen gewandt.

»Können wir?«, fragt ihr Vater, beugt sich dann zu Luna und verabschiedet sich von ihr mit zwei Wangenküssen.

Noch einmal sieht Alice sich nach Sky um. Sein finsterer Blick scheint direkt durch sie hindurchzugehen.

*

Querida Mamá,

bald, bald! Sei doch nicht so ungeduldig. Es muss alles gut vorbereitet sein. Ich muss vorsichtig sein. Ich weiß nicht, warum, aber sie ist sehr wachsam. Sie mischt sich ein, das behagt mir nicht und ich muss sie im Auge behalten. Sonst läuft alles nach Plan. Es ist noch immer völlig ahnungslos. Es glaubt, alle anderen sind die Bösen und ich dagegen kann ihm helfen. Manchmal bin ich selbst überrascht, wie gut ich den Netten hinbekomme.

In Liebe
Dein Kind

PS: Umseitig siehst du das Flugzeug, eine Pilatus Porter. Sie bringt uns in den Himmel. Oder in die Hölle.

*

»Oh Mann, und du müsstest seinen Oberkörper sehen!« Tessa ist voll in ihrem Element. Seit einer Viertelstunde redet sie von nichts anderem als ihrem französischen Tennispartner Jean-Luc. Wie süß er ist, vor allem, wenn er versucht Deutsch zu sprechen, und wie toll er Tennis spielt und dass er versprochen hat, sie in Deutschland besuchen zu kommen und ... Alice stellt irgendwann auf Durchzug. Das ist natürlich ziemlich gemein, schließlich hat sie von Sky geschwärmt. Wenn auch deutlich verhaltener. Was sie wirklich beängstigt, davon hat sie Tessa nicht erzählt. Ihre Freundin in der luftigen Ferne des französischen Atlantiks würde sich bestimmt nicht auf ihre Probleme konzentrieren können. Und irgendwas sperrt sich zudem in ihr, darüber zu reden.

Obwohl sie heute hätte ausschlafen können, ist sie früh wach geworden. Ein paar Amseln haben vor ihrem Fenster wild gezwitschert, sie fuhr erschrocken hoch. Es hat gedauert, bis die ansonsten komplette Stille in der Siedlung sie beruhigte. Von ihren Eltern war ebenfalls nichts zu hören. Alice aber wälzte Gedanken von rechts nach links und wieder zurück. Doch das verwirrte sie nur noch mehr.

Gestern Abend hat sie erst den Eindruck gehabt, Luna sei eifersüchtig auf sie und habe Sky extra belagert, damit Alice ihm nicht zu nahe kam. Und wie sie ihn vor Jürgen, eigentlich ohne Grund, in Schutz genommen hat ... Dann aber – es war Alice fast peinlich, sich das einzugestehen – war es ihr so vorgekommen, als sei Sky eifersüchtig auf Hardy. Wie grimmig er aussah, als ihr Vater Luna küsste! Als bräche eine Welt zusammen.

Aber das ergibt keinen Sinn – wenn sie beide, Luna *und* Sky, eifersüchtig sind, heißt das, dass sie ineinander verliebt sind. Warum sind sie dann kein Paar? Und wieso ist Sky dann ihr, Alice, gegenüber so fürsorglich?

Diese Gedanken beschäftigen sie jetzt schon wieder, weswegen sie zu spät bemerkt, dass Tessa sie wohl bereits zwei Mal etwas gefragt hat.

»Also, gehst du heute nicht zur Sprungschule?«, wiederholt sie erneut. »Schick doch endlich mal ein Foto von deinem Sky. Ich muss los. Tennismatch mit Jean-Luc, *au revoir ma chérie.*« Sie macht einen Knutschmund und schaltet die Skype-Verbindung ab.

»Frühstück«, hört Alice ihre Mutter aus der Küche rufen. Ihr wird schon bei dem Gedanken daran schlecht.

Als sie schließlich am Frühstückstisch auftaucht, sehen ihre Eltern ihr erwartungsvoll entgegen. Ein dicker Blumenstrauß steht auf dem Tisch, Kerzen brennen und neben ihrem Gedeck entdeckt sie ein langstieliges Glas mit frisch gepresstem Orangensaft. Ach herrje, ihre Eltern haben ja heute Hochzeitstag.

»Herzlichen Glückwunsch«, presst sie hervor und umarmt ihre Mutter widerwillig. Sie spürt selbst, wie steif sie dasteht, wie sie versucht, möglichst viel Abstand zu wahren.

»Danke«, sagt ihre Mutter und wendet sich rasch ihrem Mohnbrötchen zu.

»17 Jahre verheiratet – unfassbar«, sagt Hardy und hält Alice den Brotkorb hin. »Wo ist nur all die Zeit hin.«

Wie jedes Jahr wird jetzt wieder die Geschichte kommen, wie ihre Eltern ganz schnell nach Alices Geburt geheiratet haben, weil sich Dagmar noch in der Geburtsklinik eine schwere Infektion zugezogen hatte und ein paar Tage zwischen Leben und Tod schwebte. Sobald es ihr besser ging, ließen sie sich im Standesamt, das an das Krankenhaus angegliedert war, trauen. Und wie jedes Jahr sagt Dagmar: »Ach, wie gerne hätte ich so richtig im weißen Kleid mit Schleier geheiratet, stattdessen war ich froh, dass ich wenigstens das Flügelhemd gegen ein frisches Nachthemd hatte tauschen können. Im Rollstuhl hat mich dein Vater zum Standesamt gebracht, so schwach war ich. Und von wegen Hochzeitsnacht – du hast stundenlang gekräht und mich und die Schwestern auf Trab gehalten.«

Und Hardy erwidert wie üblich: »Lass doch die alten Geschichten. Heute geht es uns ja allen gut. Glücklicherweise.«

Alice weiß wenig über die »Steinzeit« ihrer Eltern, wie sie das nennt. Als sie klein war, haben sie ihr nicht viel erzählt, jetzt interessiert es sie nicht mehr. Schließlich werden sowieso immer nur die gleichen Storys wiedergekäut.

Am Nachmittag fahren sie nach München, bummeln über die Leopoldstraße, essen Eis und Dagmar verliebt sich in ein großformatiges, schreiend buntes Gemälde, das von einem afrikanischen Straßenmaler angeboten wird. Nach vielem Hin und Her stimmt Hardy zu, zahlt 90 Euro für den Schinken und mault, weil er es natürlich ist, der das Ding quer durch Schwabing bis zum Auto schleppen muss. Garantiert wird es nicht in den Kofferraum passen, mosert er und Alice schreibt Tessa genervte WhatsApp-Nachrichten im Minutentakt. Aber immer noch besser, als alleine zu Hause zu sitzen.

Nachdem Hardy das Verdeck des Kofferraums abgenommen hat, versuchen sie, das Bild ins Auto zu bugsieren. Hardy schiebt von außen und Alice zerrt von innen. Irritiert zieht sie etwas Flauschiges zwischen Ersatzkanister und Picknickdecke hervor. Es ist der zerlumpte Teddy. Hat Hardy ihn nicht entsorgen wollen?

»Ach, das olle Ding«, bemerkt ihr Vater. »Hab ich ganz vergessen.« Wird er rot?

»Was ist das?« Dagmars Stimme klingt scharf. Hardy schnappt den Teddy und quetscht ihn wieder hinter die Picknickdecke.

»Was war das?«, wiederholt Dagmar.

»Ein Teddy«, sagt Alice und zieht ihn an den Ohren hervor.

»Wo kommt der her?«

Alice bemerkt den flehenden Gesichtsausdruck ihres Vaters. Was will er von ihr? Vielleicht sie nur davor beschützen, erzählen zu müssen, dass Hendrik in ihr Zimmer eingedrungen ist und das halb verweste Kuscheltier dort hinterlassen hat. Und dass er sie an der Bushaltestelle überfallen hat.

»Tessa«, sagt Alice schnell, ohne zu wissen, wie der Satz weitergehen soll. »Tessa hat ihn das letzte Mal vergessen, als sie bei mir übernachtet hat. Papa wollte ihn bei ihr vorbeibringen. Aber jetzt ist sie ja schon im Urlaub.«

»Genau.« Hardy lächelt. »Ich glaube, so übersteht dein Kunstwerk die Fahrt unbeschadet.« Er wischt die Hände aneinander ab und lässt die Kofferraumklappe mit einem lauten Knall zufallen. Dagmar sieht noch immer skeptisch aus. Die Rückfahrt über spricht sie kein Wort. Irgendetwas scheint ihr nicht zu behagen. Und zwar ganz und gar nicht.

6. Kapitel

Außer dem Geruch von Kerosin liegt heute noch etwas anderes in der Luft. Alice hat es gleich wahrgenommen, als Hardy sie am Morgen – »ausnahmsweise« – am Sprungplatz abgesetzt hat. Die Stimmung ist geschäftig, ja, eine große Gruppe von Springern hat sich angesagt, aber auch angespannt. Jürgen hat mit Neil rumgemeckert, der fürchterlich übermüdet aussieht. Dann hat der Chef Alice zu sich zitiert, um mit ihr zu klären, wie ihre »Springeraktivitäten« in den allgemeinen Tagesablauf einzugliedern wären.

»Morgens anmelden und bei den letzten Flügen kannst du dabei sein«, hat er schließlich zugestimmt. »Und wir machen es, wie du vorgeschlagen hast: Wir schauen am Ende, wie oft du gesprungen bist, und das verrechnen wir mit deinem Lohn. Ich mach dir einen guten Preis, okay?« Alice nickt. Ihr soll es recht sein. Und falls sie nicht alle Sprünge von ihrem Gehalt finanzieren kann, wird sie ihre Eltern um einen Taschengeldvorschuss bitten.

Als sie zurück in die Halle kommt, sind Luna und Sky damit beschäftigt, die neue Gruppe in Empfang zu nehmen. Einige machen einen eintägigen Sicherheitslehrgang mit, andere sind schlichtweg zum Springen da. Alle wirken aufgedreht, schnattern wild durcheinander und vor dem Manifest gibt es Gedränge und Geschiebe.

»Endlich«, dirigiert Luna Alice zu sich. »Ich brauch dich dringend hier.« Klingt sie gereizt?

Eine halbe Stunde lang nimmt Alice Namen, Geburtsdaten und ärztliche Atteste entgegen, tippt hektisch Daten in die Computermaske ein und überreicht unzählige Infomappen. Dazwischen soll sie auch noch Kaffee kochen, die Toiletten mit Klopapier versorgen und neue Staubsaugerbeutel aus dem Lager holen. Um kurz nach zehn hat sie das Gefühl, ein ganzer Arbeitstag liege bereits hinter hier.

Endlich verteilen sich die Springer auf verschiedene Ecken der Halle und um das Manifest herum kehrt ein wenig Ruhe ein.

»Willst du heute deinen nächsten Sprung machen?«, fragt Sky irgendwann und Alice nickt begeistert.

»Geht das heute? Ist doch so viel los.«

»Die meisten hauen so gegen vier ab. Danach?«

Alice spürt ein breites Grinsen in ihrem Gesicht aufleuchten und macht sich über die Sprungplanung im Computer her.

»Ich trag das gleich ein, dann hat Jürgen nichts zu meckern.«

»Braves Mädchen.« Sky lacht und zieht an ihren Locken. »Und magst du wieder mit mir springen?«

Sie nickt begeistert, hält aber inne, als Luna um die Ecke biegt. Ihr Blick wirkt etwas düster, angespannt.

»Was plant ihr denn schon wieder?«, fragt Luna und klingt ungehalten.

»Willst du auch mit? Alice macht heute ihren zweiten Sprung.«

Luna zieht die Augenbrauen zusammen. Was passt ihr bloß nicht?

»Und weiß Jürgen Bescheid?«

Alice und Sky nicken gleichzeitig. Luna sieht skeptisch zwischen ihnen hin und her.

»Okay«, sagt sie schließlich. »Aber du machst Kamera, Sky.«

Es ist schon fast fünf, als die große Gruppe endlich den Heimweg antritt. Sie haben sich beim Mittagessen verquatscht, dann musste eine halbstündige Regenpause eingelegt werden und auch jetzt ist der Himmel bedrohlich zugezogen.

»Wenn wir einen Zahn zulegen, klappt das noch.« Sky schließt die Website mit dem Regenradar. »Fallschirm gepackt, Alice?«

»Ich helfe dir«, schaltet sich Luna ein und kniet schon auf der grauen Bodenabdeckung neben einem riesigen Stoffhaufen, von Leinen durchzogen. Alice wundert sich selbst, dass ihre Finger ein wenig zittern, als sie den Schirm ausbreitet und dann seine Seitenteile ordentlich in die Mitte einklappt. Hat sie Angst, vor Luna einen Fehler zu machen?

Dabei lobt die sie doch gerade. »Gut so, da – diese Bahn kannst du etwas enger legen. Fester rollen, da muss alle Luft raus. Und pass auf mit den Leinen. Dass die Öffnung des Schirms mal härter, mal weicher ausfällt, je nachdem, wie du packst, weißt du?«

Alice nickt. Sie versteht zwar noch nicht so genau, was passiert, wenn der Fallschirm falsch gepackt ist, aber da jeder hier mit den Schülern ständig über dieses Thema spricht, ist es wohl wichtig.

»So, und jetzt pass gut auf mit den Fangleinen, schlauf die mal so auf fünf, sechs Zentimeter. Da müssen dann die

Gummis drum. Wenn die zu locker oder zu fest sitzen – gute Nacht!«

Alice spürt Schläge in ihrem Kopf hämmern, während sie sich abmüht, die Leinen zu korrekten Schlaufen zusammenzulegen. Sie versucht, gleichmäßig gegen den drohenden Schmerz anzuatmen. Mit Sky hat sich das Ganze entspannter angefühlt. Natürlich hat er ihr ebenfalls Tipps gegeben, aber Luna hat heute was Inquisitorisches. Als befürchte sie von vornherein, dass Alice etwas falsch macht.

»Luna, Telefon. Die Airline«, ruft Sky vom Manifest.

»Mach nichts, was ich nicht auch tun würde«, sagt Luna und geht zum Telefon. Alice schlauft verbissen weiter, als sich Sky neben sie hockt.

»Alles klar?«, fragt er. Sie nickt und kann sich genau vorstellen, wie schrecklich knallrot ihr Kopf schon wieder leuchtet.

»So geht's auch«, bestätigt er und sie entspannt sich ein wenig. »Aber schau, so ist's besser.« Er greift nach den Gummis und zeigt ihr, wie man sie um die Schlaufen befestigt. »Und jetzt du.«

Sie kommt immer mehr in den Rhythmus und hat den Eindruck, endlich den Trick verstanden zu haben.

»Da war gar keiner dran«, mault Luna, als sie kurz darauf neben den beiden auftaucht. »Wie sieht's aus?«

»Alles gut«, sagt Sky und zwinkert Alice zu. Schließlich ist sie so weit, den verpackten Fallschirm in den Pod zu schieben.

»Dann geh ich mal meinen Overall anziehen.« Alice erhebt sich. Ihr Fuß ist eingeschlafen und sie humpelt in Richtung der Garderobe. Hört sie Sky und Luna hinter sich tuscheln?

Gedankenverloren schlüpft sie in den Anzug. Sie spürt eine leichte Nervosität aufsteigen, nicht ganz unangenehm. Gleich – gleich wird sie fliegen. Freiheit kosten. Sie pfriemelt am Reißverschluss, der sich im Stoff festgebissen hat.

»Kommst du?«, hört sie Luna rufen. »Wir müssen los. Sonst wird der Wind zu heftig.«

Alice zerrt am Reißverschluss, greift nebenher nach einer Sprungbrille und Handschuhen und spurtet los. Doch etwas hindert sie. Mit lautem Krachen knallt sie auf den abgewetzten PVC-Belag. Alles geht so schnell, dass sie kaum realisiert, was geschieht. Nur den Schmerz in der Nasenspitze nimmt sie überdeutlich wahr. Autsch!

Offensichtlich hat sie geschrien, denn plötzlich hockt Sky neben ihr auf dem Boden.

»Was machst du da?«, fragt er und hält ihr ein Taschentuch hin. Sie sieht ihn irritiert an. Er beginnt, an ihrer Nase herumzuwischen, und sie bemerkt Blut auf dem weißen Tuch.

»Bist du über deinen Helm gestolpert?« Luna steht mit in die Hüften gestemmten Händen neben ihr. Dann bückt sie sich und angelt nach dem Helm, der knapp vor Alices Füßen liegt.

»Oh Shit«, sagt Alice nur. Sky hält ihr schon das nächste Taschentuch hin.

»Und du hast offensichtlich mit der Nase gebremst.« Er tätschelt ihre Schulter und sie nimmt ihm dankbar das Taschentuch ab.

»Was ist passiert?«, fragt nun Neil, der vom Manifest herübergekommen ist.

»Alles okay«, sagt Alice und steht auf.

»Aber springen geht so nicht«, sagt Luna und klingt wie Dagmar, wenn sie klarmacht, dass jeder Widerspruch zwecklos ist.

»Ach, das hört gleich wieder auf«, sagt Sky und wirft Alices rot getränkte Taschentücher in den Müll. Alice wischt immer noch an ihrer Nase herum, die Blutung will nicht stoppen.

»Dann spring ich«, schlägt Neil vor und Luna nickt.

»Aber ...«, sagt Sky, doch die beiden anderen beachten ihn nicht weiter.

»Ist vermutlich besser so.« Alice spürt, dass ihre Beine ein wenig zittern.

»Kommt, los«, hetzt Luna. »Der Wind frischt auf.«

»Tut mir leid.« Sky hebt bedauernd die Schultern.

»Ich fahre mit Jürgen zum Landeplatz und sammle euch wieder ein«, ruft Alice ihnen nach. »Jetzt such ich mir erst mal ein Kühlpack für die Nase. Es tut schon ein bisschen weh.«

»Ich hatte mich so gefreut auf unseren Sprung.« Sky dreht sich am Eingangsbereich noch einmal um und wirft ihr eine Kusshand zu. Kurz vergisst sie den Schmerz in der Nase. Wie blöd kann man sein und über den eigenen Helm stolpern?

»Siehst aus wie 'n Boxer«, spottet Jürgen, als sie am Landeplatz aus dem Auto steigen. »Na, wird schon wieder.«

Alice braucht nur wenig zu schielen, um ihre angeschwollene Nase wahrzunehmen. Auch das Luftholen ist ziemlich unangenehm. Aber der kühle Wind, der nun auffrischt, tut ihr gut. Hoffentlich ist nichts gebrochen.

»Gut, dass du nicht gesprungen bist«, sagt Jürgen mit einem Blick zum Himmel. »Bei den Windverhältnissen sollte man beim Landen schon fit sein. Schau, da kommen sie.«

Drei stecknadelkopfgroße Punkte noch weit über ihnen kündigen die Springer an. Sie werden schnell größer.

»Oh Shit«, ruft Jürgen plötzlich. »Was ist das denn?«

Alice kneift die Augen zusammen und schirmt sie mit der Hand ab, um besser sehen zu können. Während sich zwei der Springer ganz gleichmäßig in der Gleitfahrt bewegen, trudelt der dritte durch die Luft. Sein Schirm ist nicht richtig entfaltet und er rudert mit den Armen.

»Das ist Neil.« Jürgen schreit. »Ach du Scheiße, sein Schirm hat sich nicht richtig geöffnet! Das sieht nach einem Baglock aus. Verdammt!«

Alice versteht nicht, was passiert ist, aber sie sieht die Panik in Jürgens Augen. Etwas, das sie sich bisher bei ihm nicht hat vorstellen können.

»Kapp den Hauptschirm«, brüllt er und tritt mit dem Fuß gegen den VW-Bus.

»Er kann dich nicht hören«, will Alice sagen, aber sie fühlt sich wie gelähmt. »Mein Fehler, mein Fehler, mein Fehler«, sind die einzigen Worte, die in ihrem Kopf Platz haben. Sie hat den Schirm gepackt. Sie ist es, die etwas falsch gemacht hat. Sie ganz allein!

Sie starrt in den Himmel, das Herz schlägt ihr bis zum Hals, sie weiß überhaupt nicht, was dort über ihr geschieht.

»Endlich«, hört sie Jürgen neben sich stöhnen. Sie wagt einen Seitenblick und beobachtet, wie er langsam Luft aus den Wangen bläst.

Dann blickt sie nach oben. Über ihr schwebt Neil am quietschgelben Rettungsschirm. Sein Hauptschirm ist irgendwo zwischen den Wolken verschwunden.

Luna landet zuerst, dann Sky. Ob sie mitbekommen haben, was geschehen ist? Alice rennt auf Sky zu.

»Er wäre …«, schreit sie. »Beinahe wäre er …« Sie bringt es nicht über sich, den Satz zu Ende zu sprechen. Selbst Sky sitzt etwas benommen am Boden.

»Das war knapp«, sagt er. »Wenn ich mir vorstelle, du wärst …«

Ein sanftes Rascheln zeugt von Neils Landung. Er streckt sich im Gras aus und bleibt reglos liegen.

Jürgen ist mit wenigen Schritten bei ihm. »Alles okay, Junge?«

Alice sieht die Angst, die noch immer in Jürgens Augen flackert. Und die sich langsam verändert. In Wut.

»Alice!«, schreit er und sie würde am liebsten aufstehen, die Arme ausbreiten und wegfliegen. Ganz ohne Fallschirm. Stattdessen geht sie auf die beiden im Gras Kauernden zu.

»Du hast den Fallschirm gepackt, oder?«

Alice starrt auf ihre sandigen Schuhspitzen und ihr Herz rast. Sie kann nur nicken. Gleich wird er ihr den Kopf abreißen und sie bei lebendigem Leib auffressen. Und womit? Mit Recht!

»Moment!« Plötzlich steht Luna neben ihr. »Ich habe Alice beim Packen beaufsichtigt. Ich muss einen Augenblick abgelenkt gewesen sein. Es ist mein Fehler.«

»Da reden wir noch drüber.« Jürgen zieht Neils Rettungsschirm zu sich heran. Luna kniet sich zu dem Jungen und streicht ihm über den Kopf. Der hebt abwehrend die Hände.

»Alles okay!« Er flüstert, als sei er heiser. »Ist ja noch mal gut gegangen.« Er richtet sich auf. Jürgen gibt ihm einen Klaps auf den Hinterkopf.

»Mann, ich hab nur gedacht, wann kappt der endlich den Fallschirm! War dein erstes Mal, oder?«

Neil nickt. »Und hoffentlich das letzte. Ich weiß nicht, ich war so verwirrt von dem Anblick der verhedderten Leinen, dass ich gar nicht reagieren konnte. Ich dachte die ganze Zeit, wow, da stimmt was nicht! Ich wollte anfangen, darüber nachzudenken, wo der Fehler liegen könnte ...«

»Genau das ist das Gefährlichste, was du machen kannst.« Jürgen steht langsam auf. Er hält Neil die Hand hin und zieht ihn hoch. »Handeln, handeln, handeln – und zwar schnell. Die Analyse kommt hinterher. Ehrlich gesagt möchte ich mir nicht vorstellen, was passiert wäre, wenn Alice am Schirm gehangen hätte. Mann, Mann, Mann.«

»Was war denn eigentlich los?«, fragt Alice vorsichtig, während sie alle zum Auto gehen.

»Na ja, vermutlich waren die Schlaufen der Leinen nicht korrekt gelegt. Wenn sich der Hauptschirm zu früh entfaltet, bevor die Leinen ganz straff sind, flattern die wild durch die Luft und können sich um den Stoff legen. Dann kann sich der Schirm nicht mehr richtig entfalten und du kannst weder lenken noch sonst irgendwas. Und dann hilft nur: Wiedersehen, Hauptschirm«, erklärt Jürgen. Er wirkt schon wieder ziemlich ruhig. »Das kommt immer mal vor, ist aber ein Scheiß-Gefühl. Mir ist das auch mal passiert.«

Noch bevor der VW-Bus eingeparkt hat, erkennt Alice den Wagen ihrer Mutter. Was will die hier? Sie steht an die Kühlerhaube gelehnt und steckt gerade ihr Handy in die Hosentasche, als nun Alice und die anderen aus dem Bus aussteigen.

»Alice«, ruft sie sofort. »Ich dachte, ich komme dich heute mal abholen. Wollte doch mal sehen, wo du so deine ...« Dagmar starrt sie entsetzt an. »Oh Gott, deine Nase – was ist passiert? Hast du dich beim Springen ...?«

»Nein«, unterbricht sie Alice. »Bin nur gestolpert.«

Dagmar fällt ihr um den Hals. Alice befreit sich rasch aus der Umarmung.

Sky geht mit Gurtzeug bepackt an ihnen vorbei in Richtung Halle. Jürgen und Neil hantieren am Bus. Nur Luna stoppt. Ihr Fallschirm umhüllt sie wie ein aufgeplatzter Kokon.

»Hallo, Frau Bohrmann«, sagt sie und ihren Blick kann Alice nicht deuten. Irgendwas lauert hinter der Freundlichkeit. Etwas Feindseliges?

»Ach, ähm, Luna? Richtig? Entschuldigung, ich habe Ihren Nachnamen vergessen.« Dagmar lacht gekünstelt. Alice würde am liebsten im Boden versinken. Was muss sie ihr nachspionieren? Das hier – das ist ihre Welt. Zutritt verboten!

»Schon okay«, sagt Luna. »Nennen Sie mich ruhig beim Vornamen. Wollen Sie auch mal springen? Wo doch jetzt der Rest der Familie ...«

»Um Gottes willen, nein.« Dagmar schüttelt vehement den Kopf. »Das tue ich mir nicht an. Es reichen zwei Verrückte im Haus.«

Luna hebt kurz die Schultern. »Sie wissen aber, dass Fallschirm springen zu den sicheren Sportarten gehört? Wir sind hier alle sehr auf ...«

»Wenn sich denn der Fallschirm richtig öffnet«, sagt Sky im Vorbeigehen und steuert auf den Bus zu, um weiteres Equipment auszuladen.

»Was meint er?«, fragt Dagmar sofort. Alice sieht sich nach Sky um. Vielleicht kann sie ihm beim Tragen helfen.

»Man muss sehr sorgfältig sein«, erklärt Luna und verschränkt die Arme vor dem Bauch. Alice tritt zu Sky, der vor der geöffneten Heckklappe steht und zwei ineinander verhakte Fallschirme zu entwirren versucht.

»Soll ich mal?«, bietet sie an.

»Alice, bitte, ich möchte jetzt fahren«, ruft ihre Mutter und kommt langsam hinterher.

»Passt schon«, sagt Sky. Kein Lächeln?

»Ich will nicht fahren«, flüstert Alice. »Die nervt.«

»Sei froh, dass deine ... ach, egal. Wir sehen uns morgen, ja?«

Wie ein begossener Pudel trabt Alice auf Dagmar zu.

»Sollen wir beim Arzt vorbei und deine Nase anschauen lassen?«

Alice schüttelt den Kopf. Es tut ziemlich weh.

»Nee, ist nichts. Nur ein bisschen geschwollen.«

»Aber wenn ...«

»Mama, bitte! Ich hau daheim etwas Eis drauf und gut ist.«

Schweigend setzen sie sich ins Auto und Dagmar fährt ruckelnd los. Wie so oft. »Hab Känguru-Benzin getankt«, hat sie das früher immer kommentiert. Als Alice noch über ihre Scherze gelacht hat. Wie lange ist das jetzt her? Vier Jahre? Fünf? Inzwischen kann sich Alice an keinen Witz ihrer Mutter mehr erinnern, bei dem auch nur ihre Mundwinkel zucken würden.

Sie setzt die Kopfhörer auf und startet wahllos einen Song auf ihrem Handy. Hauptsache, ihre Mutter lässt sie in Ruhe. Sie starrt in die Landschaft. Was wäre passiert, wenn sie selbst gesprungen wäre – wie geplant? Hätte sie so besonnen reagiert und daran gedacht, den Schirm zu kappen? Okay, Sky und Luna wären in ihrer Nähe gewesen, vermutlich. Aber trotzdem. Spätestens die Landung hätte sie alleine hinbekommen müssen. Übelkeit breitet sich in ihrem Magen aus. Dann schneidet ihr der Gurt tief in den Hals, als Dagmar abrupt bremst. Ein silbergrauer Audi überholt knapp, schert dicht vor ihnen ein. Skys Wagen? War er allein unterwegs oder saß da jemand neben ihm? Luna? Die über sie spottete?

Alice hat das Gefühl, als würde sie bald verrückt werden. Überall sieht sie nur noch Bedrohung und Verschwörung.

»*You are not out of mind, down this road you'll find answers to your pain. Just walk to make it end*«, singen Klingande.

Und: »*Fell what should fall, as you could see restart the game.*« Wie gerne würde sie das jetzt tun: Das Spiel neu starten.

*

Querida Mamá,

du darfst nicht schimpfen. Fehler können passieren. Es war einfach unvorhersehbar. Aber ich werde in Zukunft versuchen, das Unvorhersehbare in meine Planung miteinzubeziehen. Sieh es als Testlauf. Ich werde noch präziser arbeiten und muss meine Schritte ausdehnen. Ich bin zuversichtlich, dass beim nächsten Mal alles klappt. Ich muss nur dafür sorgen, dass es das Vertrauen in mich nicht verliert. Aber es ist vom Sprungvirus infiziert, da sollte das kein Problem sein. Obwohl ich sie ja beide am liebsten von der Straße gedrängt hätte, einfach so. Doch das geht nicht, ich weiß. Was ich dagegen weiß, ist, wie ich allen Verdacht werde von mir lenken können. Es macht Spaß, mit ihnen zu spielen. Sie sind wie Mäuse in einem Testlabor und sie wissen nichts davon. Rein gar nichts.

In Liebe
Dein Kind

PS: Nicht schimpfen, ich weiß, du findest es übertrieben. Aber dieses Auto ist einfach göttlich. Ich fahre es seit acht Wochen und freue mich täglich darüber.

*

Todesangst überzieht ihren Körper mit einem kalten Schauer. Sie wacht von ihrem eigenen Schrei auf. Die Erde ist so schnell näher gekommen, dass sie vor Panik nicht den kleinsten Muskel bewegen konnte. Über sich hat sie Menschen gesehen, die alle an geöffneten, strahlend bunten Fallschirmen hingen. Unter ihnen Sky, Luna, Neil, sogar ihr Vater. Sie plauderten miteinander, richtig gemütlich sah das aus, wie ein himmlisches Kaffeekränzchen. Nur von ihr hat niemand Notiz genommen, davon, dass sie auf die Erde zustürzte wie ein Stein. Und dass sie ungebremst aufschlagen würde in einer grauen Felswüste. Ganz langsam nur beruhigt sich ihr Herzschlag.

Hinter der Jalousie kann sie den Morgen herannahen sehen. Ihr Mund ist ausgetrocknet und sie steht auf, um sich im Bad ein Glas Wasser zu holen. Der Blick in den Spiegel zeigt ihr, dass ihre Nase schon fast völlig abgeschwollen ist. Sie tut auch nicht mehr weh.

Im Flur unten wird gesprochen. Leise nur, flüsternd. Sie späht die Treppe hinunter, erkennt den Pilotenkoffer ihres Vaters. Auf dem Ausschnitt des Garderobentischchens liegt seine Uniformmütze. Er muss gerade erst zurückgekommen sein. Sie kann sich nicht erinnern, wo er war.

»Und du willst mir jetzt nicht genauer sagen, worum es geht?«, hört sie ihn fragen. »Na gut, wie du meinst. Ich dachte nur, wenn du schon so früh anrufst ...« Er klingt müde, abgespannt. Mit wem telefoniert er um diese Uhrzeit? Kurz vor fünf.

»Ja, du hast ja recht. Morgen Abend? Halb neun. Okay.« Er scheint zu lauschen.

»Ja, das ist sicher besser. Sollte nicht jeder mitbekommen. Auf der Rückseite der Halle? ... Okay, finde ich schon. Bis dann. Ach, und kein Wort – zu niemandem. Versprochen?«

Schnell zieht sie sich zurück und kuschelt sich in ihr Bett. Dass sie noch einmal einschlafen kann, bezweifelt sie. Mit wem hat ihr Vater da gesprochen? Um diese Uhrzeit! Mit einem Kollegen? Aber warum sollte er morgen Abend hinter der Halle einen Kollegen treffen? Und welche Halle? Irgendetwas, was sie nicht näher bestimmen kann, sagt ihr, dass es um die Sprungschule geht. Und dass er mit keinem Kollegen gesprochen hat, sondern mit einer Kollegin. Mit Luna.

Was denkst du da, Alice?, schimpft sie sich. Und doch setzt sich da etwas fest. Ihr Vater macht ein heimliches Treffen mit Luna aus. Was soll das? Gleich bricht ihr Hirn auseinander. Es fühlt sich wie ein unnützer Klumpen an, ausgetrocknet und mürbe. Dir fehlt Schlaf, redet sie sich ein. Einfach Schlaf. Aber sie wird nicht mal mehr dösen können, da ist sie sich ganz sicher. Und dann wird sie garantiert wieder Kopfschmerzen bekommen.

Ist das Kaffee? Sie schnüffelt und stellt fest, dass sie eingerollt wie ein Embryo noch immer im Bett liegt. Offensichtlich hat sie doch noch einmal tief und traumlos geschlafen.

»Guten Morgen, Schatz«, hört sie ihren Vater neben sich und erkennt das Klirren als Abstellen eines Kaffeebechers. Sie dreht sich zu ihm und blinzelt.

»Was Schönes geträumt? Ist schon halb zehn.«

Sie fährt hoch. »Was? Oh Gott, ich hab verschlafen!« Sie strampelt die Decke an ihre Füße und will aus dem Bett klettern. Hardy hält sie am Arm zurück und setzt sich neben sie.

»Warte!«, sagt er und streicht ihr übers Haar. »Ich habe Jürgen angerufen. Ihm gesagt, dass du heute nicht kommst. Wir müssen, tja, reden.«

Der Milchkaffee glänzt appetitlich in der flachen, großen Tasse, aber mit einem Mal ist Alice ganz flau im Magen.

»Deine Mutter hat mir erzählt, was gestern passiert ist, mit deiner Nase. Und Jürgen hat mir erzählt, dass Neil beinahe einen Unfall gehabt hätte – mit deinem Schirm.«

»Aber ... aber ... das war doch nur ...«

»Nein, Alice – sei mal vernünftig. So etwas kann immer passieren – auch dir! Und die Gefahr, dass dir was zustößt, ist mir einfach zu groß. Vielleicht habe ich das nicht richtig bedacht, als ich dir den Sprung geschenkt habe. Ich dachte, einmal ist berechenbar und dann ist's auch gut. Aber das hier? Das möchte ich nicht. Das verstehst du, ich weiß es.«

Alice zieht die Knie an und schlingt die Arme darum.

Immer soll sie Verständnis haben! Er dagegen – versteht nichts, gar nichts!

»Bitte, Schatz! Du bist unser einziges Kind!«

»Du kannst mich doch nicht bis ans Ende deiner Tage vor allem beschützen. Leben ist nun mal lebensgefährlich.«

»Ja, klar, aber da, wo ich Risiken abstellen kann, tue ich es – und dazu gehört deine Karriere als Fallschirmspringerin.«

Wie sehnt sie sich danach, endlich 18 zu werden. Fast ein ganzes Jahr dauert es noch. Verdammt! Wenn sich ihr Vater einmal was in den Kopf gesetzt hat ... da kann sie lange auf Lieblingstochter machen. Es ist zum ...

»Kann ich nicht wenigstens weiter dort arbeiten? Jürgen zahlt echt gut und er braucht mich auch. Was meinst du, was da los ist.«

»Ich weiß nicht, Alice, das Milieu ...«

»Aber du warst doch selbst total begeistert!« So langsam versteht sie gar nichts mehr. Jetzt will ihr Vater sie gar nicht mehr in die Sprungschule lassen? Das ergibt keinen Sinn.

»Also, Ansage.« Er steht auf. »Ich frag mal nach, ob du bei uns irgendwo jobben kannst, wenn du unbedingt Geld verdienen möchtest. Der Sprungplatz ist erst mal gestrichen.«

»Och, Papa, das ist doch total ...«

Er geht einfach aus dem Zimmer. Als sei Alice acht und hätte nicht ein Wörtchen mitzureden. Was ist nur los mit ihm? Früher – da war er wirklich ihr Kumpel, ihr bester Freund, da hat er sie verstanden und so entschieden, dass es für die ganze Familie akzeptabel war. Aber jetzt? Sie erkennt ihn gar nicht wieder, als sei er ein anderer Mann.

Was ist da nur passiert? Und morgen Abend um halb neun trifft er sich mit einem geheimnisvollen Unbekannten. Oder einer Unbekannten. Aber ihr vorschreiben wollen, was sie zu tun und zu lassen hat.

Nee, denkt sie. Nee. Nee. Der kann mich mal.

Gegen halb elf ist sie sicher, dass ihre Mutter zum Einkaufen gegangen ist und sich ihr Vater schlafen gelegt hat. Er nimmt vermutlich an, sie liegt noch immer im Bett und schmollt.

Doch unter der Bettdecke trägt sie bereits normale Klamotten. Und jetzt, wo alles still ist, schultert sie ihren Rucksack und schleicht auf den Balkon. Sie schwingt die Beine über die Brüstung, hält sich an dieser fest und lässt sich langsam auf das Dach des Wintergartens hinab. Es knarzt ein wenig und einen Moment lang packt sie die Angst, dass sie durch das Glas hindurchbricht. Sie legt sich rasch auf eine Längsstrebe und gleitet zur Dachkante hinunter. Ein Sprung – und sie landet im Rosenbeet ihrer Mutter. Ein paar Dornen bohren sich durch ihr dünnes T-Shirt in ihren Bauch, aber sie kümmert sich nicht weiter darum. Sie quetscht sich durch die Thujahecke und steht schon in der ruhigen Seitenstraße. Das haben sie jetzt davon! Wenn sie versuchen, sie einzusperren, bleibt ihr nichts anderes übrig, als abzuhauen. Selbst schuld!

Erst als sie im Bus sitzt, fällt ihr ein, dass Jürgen vermutlich nicht gerade begeistert sein wird, sie zu sehen. Garantiert hat Hardy ihm von seinen Vorbehalten erzählt, und wenn Alice auftaucht, wird Jürgen ihren Vater umgehend anrufen, der sie dann abholen käme. Hoffentlich kann sie Jürgen davon überzeugen, dass sie sich mit Hardy geeinigt hat – keine Sprünge, dafür Mitarbeit.

Die Straße von der Haltestelle bis zur Sprungschule zieht sich ewig. Leider kommt weder der VW-Bus auf dem Weg vom Landeplatz vorbei noch sonst irgendjemand. Alice zieht den Rucksack über ihren Kopf, um sich vor der Sonne zu schützen. Im Nacken brennt bereits so etwas wie ein Sonnenbrand, da sie die Locken hochgesteckt hat.

Sie hört ihr Handy klingeln und beschließt, es zu ignorieren. Am besten, sie schaltet es gleich ganz aus.

Endlich sieht sie das Blechdach der Halle über den Feldern flirren. Sogar den Feldlerchen ist es heute zu heiß, um aufzusteigen und zu singen. Das einzige Geräusch, das sie bemerkt, ist das Knattern der Pilatus Porter oben am Himmel.

Wie gerne sie jetzt dort drin sitzen würde! Trotz des Schocks gestern. Sie sieht Neil vor sich, wie er durch die Atmosphäre torkelte, verloren und starr vor Angst. Doch gleich schiebt sich das Bild des gelben Rettungsschirms davor. Es ist gut gegangen. Hoffentlich hat Luna nicht allzu viel Ärger ihretwegen bekommen. Sie hat Alice schließlich beim Packen beaufsichtigt.

Sie schleicht vorsichtig um die Ecke herum zum Eingang der Halle. Sie muss ja nicht gleich Jürgen in die Hände laufen. Wie immer verteilen sich zahllose Menschen auf den Loungesesseln, trinken an Josés Imbisswagen einen Kaffee oder von seiner selbst gemachten Zitronenlimonade und zeigen sich gegenseitig die beste Haltung beim Landen.

Von Jürgen ist nichts zu sehen. Dafür läuft ihr Sky über den Weg. Er steckt in einem Kombi und trägt schon das Gurtzeug um die Hüften.

»Hey, kommst ja doch«, begrüßt er sie, freundlich wie immer.

»Ich lass euch nicht im Stich«, erwidert sie und ihr Lachen fällt etwas grimmig aus. »Ist Jürgen da?«

»Nee, hat 'n Termin beim Steuerberater oder so was.«

Ihre Laune bessert sich schlagartig.

»Luna freut sich bestimmt, wenn du ihr beim Videoschnitt hilfst. Sind massig Tandemspringer heute. Ich hab auch gleich den nächsten Load.«

Sie nickt und geht nach hinten. In der Halle ist es angenehm dämmrig, allerdings nicht viel kühler als im Freien.

Luna verarztet gerade vier Tandemgäste am Manifest gleichzeitig. Man sieht ihr an, dass sie sich um Freundlichkeit bemüht, aber etwas gestresst ist. Als ihr Blick auf Alice fällt, entspannt sie sich kein bisschen.

»Was machst du hier? Ich dachte, du kommst nicht mehr!«, begrüßt sie sie. Aha, Jürgen hat schon alle informiert heute Morgen. Und offensichtlich wäre es Luna recht gewesen, wenn Alice nicht aufgetaucht wäre.

»Ich wollte euch helfen. Ist doch so viel los.«

Luna stöhnt und weist mit dem Kopf in Richtung Schnittplatz.

»Ich will gar nicht genau wissen, was Jürgen und dein Vater ausgemacht haben, zieht mich da nicht mit rein. Wenn du da drüben aushilfst, wäre es super. Ansonsten – ich halte mich raus. Hab sowieso genug Ärger bekommen.«

Alice zuckt zurück. Mist.

»Wegen des falsch gepackten Fallschirms?« Trotz des Lärms drum herum hat Luna sie genau verstanden, das sieht sie an ihren blitzenden Augen.

»Yep.«

»Tut mir leid. Ich weiß auch nicht ...«

»Anfänger sind Anfänger, weil sie Fehler machen«,

mischt sich Sky in das Gespräch ein. »Und wir sind dazu da, die Fehler auszubügeln.« Er angelt nach einem Paar Handschuhe, das er wohl vergessen hat.

»Du nimmst sie natürlich in Schutz.« Luna zischt, sie will vermeiden, dass die Umstehenden etwas mitbekommen. Aber sie kann auch nicht schweigen.

Sky dreht sich fort, zwinkert Alice zu und winkt lässig mit den Handschuhen.

Alice weiß nicht so recht, was sie jetzt tun soll. Vielleicht wäre sie besser nicht gekommen?

»Geh schon«, schimpft Luna und deutet zum Schnittplatz. »Mach dich wenigstens nützlich.«

Etwas belämmert setzt sie sich an den Computer. Auch wenn sie ja versteht, dass Luna sauer auf sie ist, muss die sich doch nicht so aufführen, als sei sie ihre Mutter. Gemecker hat sie daheim genug.

Lustlos sieht sie sich das Material des letzten Sprungs an. Sky mit einer gut aussehenden Blondine, die vor Aufregung völlig aus dem Häuschen ist. Sie schreit die ganze Zeit und grimassiert wild in die Kamera. Unwillkürlich muss sie lachen. Das erste Mal ist wirklich der Hammer! Und die weiteren Male auch. Sie giert geradezu danach, dieses unglaubliche Gefühl der Freiheit noch einmal zu erleben. Es macht süchtig, absolut. Adrenalin-Junkie.

»Das liegt daran, weil du freiwillig springst. Du willst deinen Körper nicht, wie beim Hinfallen, abfangen, sondern du erlaubst ihm, sich diesem Fallen vertrauensvoll hinzugeben«, hat ihr Sky neulich erklärt. Sie hat genau verstanden, was er gemeint hat. Und genau deshalb können ihr ihre Eltern noch so viel verbieten – springen wird sie wieder, ganz sicher!

»Dein Vater«, sagt plötzlich Luna und hält ihr ein Handy entgegen. »Nimm schon, ich hab zu tun.« Sie legt das Telefon neben Alice und wendet sich wieder dem Manifest zu.

Kacke!, ist alles, was Alice denken kann.

»Bitte, Papa«, sagt sie sofort, als sie das Handy ans Ohr presst. »Ich steh hier nur und schneide Filme, was ist denn dabei? Hier ist die Hölle los, wir sind viel zu wenig Leute heute.«

»Aber einfach abhauen? Das ist doch kindisch!«

»Und mir den Job verbieten – das ist erwachsen und reif, oder was?«

»Los, Alice«, ihr Vater klingt genervt. »Ich habe keine Lust, mit dir zu streiten. Nächsten Sommer kannst du tun und lassen, was du willst. Jetzt kommst du nach Hause. Und zwar *tout de suite.*«

Alice tippt auf das rote Symbol und beendet das Gespräch ohne ein weiteres Wort. Hat der sie noch alle? Sie donnert das Handy wütend in Richtung Tisch – den sie knapp verfehlt. Das Gerät landet mit einem unschönen Knall auf dem blanken Boden. Mist!

Sie bückt sich und hebt es auf. Gehört das Luna? Wie peinlich! Hoffentlich ist nichts kaputtgegangen. Sie klappt die hellblaue Lederhülle auf, in die »LV« geprägt ist. Wie Luna ... Sie weiß nicht einmal Lunas Nachnamen, wird ihr klar. Das Displayglas sieht unbeschädigt aus, sie wischt darüber und der Bildschirm erscheint deutlich. Uff! Glück gehabt! Sicher hat es ihr Vater zunächst auf ihrem eigenen Handy probiert, hat aber feststellen müssen, dass es ausgeschaltet ist. Also hat er bei Luna angerufen. Luna. Seiner Kollegin. Ohne nachzudenken, öffnet sie das Protokollmenü des Telefons. Luna hat heute Vormittag schon diverse

Telefonate geführt. Das erste hat stattgefunden ... um ... Alice hält unwillkürlich die Luft an. Vier Uhr 47. Die angerufene Nummer kennt sie auswendig. Der Name darüber ist überflüssig. Es ist der ihres Vaters. Und der rote Pfeil nach rechts zeigt, dass Luna ihn angerufen hat. Schnell drückt sie zurück auf den Startbildschirm.

»Kann ich?«, hört sie plötzlich eine Stimme neben sich. »Du bist total blass – hat er dich so rundgemacht? Armes Prinzesschen ...« Luna reißt ihr das Handy aus der Hand und verschwindet wieder. Und Alice würde am liebsten in die Luft gehen, ganz ohne Fallschirm.

7. Kapitel

Der Tag geht so grauenhaft weiter, wie er angefangen hat. Erst hat sie ein fertiges Video aus Versehen gelöscht und jetzt, beim Mittagessen, hat sie sich großflächig mit dem dampfend heißen Chili con Carne bekleckert. Sie steht im Toilettencontainer der Frauen und wischt hektisch an ihrem helltürkisfarbenen T-Shirt. Genau über dem Busen hat sie einen handtellergroßen Fleck – megapeinlich!

»Alice?«

Durch die spaltbreit geöffnete Tür erkennt sie Luna, die sie ziemlich verächtlich ansieht.

»Dein Vater. Sucht dich überall auf dem Gelände.«

»Hast du ihm gesagt, wo ich bin?«

Luna zuckt mit den Schultern und schließt die Tür. Was heißt das denn? Alice spritzt sich kühles Wasser ins rote Gesicht und lehnt sich an die Stahlblechwand des Containers. Was soll sie nur tun? Auf dem Klo verstecken ist jedenfalls keine Lösung.

Sie öffnet die Tür und lugt hinaus. Niemand zu sehen. Gut, dass die Toilettencontainer etwas abseits stehen. Sie huscht in die Hitze und wie von selbst wählen ihre Füße den Weg in Richtung des kleinen Wäldchens hinter der Sprungschule. Natürlich kann sie sich nicht endlos dort verbergen. Aber sie braucht einfach Zeit, um nachzudenken.

Immerhin ist der Wald so dicht, dass sie unbeobachtet

umherstreifen kann. Es riecht nach warmem Harz, Insekten summen und alles ist so friedlich, als sei die Welt ein beglückender Ort. Sie setzt sich ins Moos zu Füßen einer lichten Buche und spielt mit einem hellgrünen Blättchen. Vorsichtig löst sie das zarte Grün zwischen den Seitenrippen, dreht das Blattskelett hin und her und pustet es schließlich davon. Wie betrunken torkelt es zu Boden.

Da waren merkwürdige Anrufe. Ein gefälschtes Foto. Ein entstelltes Foto. Böse Geburtstagswünsche. Ein Überfall an der Bushaltestelle. Ein ausgetauschtes Kuscheltier in ihrem Zimmer. Ein fremder Ring. Seltsame Bemerkungen ihrer Eltern. Hardy, der sie immer mehr einengt. Luna, die immer unfreundlicher wird, wenn sie Alice sieht. Telefonate zwischen ihrem Vater und Luna zu beinahe nachtschlafender Zeit. Was soll das alles? Hängt das miteinander zusammen? Ihr schwirrt der Schädel. Steht sie im Mittelpunkt einer großen Verschwörung? Aber warum? Sie hat niemandem etwas getan. Sie will doch nur Fallschirm springen. Und vielleicht, sie ist sich selbst nicht einmal sicher, vielleicht will sie Sky näherkommen. Sie presst die Finger auf die Schläfen, drückt fest, atmet tief und gleichmäßig.

»Alice«, hört sie jetzt von weiter weg Rufe durch den Wald schallen. Die Stimme ihres Vaters. Sie springt auf und läuft in das Dickicht aus jungen Bäumchen und üppigen Büschen. Eine Brombeerranke ratscht ihr die nackte Wade auf. Sie kauert sich hin, hält die Luft an. Wieder nur Insekten, Vögel, Blätterrauschen. Die Rufe wiederholen sich nicht.

Sie weiß nicht genau, wie lange sie sich im Wald versteckt halten muss. Wenigstens so lange, bis ihr Vater abgezogen ist. Vorsichtig nähert sie sich der Sprungschule, läuft in Richtung des Parkplatzes und kann Hardys Wagen tatsächlich nicht entdecken. Hoffentlich ist Jürgen noch nicht zurück. Sie sollte mit Sky reden. Vielleicht kann er ihren Vater überreden, sie weiterhin springen zu lassen. Aber ob das wirklich so eine gute Idee ist? Eigentlich wäre Luna dafür perfekt, irgendwie scheint sie ja Hardys Vertrauen zu genießen, die würde ihn sicher überzeugen können. Doch Luna ist so feindselig in den letzten Tagen. Und wer weiß, was sie noch mit Hardy verbindet außer ihrem Job ...

Schnell schiebt Alice diesen Gedanken beiseite. Sie mag es sich nicht vorstellen. So etwas macht ihr Vater einfach nicht. Nicht er.

Als sie bei der Halle ankommt, hört sie hinter der dünnen Stahlwand zwei gepresste Stimmen. Abrupt bleibt sie stehen. Sie will nicht lauschen, bestimmt nicht, aber da gibt es schon kein Weghören mehr. Zu spät!

»Warum lässt du sie nicht einfach in Ruhe?«, hört sie Sky fragen. »Misch dich nicht in familiäre Angelegenheiten ein.« Jemand haut genervt gegen die Wand.

»Ist doch klar, dass er sich Sorgen macht. Stell dir vor, ihr wäre gestern wirklich etwas passiert.« Das ist Lunas Stimme.

»Wir wären in ihrer Nähe gewesen. Wir hätten jederzeit eingegriffen. Komm schon, sei kein Spielverderber.«

Wie süß, dass sich Sky so für sie einsetzt.

»Aber unten – bei der Landung – gegen den Wind hätte sie allein kämpfen müssen. Ich bin gottfroh, dass es Neil war, der am Schirm hing.«

»Ist doch alles gut gegangen, wozu das Theater? Diese

Helikoptereltern – furchtbar. Sollen ihrer Tochter mal was zutrauen. Sie ist talentiert, echt!«

Alice spürt, wie sie grinst. Sky findet sie talentiert! Wow!

»Darum geht's nicht«, mault Luna weiter. »Ach, du verstehst das nicht. Du willst es nicht verstehen.«

»Sag einfach, was los ist. Was stört dich? Du magst das Mädchen nicht, das ist es, oder? Du kannst es nicht ertragen, wenn sie in meiner Nähe ist. Es ist nie zu spät, das zuzugeben!«

»Ach, leck mich«, ruft Luna und Alice hört, wie sie davonstürmt.

»Weiber«, sagt Sky abfällig, dann entfernt auch er sich.

Alice versteht das alles nicht. Wie kann sie nur herausfinden, was zwischen Sky und Luna läuft? Sie späht vorsichtig um die Ecke.

In der Halle ist es viel leerer als heute Vormittag. Luna steht schon wieder am Manifest, von Sky ist nichts zu sehen. Nur Neil hockt in einem der abgewetzten Sessel und blättert in *Blue Skies*, dem Fachmagazin der Fallschirmsportler. Alice lässt sich neben ihn plumpsen.

»Bist ja doch noch da«, wundert sich der Junge, versucht aber, sich weiter auf sein Blatt zu konzentrieren.

»Logisch.« Alice tut ausgesprochen munter. »Ich muss nicht immer machen, was Papi sagt. Oder? Machst du das?«

Neil lässt das Heft sinken und grinst. »Möglichst selten.«

Was jetzt, Alice? Denk nach ...

»Willst du eigentlich auch mal Sprunglehrer werden?«

»Klar.« Er nickt.

»Ist schon ein cooler Job. Aber nach so was wie gestern ...«

»Na ja, Berufsrisiko.«

»Kennst du jemanden, der … abgestürzt ist? Ich meine, so richtig?«

»Du meinst, tödlich?«

Sie nickt. Er denkt kurz nach, verneint dann.

»Kommt echt selten vor, fünf, sechs Mal in einer Saison vielleicht – in ganz Deutschland. Und das bei über 32.000 Sprüngen im Jahr.«

»Hat dir dein Vater alles beigebracht?«

»Ach, ich bin hier ja quasi aufgewachsen auf dem Platz. Am liebsten wäre ich schon mit sechs, sieben gesprungen. Aber man darf erst ab einem Meter 40. Als es so weit war, hab ich in der Theorie alles gewusst. In der Praxis war's dann doch ein bisschen anders. Viel krasser, als ich mir das vorgestellt hatte.«

»War dein Vater dein Tandemmaster? Oder Sky?« Sie muss mal so langsam die Kurve kriegen.

»Mein Vater. Sky war damals noch nicht hier.«

»Aber von ihm kann man bestimmt auch viel lernen, oder? Er wirkt so … ich weiß auch nicht, so souverän.«

»Hm. Kann sein.«

»Stehst du nicht so auf ihn?«

Neil macht Anstalten aufzustehen. Sie muss endlich fragen.

»Ach, ich glaube, ich existiere gar nicht für ihn. Ich bin halt nur so 'n kleiner Bub.« Jetzt erhebt er sich tatsächlich.

»Kommst du besser mit Luna klar?«

»Luna ist cool. Die ist nett.«

»Sag mal …«, Alice folgt ihm. »Läuft da eigentlich was … zwischen Luna und Sky?« Hoffentlich merkt er nicht, dass sie rot wird. Aber Neil hat seine Nerdbrille abgenommen und putzt daran herum.

»Luna und Sky?« Er pustet über ein Brillenglas. »Äh, ich weiß nicht so genau. Eventuell früher mal. Kurz, nachdem Sky hier aufgetaucht ist, sind die beiden schon viel zusammen abgehangen. In letzter Zeit nicht mehr so. Nee. Und jetzt wo du fragst: Luna ist, glaube ich, momentan nicht so gut auf Sky zu sprechen. Die meckert ständig mit ihm rum. Keine Ahnung, warum. Ist nicht so mein Thema.« Er setzt die Brille wieder auf. »Hey, da warten noch vier Filme, die ich dringend schneiden muss«, sagt er und verschwindet.

Alice blickt ihm nach, aber als sie Luna auf sich zukommen sieht, wendet sie sich ab. Sie hat keine Lust auf eine Auseinandersetzung.

»Alice, was soll das?«, ruft Luna ihr nach.

Alice dreht sich um. »Hm?«

Luna betrachtet sie skeptisch und stellt sich mit in die Hüften gestützten Händen in Positur. Als würde sie gleich eine Waffe ziehen. »Weglaufen bringt doch nichts.« Sie klingt nicht mehr sauer. Eher ... traurig.

»Was willst du von mir, Luna?« Es ist an der Zeit, Klartext zu reden.

»Ich will gar nichts von dir. Aber ich verstehe, dass dein Vater sich Sorgen macht.«

»Das geht aber nur ihn und mich was an.«

»Ja, schon. Aber wir tragen hier ja nun mal die Verantwortung für Springer, die noch in der Ausbildung sind. Und minderjährig.«

»Und deswegen rufst du ihn morgens um kurz vor fünf an.«

»Hey, du spionierst mir nach?« Luna zieht die Augenbrauen zusammen. Ihr hübsches, so ebenmäßiges Gesicht gerät aus dem Gleichgewicht.

»Er stand im Flur und hat laut geredet. Er hat deinen Namen gesagt. Ich musste aufs Klo, sorry.« Sie weiß, dass sie sarkastisch klingt. Und lügt. Aber das ist ihr egal. Luna beißt sich auf die Unterlippe.

»Weißt du, was ich glaube?« Alice ist sich sicher, es sei das Beste auszusprechen, was sie denkt. »Ich glaube, du bist eifersüchtig – weil Sky so nett zu mir ist. Das erträgst du nicht. Und deshalb hetzt du meinen Vater gegen mich auf. So sieht's aus.« Gerne würde sie einfach auf dem Absatz kehrtmachen und triumphierend davongehen. Mit erhobenem Haupt. Aber diese Art Abgang hat Luna gerade selbst hingelegt. Nach ein paar Schritten dreht sie sich noch einmal um und sieht Alice mitleidig an.

»Du tust mir einfach nur leid, weißt du das?« Und dann verschwindet sie in Jürgens Büro.

Alice bleibt bedröppelt zurück und merkt mit einem Mal, dass sie nervös über den Chili-Fleck auf ihrem T-Shirt rubbelt. Und ihr wird klar, wie gerne sie an ihre eigene Behauptung glauben würde: dass Luna nur mit Hardy telefoniert hat, um über sie, Alice, mit ihm zu reden. Und nicht, weil Hardy mehr als ein Kollege für sie ist. Sie sollte morgen zur Halle fahren und herausfinden, was die beiden vorhaben.

Sicher ist es das Beste, für heute von hier zu verschwinden. Doch wohin nur? Warum ist Tessa nicht da? Bei ihr hätte sie prima untertauchen können. Sie kickt gegen eins der Sofas.

»Alice«, hört sie Sky hinter sich rufen. Langsam dreht sie sich um. »Wie geht's der Nase?«

Sie fasst an die Spitze und wackelt vorsichtig daran. »Passt schon.«

»Ich könnte gut deine Hilfe gebrauchen.« Sky hockt über einem Fallschirm und presst ihn in einen Pod. Alice stellt sich neben ihn.

»Weiß nicht«, sagt sie. Er grinst sie an.

»Schau nicht so traurig. Komm, hier liegen noch drei Fallschirme, die darauf warten, verpackt zu werden.«

Sie hebt ratlos die Schultern. »Ich weiß nicht so recht ...«

»Ach was, wenn du nicht gleich weiterübst, kriegst du eine riesige Angst davor, etwas falsch zu machen. Und das ist total überflüssig. Ich helf dir auch.«

Sie lässt sich neben ihn auf den Boden sinken und sieht ihm erst einmal genau zu. Bei ihm sitzt jeder Handgriff, es wirkt elegant und sicher und er faltet die Fallschirme so klein, dass sie ohne Mühe in ihre Behältnisse passen. Das wird sie nie hinbekommen! Doch erstaunlicherweise geht es besser, als sie gedacht hat. Sie versucht, seine Anweisungen genau umzusetzen, gelegentlich zieht und schiebt er an der einen oder anderen Stelle, aber mit einem bisschen Gequetsche passt der Fallschirm tatsächlich in seinen Pod. Uff!

»Prima, das hast du super gemacht«, lobt Sky und Alice spürt, wie ihr Kopf rot wird.

»Zur Erfrischung eine Limo bei José?«, lädt er sie ein.

Doch bevor sie am Imbisswagen ankommen, stellt sich ihnen Luna in den Weg.

»Es geht mich echt nichts an, Alice«, sagt sie und beachtet Sky keine Sekunde. »Aber an deiner Stelle würde ich auf deinen Vater hören. Fahr nach Hause, komm. Du sparst dir jede Menge Ärger.« Erst beim letzten Wort blickt sie zu Sky.

»Wie du schon richtig feststellst, es geht dich nichts an. Deshalb: Lass uns doch einfach in Ruhe«, antwortet Sky, ehe Alice etwas erwidern kann. Er legt seine Hand auf ihre Schulter und lotst sie weiter zu José. Luna lässt sie ziehen.

»Zwei Limo«, sagt er und tut, als hätte es die Begegnung eben gar nicht gegeben.

»Was hat die denn?«, fragt Alice. Sky winkt ab, nimmt die Gläser in Empfang und geht auf zwei freie Loungesessel zu.

»Die soll sich mal abregen«, sagt er. »Ich glaube, ihr ist es so mega unangenehm, was gestern mit Neils Fallschirm passiert ist, dass sie jetzt meint, sie hat immer und überall die Verantwortung für dich. Da hat sie keinen Bock drauf und will dich hier nicht mehr haben. Ganz einfach.«

»Und ... ähm ...« Alice nimmt einen Schluck von der sauren Limo. »Es hat nichts mit, ähm, dir zu tun? Ich meine, kann es sein, dass sie eifersüchtig ...«

Sky lacht laut. »Oh, *Madame* kennt so etwas wie Eifersucht gar nicht. Über solche Regungen ist sie doch erhaben.«

Alice ist irritiert von seinem abfälligen Tonfall. Was stimmt nur zwischen den beiden nicht?

»Schau«, sagt Sky. »Da kommt Jürgen. Er sollte dich lieber nicht sehen. Ich glaube zwar nicht, dass er eine Standleitung zu deinem Vater hat, aber besser, du klärst erst zu Hause, wie es mit dir hier weitergeht.«

Alice weiß, dass er recht hat. Nur wie kann sie ihm unauffällig klarmachen, dass sie nicht die leiseste Lust verspürt heimzugehen?

»Wie lange bleibst du heute?«, fragt sie ihn.

Verfinstert sich sein Blick? Er sieht auf die Uhr.

»In einer halben Stunde ist mein letzter Load.«

»Und meinst du ... also ... ähm ... Könntest du mich mit in die Stadt nehmen? Ich warte irgendwo, wo mich keiner sieht.«

Sie will ihm nicht auf die Nerven gehen, ganz bestimmt nicht. Aber sie fühlt sich gerade so ... verloren. Was soll sie denn tun? Und Sky scheint zumindest zu verstehen, wie es ihr geht. Er hat sie doch verteidigt vor Luna.

»Wenn du denkst, dass das eine gute Idee ist«, sagt er nun.

»Ja klar, danke!« Sie klingt fröhlicher, als sie es empfindet. »Bis später.«

Sie geht wieder in Richtung Wald, wo es still und friedlich ist. Kurz schaltet sie ihr Handy an, sie will – sie muss – Tessa ganz kurz mitteilen, dass sie gleich so etwas wie ein Date mit Sky hat. Endlich mal etwas Positives. Sie ignoriert die Mitteilung über entgangene Anrufe. Ihr ist schon klar, wer versucht hat, sie zu erreichen. Sie weiß genau, dass ihr Verhalten kindisch ist. Irgendwann muss sie ja doch nach Hause zurück und sich den Vorwürfen ihrer Eltern stellen. Aber solange will sie eben ... so etwas wie Freiheit genießen. Sich erwachsen fühlen. Als Herrin ihres Lebens. Oder so.

Gerade als sie WhatsApp öffnen will, bemerkt sie eine andere Art von Nachricht. *Hendrik hat in deiner Chronik gepostet,* steht da. *Entscheide, ob du den Beitrag verbergen möchtest.*

Was hat Hendrik sich jetzt wieder ausgedacht? Sein Schweigen in den letzten Tagen hat sie schon gewundert.

Mit zittrigen Fingern öffnet sie ihren Facebook-Account. Ein Bild springt ihr entgegen. Darüber steht: *Der Baum steht nicht weit vom gefallenen Apfel. LOL.* Auf dem etwas unscharfen Bild, das als Datumsstempel *Monday, 140811,* trägt, erkennt sie zwei Menschen: einen Mann in einem grünen Polohemd, so wie ihr Vater eines hat, und eine junge Frau mit Zopf, in weißem T-Shirt und Jeans. Eindeutig: Hardy und Luna. Sie stecken die Köpfe zusammen. Sehr eng. Es sieht aus, als ob sie sich küssen. Ganz genau kann sie es nicht erkennen, es ist aus größerer Entfernung herangezoomt. Aber sie ist sich ziemlich sicher. Luna hat ihre Hand auf seinen Arm gelegt, besitzergreifend sieht das aus. Im Hintergrund bemerkt Alice ein niedriges Gebäude – das muss der Toilettencontainer sein. Uhrzeit des Posts: 12.58 Uhr. Kurz nach dem Mittagessen. Als ihr Vater hier war, um sie zu suchen.

Verbergen klickt sie schnell an und schaltet das Handy ab. Hat sich Hendrik hier tatsächlich rumgetrieben? Möglich wär's, er hat ja bei seinem Angriff an der Bushaltestelle mitbekommen, dass sie häufiger hier ist. Warum soll er sich nicht hergeschlichen haben, um sie weiter zu quälen und zu demütigen? Neben der Abscheu für Hendrik breitet sich ein anderes Gefühl in ihrem Körper aus: Wut. Die blanke Wut! Wie kann ihr Vater es nur wagen! Wie kann er sie nur so hintergehen? Niemals hätte sie ihm das zugetraut.

»Scheiße«, schreit sie in die hohen Wipfel der Kiefern. Eine Meise zwitschert vergnügt.

Gegen halb sieben verlassen sie das Gelände der Sprungschule. Als das geschlossene Cabrio losfährt, drückt sie sich tief in den Sitz. Keiner soll mitbekommen, dass Sky sie mitnimmt. Sie fühlt sich beinahe wie eine Undercover-Agentin. Wie gerne würde sie sich tatsächlich in jemand anderen verwandeln, jemanden ohne Probleme und Gedanken, die sich immer nur im Kreis drehen. Was steckt hinter allem? Was ist hier los?

»Und? Jemand zu sehen?«, flüstert sie, obwohl das nun wirklich nicht nötig ist.

Sky lacht und sieht in den Rückspiegel. »Klar, Luna und Jürgen und Neil stehen mit Taschentüchern da und winken.«

»Idiot!« Alice muss ebenfalls lachen. Sie versucht, sich nur noch auf eines zu konzentrieren: auf Skys Nähe.

Doch als sie auf Höhe der Bushaltestelle auf die Landstraße einbiegen, taucht neben ihnen Luna mit ihrer himmelblauen Vespa auf. Alice duckt sich, so gut es geht, aber natürlich kann Luna genau in das Innere des Wagens spähen. Sky tut, als bemerke er sie gar nicht, und gibt so Gas, dass Alice in den Sitz gepresst wird.

Als sie sich der Stadtgrenze nähern, wird Alice nervös. Was nun? Auf Skys gleichlautende Frage weiß sie keine Antwort. Kann er nicht einfach sagen: »Komm doch mit zu mir«?

Sosehr Alice in der Sprungschule das Gefühl hat, er mag sie wirklich gerne – sehr gerne sogar –, so wenig glaubt sie das jetzt. Mit einem Mal wirkt er reserviert.

»Was machst du heute noch so?«, fragt sie nach mehreren Anläufen.

Er scheint kurz zu überlegen. »Nichts.«

Okay. Mhm. Vielleicht hält er sie für ein kleines Mädchen? Vielleicht ist seine Freundlichkeit rein professionell?

»Alice«, sagt er schließlich. »Magst du mir nicht sagen, was du möchtest?«

»Ich trau mich nicht.«

»Wie bitte?«

»Na ja, ich weiß auch nicht ...« Sie muss ein Stöhnen unterdrücken. »Ich will nicht heim, meine Freundinnen sind alle irgendwo in Frankreich oder Spanien oder sonst wo.«

»Und da würdest du gerne ...?«

Jetzt atmet sie doch laut aus.

»Darf ich mit zu dir? Bitte! Ich kann was kochen, ich kann ziemlich gut kochen, Nudeln oder so, und ich nerv dich auch nicht, versprochen.«

Er lacht. Immerhin.

»Okay«, sagt er. »Aber du versprichst mir, dass du später mit deinen Eltern redest, ja?«

Sie nickt enthusiastisch.

Seine Wohnung ist der Wahnsinn. Alice hat das Gefühl, sie muss auf Zehenspitzen schleichen, so museal kommt ihr der hohe Raum mit dem wunderschönen honigfarbenen Parkett vor. Sky wohnt am Rande der Altstadt im Hinterhof eines unscheinbaren Mietshauses. Doch sein Haus, das früher einen Handwerksbetrieb beherbergte, ist in ein wahres Schmuckstück verwandelt worden. Durch die riesigen Fenster flutet das Licht, zum Teil bestehen die Mauern aus unverputzten roten Ziegelsteinen und eine elegante Wendeltreppe führt von dem großen Raum im Erdgeschoss nach oben, wo vermutlich Schlafzimmer und Bad liegen. Küche, Ess- und Wohnzimmer sowie der Arbeitsbereich gehen ineinander über. Überall hängen Plakate oder stehen kleine, witzige Skulpturen, viele davon haben mit dem Fallschirmspringen zu tun. Von der hohen Decke baumelt eine grotesk verdrehte Holzfigur an einem lampenschirmartigen Fallschirm. Erst auf den zweiten Blick erkennt Alice die Glühbirne, die aus dem Kopf der Figur ragt.

»Setz dich!« Sky weist auf einen pompösen Sitzsack, in dem man garantiert wie auf einer Wolke schwebt. »Was zu trinken?«

Alice nickt und lässt sich in den Sitzsack sinken. Wow, wie angenehm! Er passt sich genau ihrem Körper an.

Sky kommt mit einem Tablett zurück, das er auf dem Boden abstellt. Er greift nach einem orientalisch anmutenden Lederpouf und setzt sich neben sie. Jetzt erst erkennt sie, dass er nicht nur Wasser, sondern auch eine Flasche Sekt mitgebracht hat.

»Ich hab so selten Besuch«, sagt er und entkorkt die von der Kälte beschlagene Flasche so leise, als enthalte sie keine Kohlensäure. Er schenkt ein und reicht Alice ein Glas.

»Always Blue Skies«, prostet er ihr zu und sie stoßen an. Sie spürt die Wirkung des Alkohols sofort. Seit dem Chili heute Mittag hat sie nichts mehr gegessen und ihr Magen zieht sich fordernd zusammen. Sie nimmt gleich noch einen Schluck. Alkohol hat schließlich auch Kalorien. Und er macht so angenehm frei im Kopf. Das Kribbeln in den Beinen ignoriert sie.

»Erzähl mal ein bisschen von dir«, fordert Sky sie auf. »Was machst du so, wenn du nicht gerade springst?«

Lieber würde sie ja mehr aus seinem Leben erfahren, aber wenn sie jetzt vorlegt, wird er sicher auch das eine oder andere berichten.

»Ach, nichts Besonderes«, erklärt sie. Soll sie sagen, dass sie eine gute bis sehr gute Schülerin ist? Das klingt so …

babyisch. Dass sie ziemlich gut Klavier spielt, im Chor mitsingt und zum Basketball geht? Das ist doch alles langweilig.

»Hast du eigentlich noch Geschwister?«, beendet er das Schweigen. Sie schüttelt den Kopf.

»Meine Geburt war wohl heftig. Da wollte oder konnte meine Ma danach keine Kinder mehr kriegen. Das hat sie mir nie so genau erklärt. Und mein Dad hatte eh keine Lust auf ein zweites Kind. Ich war wohl 'n ziemlicher Schreihals.«

Er füllt ihr Glas erneut bis zum Rand.

»Klingt trotzdem nach einer glücklichen Kindheit, oder?«

»Ja, klar, würde ich schon sagen. Gott sei Dank.« Ein nervöses Ziehen breitet sich in ihrem Bauch aus. Weder vom Alkohol noch vom Hunger. Vielleicht hätte ihre »glückliche Kindheit« bald ein abruptes Ende, überlegt sie. Dann nämlich, wenn ihr Vater und Luna tatsächlich ...

»Und du so?«, unterbricht sie ihre eigenen, zerstörerischen Gedanken. Außerdem versucht sie, das Gespräch von sich abzulenken. »Ich meine, nicht jeder kann sich mit nicht mal 20 so eine Wohnung leisten.«

»Ach, weißt du, ein Erbe macht es möglich. Aber den Preis, den ich dafür gezahlt habe, macht keine noch so schöne Wohnung wett.«

»Wieso?« Alice spürt den Alkohol immer stärker. Hinter ihren Schläfen pocht es bedrohlich. Aber Skys Worte fordern ihre ganze Aufmerksamkeit.

»Na ja, sagen wir so: Meine Familie war froh, wenn sie sich nicht allzu ausgiebig um mich kümmern musste.«

»Oje, das klingt ja furchtbar.« Unwillkürlich rutscht sie näher an ihn heran. Sie starrt in das halb leere Glas in ihrer

Hand und lässt die Flüssigkeit vorsichtig gegen die feine Wand schwappen. Dann blickt sie auf. »Erzähl!«

Er sieht sie lange an. Sie kann seinem Blick nicht standhalten. Endlich redet er.

»Meine Mutter stammt aus einer ziemlich wohlhabenden Familie. Unternehmer. Für sie war, glaube ich, immer klar, dass sie mal Karriere machen würde. Der diplomatische Dienst war ihr großer Traum. Dann kam ich ihr dazwischen. Das war wohl nicht geplant.«

»Muss ein fieses Gefühl sein. Und dein Vater?«

»Weiß ich nicht, meine Mutter sagt immer, es war eine Urlaubsbekanntschaft. Sie weiß nicht mal seinen Namen. Na ja, als ich alt genug war, mit elf, wurde ich auf ein Internat in die Schweiz geschickt und sie ging ins Ausland.«

»Krass.« Alice trinkt ihr Glas leer. »Und siehst du sie gelegentlich?«

»Ab und an. Ich war in den Ferien meist bei meinen Großeltern. Die wohnten gleich beim Domberg in so einer riesigen, alten Villa. Als sie starben, hat meine Mutter das Haus verkauft und mir das hier gekauft.«

»Und wo lebt deine Mutter zurzeit?«

»In Guatemala.«

»Boah, ganz schön weit weg. Fühlst du dich da nicht manchmal sehr einsam?« Alice würde am liebsten seine Hand nehmen. Sie will ihm zeigen, dass er nicht alleine sein muss. Sie kann doch bei ihm sein. Seine Einsamkeit lindern, tilgen. Da ist so viel ungenutzte Wärme in ihrem Herzen – wie froh wäre sie, ihm diese schenken zu können. Einfach so.

»Ach, weißt du, ich bin es gewohnt, alles mit mir selbst

abzumachen. Ich weiß nicht, die Familie hat einen früh zur Selbstständigkeit erzogen. Ob man wollte oder nicht.«

Wie unpersönlich er von sich spricht. Aber irgendwie kann sie es verstehen.

»Ich müsste mal auf die Toilette«, sagt sie und versucht, sich zu erheben. Keine gute Idee. Sie merkt jetzt erst, wie schwindlig ihr ist.

»Ach je«, sagt Sky lachend, steht auf und streckt ihr seine Hände hin. Mühsam lässt sie sich nach oben ziehen und braucht einen Moment, bis sie fest steht. Wie warm seine Finger sind!

»Ups.« Und nun kichert sie auch noch.

»Ich sollte endlich mal ein paar Nudeln aufsetzen«, schlägt Sky vor. »Was Tolles kann ich nicht bieten, aber für Pasta all'arrabiata reicht's allemal.«

Sie nickt und wankt auf die Wendeltreppe zu.

»Besser nicht dort«, empfiehlt er und stellt sich ihr in den Weg. »Geh aufs Gästeklo, da oben ist eh so ein Chaos. Geht's?«

»Klar«, tut sie erwachsen. Doch kaum hat sie die Tür hinter sich geschlossen, spritzt sie sich kaltes Wasser ins Gesicht. Oje, dass der Sekt so reindonnert!

Sie betrachtet sich im Spiegel. Ihre Wangen sind wie so oft rot getüncht, ihre Haare hängen wirr aus dem Zopf. Oh Mann, und dieser peinliche Chilifleck auf dem T-Shirt! Sehr appetitlich sieht sie nicht gerade aus. Sie trinkt mehrere Handvoll Wasser aus dem Hahn und fühlt sich gleich frischer. Sie öffnet das kleine Fenster des Gästeklos, doch die Luft draußen ist noch immer so warm, dass sie nicht abkühlt. Sie beugt sich ein wenig vor, bringt damit einen ziemlich vertrockneten Kräutertopf auf dem äußeren Fensterbrett gefährlich ins Wanken und kann ihn gerade so abfangen, bevor er ins Freie fällt.

»Reiß dich zusammen, Alice«, schimpft sie sich und stellt den Topf zurück. Irgendwie steht er schief. Sie hebt ihn erneut an. Ein Schlüssel liegt auf dem Fensterbrett. Wahrscheinlich für Notfälle. Sie rückt ihn wieder zurecht, schließt das Fenster, lässt noch einmal Wasser über ihre Hände laufen und kehrt dann zurück.

Aus der Küche hört sie es in einem Topf blubbern. Ihr Magen schreit förmlich nach etwas zu essen.

»Kann ich helfen?«, fragt sie. Sky deutet auf einen Schrank.

»Da sind Teller drin. Daneben Besteck.«

Sie öffnet eine Schublade und holt Gabel und Löffel heraus. Am Oberschrank kleben Fotos von Sky beim Fallschirmspringen. Sahneverschmiert auf der Landebahn, im Kombi in der Halle, im Flugzeug, hinter dem Steuer der Pilatus, überall strahlt er in die Kamera. Sein Leben ist das Fliegen, keine Frage. Das einzige Foto, auf dem er nicht allein zu sehen ist, zeigt ihn mit Luna. Luna im Gegenlicht, die blonden Haare wie ein goldenes Vlies, ein Engelslächeln im Gesicht. Wunderschön sieht sie aus. Schnell schaut Alice weg.

»Wenn du magst, können wir uns auf die Terrasse setzen«, Sky weist in Richtung einer bogenförmigen Tür, die nach draußen führt. Dahinter ist ein kleiner, mit Holzdielen verlegter Platz, der von einer mannshohen Ziegelmauer eingefasst wird. Ein rustikaler Tisch mit zwei Bänken steht darauf. An der Mauer hängen Töpfe mit Blumen in den verschiedensten Farben. Direkt davor baumelt an einem Gestell ein riesiger Hängesessel aus Rattan. Alice würde sich am liebsten dorthinein verkriechen. Stattdessen verteilt sie Teller, Besteck und Gläser.

»Es riecht köstlich«, sagt sie, als sie in die Küche zurückgeht. Ein Typ kocht für sie! Wie wow ist das denn!

Es ist bereits leicht dämmrig, als sie sich setzen. Sky entzündet eine Kerze, dann schenkt er ihr ein Glas Rotwein ein.

»Mein Lieblingswein«, erklärt er. Alice würde sich doof vorkommen, den Wein abzulehnen. Sie ist doch fast erwachsen. Und die Wirkung des Sekts hat schon deutlich nachgelassen. Sie wird einfach langsam trinken.

»Boah, ganz schön scharf«, ist das Erste, was ihr zu der Tomatensoße einfällt. Sie nimmt einen Schluck Wein. Puh, wie schwer der ist. Bestimmt so ein teurer Bordeaux, wie ihn sich ihre Eltern bei Feierlichkeiten gönnen.

Mit jedem Bissen kehren ihre Lebensgeister zurück. Sie hat gar nicht gewusst, wie hungrig man sein kann. Sky beobachtet sie schmunzelnd.

»Du kannst aber futtern«, sagt er schließlich. Nach dem zweiten Teller und einem weiteren Glas Wein streckt Alice die Arme nach oben in den inzwischen dunklen Nachthimmel.

»Und was willst du jetzt machen? Irgendwann musst du zu deinen Eltern.«

Alice steht auf. Die Frage kommt ihr ... überflüssig vor. Es ist doch gerade alles so schön. Sooo schön!

»Darf ich?«, fragt sie und sitzt schon in dem Hängesessel. »Kommst du auch?« Sie schubst sich mit den Füßen ab, zieht dann die Beine an und lehnt sich in dem Sessel zurück. Ist das genial! Wie in einem Nest. Ist sie das, die so kichert? Sky erhebt sich langsam.

»Nur, wenn du gleich deine Eltern anrufst. Ich fahr dich heim. Wo ist dein Handy?«

»Komm«, sagt sie und streckt die Hand nach ihm aus. Woher stammt plötzlich all der Mut? Er verdreht die Augen, kommt aber tatsächlich näher. Setzt sich auf den Rand des Sessels, dessen Schaukeln dadurch zum Stillstand kommt. Er riecht ein wenig nach Knoblauch und Küche, sein Atem nach dem Wein. Alice legt die Finger auf seinen Rücken. Er wendet sich ihr zu. Diesmal wird sie seinem Blick nicht ausweichen. Langsam kommt sein Gesicht näher. Es muss wundervoll sein, diese vollen Lippen zu ...

Im Hof hinter der Mauer rumpelt etwas.

»Alice«, schreit eine Männerstimme. Sie zuckt so erschrocken zusammen, dass ihre Schulter gegen Skys Kinn schlägt.

»Autsch«, murmelt er und steht aus dem Sessel auf.

»Alice, ich weiß, dass du hier bist.« Ihr Vater, keine Frage. Sie legt den Finger auf den Mund, sieht Sky flehend an.

»Bitte«, zischt sie. Sky ist ganz ruhig. Bewegt sich nicht.

»Alice, soll ich die Polizei holen, damit sie dich hier rausholt? Und du, du Kerl, bekommst eine Anzeige! Da sorg ich für! Meine Tochter ist schließlich noch minderjährig!«

Sky wacht aus seiner Erstarrung auf und geht auf eine unscheinbare Tür in der Mauer zu, die Alice bisher gar nicht aufgefallen ist. Er schiebt einen Riegel zurück und öffnet sie. Alice fährt aus dem Sessel hoch.

Es dauert keine zwei Sekunden und Hardy erscheint vor ihr. Sein Kopf ist rot, sein Haar steht in alle Richtungen ab und sein Blick wirkt grimmig. Er greift nach ihrer Hand.

»Können wir gehen? Los, mach schon«, herrscht er sie an.

»Bitte, Papa, was soll das denn? Ich sitze hier doch nur mit einem Freund! Er ist einfach ein guter Freund, ein wirk...«

»Hauch mich mal an!«

Alice presst die Lippen aufeinander. Hardy fährt herum und besieht den Tisch mit den Resten des Abendessens. Mit einem Satz hat er die fast leere Weinflasche gepackt. Er funkelt Sky zornig an.

»Du ... Bürschchen ... lässt die Finger von meiner Tochter!« Er packt Alice am Arm und zerrt sie mit sich.

»Meine Tasche«, schreit sie. »Lass mich doch wenigstens meine Tasche ...« Hardy bleibt genervt stehen und sieht Sky auffordernd an.

»Hol du sie!«

Alice hasst ihn in diesem Moment. Wie herrisch er klingt. »Ich bin hier der Chef und ihr nur Dreck«, scheint er zu sagen. Minderwertiges Pack, mehr sind sie für ihn nicht.

Sky kommt schnell mit der Tasche zurück, drückt sie ihr in den Arm und sie spürt kurz seine Finger auf ihrem Handrücken. Als wolle er sie beruhigen. Und seinen Blick, diesen Blick voller Anteilnahme, Trauer und ja, vielleicht auch Enttäuschung, den kann ihr Vater ihm nicht verbieten.

*

Querida Mamá,

okay, am Anfang – da war ich sehr skeptisch, ob das gut wäre. Aber jetzt – großartig! Ich sollte doch noch eine Karriere als Schauspieler in Erwägung ziehen. Beinahe hätte es mich geküsst. Was für eine abartige Vorstellung! Aber ich glaube, nein, ich bin sicher, es hat nichts gemerkt. Es hat sicher gedacht, ich wäre auf seiner Seite. Würde bedauern, was geschah. Dabei ist es nicht das, was ich bedaure. Was mir jedes Mal wehtut, ist, ihn zu sehen. Es war nur ein Augenblick, aber auch der schmerzte. Und ich muss vorsichtig sein, ich muss herausfinden, wie es gefunden werden konnte. Ich habe einen Verdacht. Mehr dazu beim nächsten Mal.

In Liebe
Dein Kind

PS: Erkennst du das Etikett? Es ist die Flasche aus meinem Geburtsjahrgang. Ich fand es passend, ihn dem Mädchen zu geben. Zu opfern.

*

Die Wegstrecke zurück nach Hause reicht nicht, damit sich Hardy beruhigt.

»Ich weiß nicht, wie oft wir dir auf die Mailbox gequatscht haben«, schreit er. »Deine Mutter ist außer sich vor Sorgen! Die hätte am liebsten schon eine Hundertschaft mit Hunden nach dir losgeschickt. Mann, Mann, Fräulein, so geht es nicht. So geht es einfach nicht!«

Alice schafft es nicht, ihm auch nur einen Halbsatz entgegenzusetzen. Sie verschränkt die Arme vor der Brust und lässt den Kopf nach vorne fallen. Sie versucht, die Übelkeit, die sich in ihrem Magen ausbreitet, zu ignorieren. Sonst kotzt sie ihm gleich noch ins Auto. Das sollte sie tatsächlich einfach machen – sich mal so richtig auskotzen. Und ihm seine Vergehen an den Kopf werfen. Er ist es doch, der die Familie aufs Spiel setzt mit seiner Affäre. Er verhält sich völlig daneben, nicht sie.

»Und dann füllt er dich mit Alkohol ab! Was meinst du denn, was der vorhatte? Händchen halten und den Mond angucken?« Er schließt wohl von sich auf andere.

»Du verstehst gar nichts«, sagt Alice leise, aber er beachtet sie nicht.

»Mein Gott, wenn ich mir vorstelle, ich hätte dich nicht gefunden ...«

»Papa«, jetzt schreit sie doch. »Ich bin keine 14. Ich hatte schon Freunde. Ich weiß, wie Jungs ticken. Danke, dass du mir so viel Dummheit zutraust!«

»Na, deine Freunde waren ja allesamt Reinfälle. Einer schlimmer als der andere!«

»Kapier mal, dass ich erwachsen werde. Dass es Typen geben wird, die mich anfassen dürfen. Und dass ich das genießen werde! Ob's dir passt oder nicht!«

»Jetzt passt es jedenfalls nicht und ich bin Luna dankbar, dass sie mir berichtet hat, wie du mit diesem Sky abgehauen bist. Sonst würde ich dich noch immer suchen.«

»Luna? Luna hat dir das verraten?« Alice muss heftig all den Speichel in ihrem Mund herunterschlucken. Jetzt frag ihn nach Luna. Tu's!

»Ja, allerdings.«

Sie halten vor dem Haus und Alice will nur noch eines: das Auto mit einem Türenknallen verlassen, das die ganze Nachbarschaft hochschrecken lässt. Auf jeden Fall genügt es, damit ihre Mutter in der Tür erscheint.

»Alice, Alice!« Ihr Tonfall klingt nach Altweiber-Gejammer und Alice stürmt so schnell an Dagmar vorbei, dass die sie nicht aufhalten kann.

Oben in ihrem Zimmer schließt sie ab und wirft sich aufs Bett. Sie hasst Dagmar und Hardy und am allermeisten hasst sie Luna. Was für eine Verräterin! Sie wird nicht zulassen, dass irgendjemand ihre Familie zerstört!

8. Kapitel

Sie weiß, dass sie schnell sein muss. Und leise, sehr leise. Sie hält sich nicht lange mit der üblichen Badezimmerprozedur auf, sondern zieht sich nur rasch an und entwischt über den Balkon und das Dach des Wintergartens. Dann rennt sie geduckt über den Rasen in Richtung Gebüsch, quetscht sich hindurch und überwindet den Jägerzaun. Geschätzte Zeit: zwei Minuten. Puh. Im Vorbeigehen holt sie sich beim Bäcker eine Butterbrezel und ein Päckchen Kakao und kommt genau so an der Bushaltestelle an, dass sie nicht lange warten muss. Erst als sie im Bus sitzt, beruhigt sich ihr Herzschlag. Vorsorglich hat sie eine Kopfschmerztablette genommen. Der Alkohol vom Vorabend hat ihr eine unruhige Nacht eingebracht.

Natürlich ist es dämlich, schon wieder davonzulaufen. Aber was soll sie denn tun? Sie weiß, dass Hardy heute Dienst hat, nur eine Kurzstrecke zwar, aber er ist vor heute Abend nicht zurück. Rechtzeitig, bevor er sich dann mit Luna trifft ... Dagmar meint sicher, Alice schlafe aus und verkrieche sich in ihrem Zimmer. Sie wird sie nicht stören. Mit etwas Glück wird sie das Fehlen ihrer Tochter erst am späten Vormittag bemerken. Genug Zeit, um mit Luna Klartext zu reden.

Alice hat sich die ganze Nacht hin und her gewälzt. Sie fühlte sich beschämt, bloßgestellt, verletzt. Dass Luna sie an ihren Vater verraten hat, macht sie furchtbar wütend.

Was fällt dieser Tussi ein, sich dermaßen einzumischen? Als ob sie ihre Mutter wäre. Fängt sie schon an, die ersetzen zu wollen? Bestimmt unterstützt sie Hardy: »Ja, Sky ist schrecklich, der ist nichts für Alice. Sie soll sich bloß von ihm fernhalten.« Und garantiert war Luna tatsächlich mal in Sky verliebt, bevor sie sich mit Hardy eingelassen hat, Sky aber nicht in Luna. Und wenn sie ihn nicht haben konnte, soll es auch keiner anderen vergönnt sein. Alice will ihr diese dämliche Logik ausreden! Sie wird ihr auf den Kopf zusagen, dass sie sich gefälligst aus allem raushalten soll, was sie nichts angeht.

In letzter Sekunde erkennt sie die sich nähernde Haltestelle und drückt noch rechtzeitig auf den Knopf, der dem Fahrer anzeigt, dass er anhalten soll. Rasch steigt sie aus, ist froh über die Bewegung. Die Luft ist kühl und graue Wolken hängen tief. Kein gutes Sprungwetter heute. Alice stapft verbissen auf die Halle zu, die Augen auf den Weg geheftet, die dünne Jacke mit einem Arm fest an den Körper gepresst.

Gegen Morgen hat sie sich an Skys Gesicht erinnert, das ihrem immer näher gekommen ist. Seine Lippen – so dicht vor ihren. Und dann der Schrei ihres Vaters. Wie in einer endlosen Schleife hat sich die Szene wieder und wieder vor ihrem inneren Auge abgespielt. Und nie hat sie den Hauch einer Chance gehabt, diese Lippen zu berühren.

Es ist kurz nach neun, als sie an der Halle ankommt. Und überall stehen bereits Menschen herum, einzeln, in Grüppchen, beim Packen, am Manifest und an Josés Imbisswagen. Sie warten, dass sich der Himmel aufklart. Lachen und fröhliche Rufe liegen in der Luft und Alice fühlt sich wie ein Fremdkörper. Nichts kann zu ihr durchdringen.

Am Manifest wirbelt Luna herum. Redet mit Gästen, druckt Rechnungen aus, erklärt etwas auf dem Bildschirm. Sie wirkt selbstbewusst, schäkert mit ein paar Jungs und macht mit einem spitzbübischen Lächeln die Frauen zu Komplizinnen. Dann fällt ihr Blick auf Alice und ihre Miene verdüstert sich.

Alice spürt den Groll in sich wie auf einer Welle an die Oberfläche steigen. Sie muss das hier jetzt durchziehen.

Neil kreuzt ihren Weg, grüßt sie verwundert, aber sie hat keine Kapazitäten frei, um darauf zu reagieren. Wie durch einen Tunnel sieht sie Luna. Luna, die ihrem Glück im Weg steht. Luna, die ihre Familie zerstören will.

»Willst du noch persönliche Sachen abholen oder warum bist du da?«, fragt Luna laut und starrt sie abschätzig an. Sie will Krieg, ganz klar. Den kann sie haben. Die Springer schauen irritiert zwischen Luna und Alice hin und her.

»Nein.« Alice bemüht sich, ihre Stimme fest klingen zu lassen. »Nur weil du meinen Vater gegen uns aufhetzt, heißt das noch lange nicht, dass du gewonnen hast.«

»Wer redet denn von aufhetzen und gewinnen? Was soll das Klein-Mädchen-Gequatsche?«

»Du konntest die Vorstellung einfach nicht ertragen, dass ich bei Sky bin.« Alice wird ebenfalls laut. »Du glaubst wohl, nur weil du ihn nicht haben konntest, soll ihn auch keine andere haben!«

»Bitte?«

Wie kann sie auf Unschuldslamm machen mit ihren leuchtend blauen Augen!

»Du verstehst mich sehr gut. Du versuchst doch schon seit Tagen, mich hier schlechtzumachen und rauszumobben. Aber so schnell lasse ich mich nicht vertreiben.«

»Alice, Mann, beruhige dich mal. Du bist völlig auf dem falschen Dampfer.« Ganz klar, jetzt probiert sie es mit Leugnen und Runterspielen.

»Und hör auf, so zu tun, als ob du meine Mutter wärst. Du bist es nicht und du wirst es nie werden! Ich lass mich von dir nicht einschüchtern. Wenn du nicht aufhörst, mich niederzumachen, dann ...« Oh Mist, was dann? Sie sollte besser keine Drohung aussprechen, denn sie hat keinerlei Idee, wohin ihr Angriff führen kann. Und irgendwas muss sie ja sagen.

»Drohst du mir? Du? Mir?«, kontert Luna auch schon. »Das ist ja lächerlich! Du bist lächerlich. Geh mal lieber heim zum Papi! Der kann dir bestimmt erklären, was hier wirklich läuft. Ich wollte nur helfen, glaub mir!«

Helfen – wobei? Alice kommt nicht mehr mit. Sie spürt ihr Gesicht rot anlaufen, verflucht die Hitze, die ihr Körper produziert, nur um sie damit bloßzustellen. Sie schämt sich und die Blicke der Umstehenden wirken wie Nadelstiche. Worauf hat sie sich da eingelassen? Aber sie kann sich doch nicht einfach umdrehen und wegrennen! Wie peinlich wäre das denn?

Sie stößt langsam Luft aus der Nase aus. Wohin jetzt?

»Geht's hier mal endlich weiter?«, meckert ein Tandemschüler, der eben erst dazugekommen ist. Luna wendet sich ihm augenblicklich zu und in Sekundenschnelle hat sie ein professionell-freundliches Gesicht aufgesetzt. Eines, das sagen will: »Komm, vertrau dich mir an. Ich löse deine Probleme.«

Alice bleibt nichts weiter übrig, als sich tatsächlich umzudrehen und langsam, mit erhobenem Haupt, davonzugehen.

Sie ist noch nicht am Ausgang angekommen, als Sky in ihr Blickfeld gerät.

»Hey«, sagt er grinsend. »Hast du deinen Vater überreden können, dich hierherzulassen? Wie cool!«

Sie kann es nicht verhindern. Eine einzelne Träne kullert einfach über ihre Wange. Sie schnieft und versucht, die Träne unauffällig wegzuwischen.

»Alice«, sagt Sky und seine Stimme klingt so weich, dass sie sich am liebsten in seine Arme werfen würde. »Was ist los?«

Er hat nichts von dem mitbekommen, was am Manifest passiert ist. Was vielleicht auch besser ist. Alice kann nicht stehen bleiben und geht weiter bis direkt ans Flugfeld. Die Pilatus Porter macht einen solchen Lärm, dass man unmöglich miteinander reden kann. Tief inhaliert sie den Kerosingeruch. Jetzt ins Flugzeug springen und fortfliegen, ganz weit fort, am besten bis nach Südfrankreich, zu Tessa, der sie nichts erklären muss und die sie einfach nur trösten würde. Oder wenigstens frei wie ein Vogel in der Luft schweben und nichts denken. Nur diese Schwerelosigkeit genießen.

Sie fährt herum, als sie Skys Hand auf ihrer Schulter spürt. Mit sanftem Druck lenkt er sie hinter die Halle, dorthin, wo die Toilettencontainer stehen.

»Was ist passiert?« Er hält sie auf Armeslänge von sich fort und erforscht ihr Gesicht. Die Sorge in seinem Blick tut ihr gut.

»Ich weiß nicht«, stammelt sie. »Ich hab mich komplett lächerlich gemacht. Aber … ich war so sauer! Luna war es, die meinem Vater gesagt hat, dass ich bei dir bin.«

»Blöde Kuh«, sagt er. Er zieht sie in seine Arme. Drückt

ihren Kopf gegen seine Brust. Er riecht nach Gummi, nach Flugbenzin und ganz leicht nach dem Duftwasser, das sie neulich schon wahrgenommen hat. Sie reckt das Kinn nach oben. Sein Hals ist dicht vor ihr. Sie bettet ihr Gesicht in die Kuhle unter dem Schlüsselbein. Wie einfach könnte sie ihn küssen. Er hält sie und sie wiegen sich sanft. Jetzt erst fällt ihr auf, dass der Himmel inzwischen fast wolkenfrei ist. Er spannt sich in einem sehnsüchtigen Blau direkt über ihnen. Einmal noch fliegen ...

»Sie ist doch bestimmt eifersüchtig, oder?«, bringt sie schließlich hervor. Sein Griff verstärkt sich. Nun ist er es beinahe selbst, der ihren Mund auf seine Haut presst. Da kann sie doch gleich ... Sie reckt sich ein wenig nach oben. Der Druck seiner Hand lässt nach.

»Ach, weißt du«, sagt er leise. »Das ist schwierig zwischen Luna und mir. Erst wollte ich und sie nicht, dann war es umgekehrt. Zwischendurch haben wir es tatsächlich miteinander versucht, aber es ging nicht. Ich weiß nicht, wir ticken nicht auf derselben Welle. Sie ist eine tolle Frau, wirklich, nur nicht für mich. Manchmal scheint sie das sehr zu bedauern. Obwohl ich in letzter Zeit öfter den Eindruck hatte, sie hätte sich anderweitig orientiert.«

Er lässt Alice los. »Und dann macht sie wieder Dinge, die einfach nur bescheuert sind. So wie gestern. Mist, ich hätte es kommen sehen müssen. Tut mir leid!«

Alice greift nach seiner Hand. Seine Finger sind kalt. Er entzieht sie ihr nicht.

»Aber nein, du kannst doch nichts dafür. Ich war es ja, die mit zu dir wollte.«

»Ja, schon, das ist ja auch okay, aber ... ich hätte schon

vorgestern ...« Er nimmt ihre Hand und besieht sie, als sei sie ein kostbares Schmuckstück. Wovon spricht er?

»Was war vorgestern?«

»Ach, vergiss es.«

»Nein, sag schon.« Sie zieht ihre Hand weg.

»Ich will keine Gerüchte streuen. Ich kann ja nichts beweisen.«

»Du meinst – wegen Neils Fallschirm? Du meinst, sie hat extra daran manipuliert?«

Er zuckt mit den Schultern. Alice spürt, wie ihre Knie weich werden. Sie lehnt sich gegen den Toilettencontainer.

»Aber dann hätte sie ja gewollt, dass ich ...«

Sky hebt abwehrend die Hände. »Ich hab das nie gesagt! Aber man kann sich doch schon fragen ... Ich meine, sie hat noch nie einen Fallschirm falsch gepackt. Sie beherrscht das im Schlaf. Ich hab mich schon gewundert, was sie dir so gezeigt hat. Das war nicht unbedingt lehrbuchmäßig.«

»Oh Gott«, bringt Alice nur heraus.

»Hey, ich wollte dich nicht verunsichern. Kann auch alles ein blöder Zufall sein. War ja sehr hektisch an dem Tag.«

Alice stößt sich von der Wand ab.

»Vielleicht ist es doch besser, wenn ich verschwinde. Zumindest für ein paar Tage. Lunas Urlaub ist bald zu Ende, oder? Und dann könnte ich ja zurückkommen. Falls Jürgen nichts dagegen hat. Immerhin kenne ich mich ja ein bisschen aus und kann euch entlasten.«

Sky nickt. »Ja, wäre vermutlich vernünftiger. Ich glaube, am Wochenende ist sie schon nicht mehr da. Und dann wird es hier eh hektisch.«

Alice stimmt ihm zu. »Ich versuche, das mit meinen Eltern klarzumachen.« Sie will sich zum Gehen wenden, weiß aber nicht, wie sie sich von ihm verabschieden soll. Mit einem Küsschen? Oder einfach winken?

»Dachte ich es mir doch«, hört sie da eine empörte Frauenstimme hinter sich.

Dagmar! Ihre Mutter ist echt die Pest. Besser, sie beeilt sich, um sie nicht noch mehr zu verärgern.

»Ciao«, sagt sie und er erwidert ihren Gruß ebenso. Ist da doch Bedauern in seinem Blick?

Die Vorwürfe ihrer Mutter perlen an ihr ab wie lauwarmes Duschwasser. Sie reagiert einfach nicht auf Sätze wie »Du hast mich furchtbar erschreckt« oder »Mal sehen, was dein Vater dazu sagt«. Beinahe rutscht ihr so etwas wie »Frag Papa mal lieber, warum er sich heimlich mit seiner Kollegin trifft« heraus, aber sie beißt sich schnell auf die Zunge. Sie will ihrer Mutter nichts sagen, bevor sie nicht 100-prozentig sicher ist, dass ihre Annahme stimmt.

Zu Hause schließt sie sich in ihr Zimmer ein, legt sich aufs Bett, hört One Direction (und fragt sich zum hundertsten Mal, ob ihr die Musik überhaupt noch gefällt) und daddelt auf dem Smartphone herum. Endlich meldet sich Tessa via WhatsApp – bestimmt gibt's News vom Tenniscrack.

Hi, Süße, schreibt Tessa. *Wollte dir schon längst was erzählen. Weißt du, wen ich vor zwei Tagen mitten in Biarritz an einer Eisdiele getroffen habe? Na? Deinen Ex! Plötzlich stand Hendrik vor mir, machte ganz auf braven Sohn, mit Mami und Papi und seiner kleinen Schwester. Er hat so blöde geglotzt, als er mich gesehen hat ... hat nur »Hallo« gestammelt und sich gleich weggedreht. LOL!*

Und dann folgen mindestens fünf Grinse-Männchen mit Lachtränen.

Alice liest die Nachricht wieder und wieder. Vor zwei Tagen? Das war am Montag! Dann kann er doch unmöglich gestern ein Foto von Hardy und Luna aufgenommen haben. Sie wirft das Handy von sich, als sei es ein ekliges Insekt. Was passiert hier? Wer hat es auf sie abgesehen?

Aus der Küche steigt Essensduft zu ihr hinauf, aber Alice wird schon vom Geruch schlecht. Außerdem hat sie keine Lust, das ebenso missmutige wie misstrauische Gesicht ihrer Mutter über einem Teller Risotto mit Pilzen oder was immer da so riecht zu ertragen. Auf deren Klopfen an der Tür reagiert sie nicht.

In ihrem Körper hat sich ein wirres Knäuel aus Unzufriedenheit, Traurigkeit, Unmut und – ja, sie muss es zugeben – auch Angst gesponnen und sie findet keinen Ansatzpunkt, um es zu entwirren. Am Anfang der Ferien hat sie sich auf chillige Wochen gefreut, auf schönes Wetter, lässige Arbeit, aufregende Fallschirmsprünge und einen Typen, der ihr Herz schneller schlagen lässt. Aber jetzt sieht sie überall nur Verschwörung und Zurückweisung, fühlt sich ausgeschlossen und gedemütigt. Als ob sie eine Deppenrolle in einem Theaterstück spiele, dessen Inhalt sie nicht kennt.

Zur Ablenkung sieht sie sich Skys Foto auf der Homepage der *Himmelstaucher-Sprungschule* an. Sie weiß nicht mal seinen Nachnamen, fällt ihr auf, und auf der Seite steht keiner dabei. Dort haben alle nur Vornamen – wie eine große Familie. Als sie bei ihm daheim gewesen ist, hat sie nicht auf ein Namensschild geachtet. Wahrscheinlich ist Sky sogar nur ein Spitzname. Wie er wohl richtig heißt? Sie wird ihn danach fragen. Auf dem Foto im Internet leuchten seine braunen Augen so warm, dass sie gleich

Sehnsucht bekommt. Sie muss einfach wieder in diese verdammte Sprungschule – egal, was ihre Eltern sagen. Sie ist fast volljährig! Fast! Wieso entscheidet so eine lächerlich kleine Zahl darüber, was man darf oder nicht? Sie kann sich nicht vorstellen, dass sie in ein paar Monaten mehr oder weniger reif ist als jetzt.

Jemand klopft an ihre Tür.

»Alice?«, hört sie die Stimme ihres Vaters. Er klingt ganz sanft. »Kann ich mit dir reden?«

Langsam steht sie auf und öffnet ihm die Tür. Er trägt noch seinen Pilotenanzug und eine Woge Parfumduft gemischt mit Schweißgeruch schwappt in ihr Zimmer.

»Hi«, sagt sie. Er beugt sich herunter und küsst sie auf die Wange.

»Na, Prinzessin, was machst du so?«

Sie zuckt mit den Schultern. »Nichts. Auf den Flugplatz lasst ihr mich ja nicht. Obwohl die so viel Arbeit haben!«

»Ach, Alice«, wieder setzt er sich in ihren grünen Sessel, streckt die Beine aus und lässt den Kopf gegen die Rückenlehne sinken. »Ich habe gar nichts dagegen, wenn du dort arbeitest.«

»Aber dann ...«

»Du verstehst doch, dass wir nicht einfach zuschauen können, wenn du Dinge tust, mit denen du dich in Gefahr bringst.«

»Ich war nicht in Gefahr. Selbst wenn ich an dem Schirm gehangen hätte, wäre mir nichts passiert. Du hast gesagt, die Sicherheitsvorkehrungen sind super. Du hast mir vor meinem ersten Sprung ständig erzählt, wie sicher Fallschirm springen ist.«

»Ja, wenn man den Lehrern vertrauen kann.«

Alice spürt, wie sich ihre Finger in die Matratze ihres Bettes krallen.

»Wem soll man denn da nicht vertrauen können? Deiner Kollegin Luna vielleicht? Die sich extrem merkwürdig aufführt!«

Hardy zieht unwillkürlich die Augenbrauen zusammen. »Luna?«

»Allerdings!«

»Ach, Alice, das ist doch Quatsch, das bildest du dir ein. Warum sollte sie das tun? Das ist doch ein Witz!«

»Na ja, ich sag nur – sie hat den Fallschirm gepackt, mit dem Neil gesprungen ist. Und mit dem ich hätte springen sollen.« Sie spürt selbst, wie haltlos die Anschuldigung klingt. Aber jetzt ist es zu spät.

»Was unterstellst du ihr da? Das ist ... Alice! Nein!« Er steht auf und läuft unruhig durchs Zimmer. »Ich lege die Hand ins Feuer für meine Kollegin. Dieser Sky allerdings ... woher hat so ein junger Typ so viel Kohle – für so ein Haus, das viele Springen? Wie alt ist der? 22, 23? Da stimmt was nicht.«

»Er hat geerbt. Von seinen Großeltern. Seine Mutter lebt in Südamerika, als Botschafterin. Deswegen kann er sich das leisten. Und er ist erst 19.«

Hardy bleibt direkt vor ihr stehen und starrt sie an. Als ob er etwas suche in ihrem Gesicht.

»Ich will jedenfalls nicht, dass du mit ihm springst. Eigentlich will ich gar nicht, dass du springst. Meinetwegen kannst du dort arbeiten, aber ich werde Jürgen klar sagen, dass du dich an keinen Fallschirm mehr hängst. Und ich werde mit deiner Mutter ausmachen, dass dich einer von uns hinbringt und abholt.«

»Na super, ganz toll.« Alice spürt die Wut ihre Kehle hinaufklettern. »Da habe ich endlich mal was gefunden, was ich so richtig, richtig großartig finde, und dann verbietet ihr mir das. Du willst doch immer, dass ich meine Leidenschaft entdecke, dass ich mein Talent auslebe – und wenn es so weit ist, soll ich damit aufhören. Vielen Dank auch!«

»Alice ...«

»Kannst du jetzt bitte gehen? Ich bin müde. Ihr macht mich müde.« Sie streckt sich auf ihrem Bett aus, wendet ihm den Rücken zu und zieht die Bettdecke über ihren Kopf. Obwohl es stickig heiß ist.

»Na gut«, sagt er und sie hört, dass er aufsteht. Einen Moment glaubt sie, seine Hand auf ihrer Schulter zu spüren. Aber sie kann sich getäuscht haben.

»Manchmal sind die Dinge komplizierter, als sie auf den ersten Blick scheinen. Und manchmal ist es schwierig, sie zu erklären. Glaub mir: Ich werde alles tun, damit dir nichts geschieht. Und wenn ich dich dafür einsperren muss.«

Dann ist er fort. Alice kriecht schnell unter der Decke hervor. Was sind das denn für Drohungen am Schluss gewesen? Warum soll ihr etwas zustoßen? Und was ist so kompliziert? Sein Verhältnis zu Luna? Kann er ihr das nicht erklären? Sie ist doch kein Baby mehr. Sie hat nur nie gedacht, dass es ihr passieren könnte – dass ihre Familie zerbrechen würde. In ihrer Klasse ist das schon bei einigen geschehen. Sie hat sich nie vorstellen können, dass es sich so ... verstörend anfühlt, so bedrohlich.

Sie steht auf und geht an die Balkontür. Es ist stickig im Zimmer, draußen ist es schwül. Als ob sich ein Gewitter zusammenbraut. Kein Sprungwetter heute. Immerhin hat sie das nicht verpasst.

Auf dem grünen Sessel piept etwas. Sie dreht sich irritiert um. Dort liegt ein dunkles, rechteckiges Ding. Hardys Handy. Es muss ihm aus der Hosentasche gerutscht sein. Sie nimmt es in die Hand, sie will es ihm bringen. Doch was hat der Piepton angekündigt? Sie starrt auf das Display, starrt in ihr eigenes, fröhliches Lachen – ein Porträtfoto von ihr, das er als Bildschirmhintergrund gespeichert hat, aufgenommen im letzten Urlaub, im letzten Sommer, den sie auf Bali verbracht haben. *Eine neue Nachricht,* verkündet der schmale schwarze Balken am oberen Bildschirmrand. Sie zieht das Feld nach unten und klickt die SMS an.

Wegen des Kindes. Ich bin mir jetzt ganz sicher. Später mehr. LG Luna

Alices Finger vollführen eine Art Geistertanz auf dem Touchscreen. Sie sieht beinahe fasziniert zu, als wäre es eine fremde Macht, die die Nachricht löscht. *Wegen des Kindes.* Weg. *Ich bin mir jetzt ganz sicher.* Weg. *LG Luna.* Weg. Sie wirft das Handy auf ihr Bett, als sei es eine eklige, langbeinige Spinne, glitschig und schleimig noch dazu. Sie kauert sich in den Sessel, zieht die Knie unters Kinn und knabbert an ihrem Daumennagel.

Was soll das bedeuten? Kann es etwas anderes bedeuten als das, was ihr als Allererstes eingefallen ist? Luna ist schwanger – von ihm, von Hardy. *Ich bin mir jetzt ganz sicher.* Der Satz dröhnt in ihren Ohren. Und hat sie nicht so etwas gesagt wie: »Dein Papi kann dir alles erklären«? Er soll ihr erklären, dass ihre Familie nicht mehr lange eine sein wird.

»Alice?« Zögerlich steckt ihr Vater den Kopf zum Zimmer rein. »Hast du mein Handy gesehen?«

Sie deutet in Richtung ihres Bettes. »Muss dir aus der Tasche gerutscht sein. Wollte es dir gerade bringen.«

Mit schnellen Schritten hat er es geholt und ist schon wieder in der Tür.

»Gibt's gleich Abendessen?«, fragt sie.

»Mama ist bei Conny, im Kühlschrank steht was von heute Mittag. Ich muss noch mal eben weg.«

»Wohin?« Das Wort kommt so schnell, dass sie es nicht verhindern kann. Er fährt sich durch die kurz geschnittenen Locken, die an den Schläfen grau werden. Ihr Vater wird langsam alt, denkt sie. Zu alt für ein Baby.

»Ich hab einem Kollegen versprochen, ihm zu helfen. Er ist gerade umgezogen. Und kein Held an der Bohrmaschine.« Er zwinkert ihr zu und schließt die Tür. Kein Held an der Bohrmaschine – als ob er einer sei. Ein Lügenheld, das ist er!

Als sie hört, wie die Haustür unten zugezogen wird, schlüpft sie in ihre Sneakers, bindet sich eine Regenjacke um die Hüften und stürmt die Treppe hinunter. Sie wird ganz schön in die Pedale treten müssen, um ihm zu folgen. Immerhin weiß sie, wohin er wirklich will. Er trifft sich mit Luna, seiner Liebe. Hinter der Sprungschule. Wenn sie hier still sitzen soll, wird ihr schlecht werden.

Glücklicherweise kann sie mit dem Fahrrad den Weg quer durch die Felder nehmen, das spart mit Sicherheit fünf, sechs Kilometer. Der Bus fährt um die Zeit schon gar nicht mehr. Hoffentlich fängt es nicht an zu regnen.

Sie ist schnell aus der Stadt hinaus, spürt nun aber, wie der Gegenwind immer kräftiger wird. Schweiß bildet sich in ihrem Nacken, rinnt unangenehm den Rücken hinunter. Gleichzeitig fröstelt sie in ihrem Spaghetti-Top. Doch anhalten und die Regenjacke überziehen? Dafür fehlt die Zeit.

In der Ferne hört sie Donnergrollen. Sie beschleunigt noch stärker. Das Fahrrad quietscht und das Schalten in den nächsthöheren Gang entlockt ihm sehr merkwürdige Geräusche.

Die ersten Regentropfen hinterlassen große dunkle Flecke auf dem staubigen Boden. Der Geruch von nassem Asphalt lässt Alice an nichts anderes denken, als zu treten, treten, treten. Die anthrazitfarbenen Wolkengebirge, die sich genau in Richtung Sprungschule auftürmen, sind ihr Ziel. Nichts weiter. Sie weiß nicht einmal, was sie am Treffpunkt von Luna und Hardy will. Lauschen? Die beiden zur Rede stellen? Sie beschimpfen? Es ist egal, wichtig ist nur, in Bewegung zu sein, etwas zu tun. All die Fragen in ihrem Kopf ballen sich zusammen, werden schwer wie Eisenteile, die ein Magnet anzieht, sie martern sie und nehmen Besitz von all ihrem Denken. Das muss aufhören. Nur das ist sicher.

Ein Traktor kommt ihr entgegen, dessen Drillmaschine die ganze Straßenbreite einnimmt. Sie schlägt einen kleinen Bogen und versucht, über den Randstreifen auszuweichen. Doch das Gras ist feucht, sie kippelt, das Rad fasst nicht und schon rutscht sie hinunter in den Straßengraben. Mist! Jetzt steht sie mit den Füßen in fiesem Matsch. Immerhin hat sie gerade noch verhindern können, komplett umzufallen. Der Traktor fährt einfach weiter. In all dem Lärm hat der Fahrer vermutlich gar nicht mitbekommen, was passiert ist.

Mühsam befreit sie ihre Füße aus dem Schlick und versucht, das Fahrrad die Böschung hinaufzuschieben. Doch der Boden ist so schlüpfrig ... Sie rutscht unaufhaltsam wieder hinunter, das Fahrrad ist kaum zu halten und sie muss sich mit aller Kraft dagegenstemmen. Verflucht! Sie versucht es noch drei, vier Mal, aber das Rad ist zu schwer. Was soll sie denn jetzt machen? Sie spürt Tränen in ihrer Kehle aufsteigen, eine Welle der Verzweiflung und Wut will über sie hinwegspülen, was ihr gleichzeitig lächerlich vorkommt. Was macht sie hier eigentlich?

Sie ist auf dem Weg, ihre Familie zu retten. Das ist ihr Ziel. Ihre Eltern mögen ihre Macken haben, komische Ansichten, und sie nerven ab und an, aber sie sind die einzigen Eltern, die sie hat! Diese Erkenntnis lässt sie noch einmal all ihre Kraft zusammenreißen. Sie schluckt die Tränen hinunter und schiebt und zerrt und endlich gewinnt sie Zentimeter für Zentimeter festen Boden unter den Füßen.

Bis sie oben am Feldweg angelangt ist, ist sie klitschnass. Einerseits vom Schwitzen, andererseits, weil die Tropfen in dünnfädigen, aber umso intensiveren Landregen übergegangen sind. Es hat sich zudem rasant abgekühlt und sie beeilt sich, in ihre lehmverschmierte Regenjacke zu schlüpfen. Sie begutachtet ihr Fahrrad, kann aber keine Schäden erkennen und fährt los. Sie hat jegliches Gespür dafür verloren, wie viel Zeit inzwischen vergangen ist. Vermutlich ist das Treffen zwischen Luna und Hardy schon längst beendet.

Endlich, sie wundert sich, dass es noch immer nicht stockdunkel ist, erkennt sie in der Ferne das Halbrund des Hallendaches. Und was jetzt? Will sie die beiden erst mal beobachten, dann dürfen sie Alice nicht bemerken. Also – wohin? Die letzten Meter steigt sie ab und schiebt das Rad, sieht sich immer wieder um, versucht, Autos zu erkennen oder Menschen. Vom Parkplatz ist sie zu weit fort, aber es erscheint ihr als Zeitverschwendung, diesen zu checken. Die Halle liegt völlig verlassen da. Neben der Start- und Landebahn steht die Pilatus Porter, sie sieht aus wie eine schlafende Heuschrecke.

Alice legt ihr Fahrrad ins Gras und schleicht an der Halle entlang, vom Eingang weg. Sie wird hintenherum auf die andere Seite gehen und sich dann in Richtung der Toilettencontainer bewegen. Die bieten immerhin etwas Schutz zum Verstecken.

Einmal glaubt sie, Stimmen zu hören. Aber es ist nur der Wind, der das Gehäuse der Halle zum Klappern bringt. Eine Toilettentür schwingt auf und zu. Weiter entfernt ist das Aufjaulen eines Motorrades zu hören, vermutlich von der Bundesstraße. Hier ist niemand. Definitiv.

Und wenn sie sich in die Halle verkrochen haben wegen des schlechten Wetters? Luna hat bestimmt einen Schlüssel, alle engen Mitarbeiter von Jürgen haben einen.

Vorsichtig geht sie an der Vorderfront der Halle entlang. Normalerweise steht diese offen, jetzt ist sie durch ein riesiges Rolltor versperrt. Nur durch eine kleine Tür kann man hinein. Alice legt das Ohr an das kühle Metall. Nichts zu hören. Zaghaft drückt sie die Klinke hinunter. Abgeschlossen. Und nun?

Ihre Uhr zeigt kurz nach neun. Hardy kann frühestens um halb neun hier gewesen sein. Entweder die Unterredung hat nur kurz gedauert oder er ist mit Luna woandershin gegangen. Zu ihr nach Hause. Um für immer dortzubleiben? Alice friert in ihren matschigen, durchweichten Klamotten und zieht die verschmierte Jacke enger um sich.

Sie sinkt in die Knie, lehnt sich gegen die Tür. Was soll sie jetzt nur tun? Haben sie sich ins Büro zurückgezogen? Es gibt doch noch einen Seiteneingang. Geduckt wie ein Soldat beim Manöver schleicht sie an der Halle entlang, bis sie das kleine Fenster zum Büro erreicht. Es steht weit offen. Entweder jemand hat einfach vergessen, es zu schließen, oder hier ist schon wer eingedrungen. Mit einem kleinen Sprung bekommt sie das schmale Fensterbrett zu fassen, und nachdem sie die Beine angezogen hat, kann sie in den düsteren Raum klettern.

Auf Jürgens Schreibtisch liegt massenhaft Papier, ebenso auf dem der meist unsichtbaren Buchhalterin. Ansonsten hängen hier unzählige Plakate von Fallschirmspringern vor blauem Himmel an den Wänden, sofern sie nicht von Regalen zugestellt sind.

Alice huscht leise in Richtung Tür, öffnet sie und späht in die Halle. Das Licht ist trüb, wie in der frühen Morgendämmerung. Es ist nicht mehr viel zu erkennen. Das Gestell, an dem das Gurtzeug hängt, wirkt wie ein Skelett, das merkwürdig wulstige Arme in alle Himmelsrichtungen ausstreckt. Die Kombis an ihren Haken scheinen auf nächtliche Vampire zu warten und der Fallschirm, der über ihrem Kopf an einem Gestänge schwebt, erinnert an eine riesige Fledermaus mit gebrochenen Schwingen. Sie schleicht langsam vorwärts, sich umsehend und dennoch nichts erkennend.

Knackt da etwas? Neben ihr führt eine schmale Metallwendeltreppe zu einem Container hinauf, in dem ein Gerätelager untergebracht ist. Ist dort jemand? Sie presst sich unter der Treppe an die rückwärtige Wand der Halle und versucht, leise zu atmen. Doch alles bleibt still. Keiner ist da. Sie geht ein paar Schritte. Weiter hinten liegt die Werkstatt von Ricky, dem Fallschirmwart. Auch von dort dringt nicht ein Ton an ihr Ohr. Nein, hier ist niemand.

Genauso leise, wie sie gekommen ist, schleicht sie zurück zum Büro und klettert durchs Fenster ins Freie. Immerhin regnet es nicht mehr und der Nachthimmel ist von Sternen übersät.

Plötzlich hört sie auf dem Parkplatz einen Motor starten. Scheinwerfer werden aufgeblendet, sie streifen den Wald und entfernen sich in der Dunkelheit. Mist – bestimmt haben sie einfach in Hardys Auto auf dem Parkplatz gesessen, während sie hier durch die Finsternis getappt ist.

Ein kalter Schauer läuft ihr den Rücken hinunter und sie sprintet zu ihrem Fahrrad. Sie will wenigstens dafür sorgen, dass sie vor Hardy zu Hause ankommt.

*

Querida Mamá,

die Maus ist bald in der Falle. Ich spüre so ein Hochgefühl wie nie zuvor. Alles entwickelt sich prächtig und ich habe es unter Kontrolle. Mehr noch – ich kann es lenken. Hier eröffnet sich ein großartiges Motiv für sie, daran hätte ich gleich denken können. Ich meine, ich habe ja darauf gehofft, aber dass es tatsächlich so weit kommt … Ich kann mein Glück kaum fassen, liebste, liebste Mamá. Du wirst sehr bald zur Ruhe kommen, das verspreche ich dir.

Für immer und in Liebe
Dein Kind

PS: Ich hoffe, die Stadtansicht auf der Vorderseite gefällt dir. Wenn du genau guckst, kannst du ganz links außen Omas und Opas Haus erkennen. Ihr früheres Haus. Unser früheres Haus.

9. Kapitel

Also, was meinst du?«

Alice starrt ihren Vater fassungslos an und bemüht sich, den Mund geschlossen zu halten. Er will mit ihr *zusammen* einen Sprung machen? Gestern hat er nichts davon wissen wollen, dass sie überhaupt in die Nähe der Schule kommt, und heute so was!

»Du hast schon recht – man sollte seinen Leidenschaften folgen«, fügt er jetzt noch an. Sie nickt und sieht betreten auf ihr Müsli.

»Freust du dich nicht?«

»Doch, doch«, beeilt sich Alice zu antworten. »Und was sagt Mama dazu?«

»Unser Geheimnis. Wir können es ihr hinterher erzählen, okay?« Er zwinkert verschwörerisch und gießt sich eine Tasse Kaffee nach. »Sie fährt nachher sowieso mit Conny zu diesem Wellness-Wochenende los. Du auch noch Kaffee?«

Sie verneint. Und rätselt. Woher sein plötzlicher Sinneswandel? Zum ersten Mal in ihrem Leben hat sie das Gefühl, sie könne ihrem Vater nicht trauen. Irgendwas steckt dahinter. Es muss mit Luna zu tun haben.

Gestern Abend ist es ihr gelungen, unbemerkt in ihr Zimmer zu gelangen, und schon kurz darauf hörte sie Hardys Auto in der Garageneinfahrt. Sie stellte sich schlafend, als er bald darauf vorsichtig ihre Tür öffnete. Dabei war von

Schlaf keine Rede. Wieder einmal wälzte sie sich die halbe Nacht hin und her und es kam ihr so vor, als sei sie gerade mal zehn Minuten, bevor Hardy dann am Morgen klopfte und sie weckte, eingeschlafen. Sie maulte ihn an, er solle sie schlafen lassen, aber sein Angebot, mit ihr zu springen, machte sie sofort hellwach.

Doch seitdem stellt sie sich all diese Fragen wieder und wieder: Will er mit ihr springen gehen, um in Lunas Nähe zu sein? Ist Luna tatsächlich schwanger? Will er dafür sorgen, dass sie sich gut mit Luna versteht, weil die ihre zukünftige Stiefmutter werden wird? Eine völlig absurde Vorstellung. Sein Timing ist allerdings ziemlich gut – Dagmar ist bis Sonntag mit Conny verreist, er hat Zeit, Alice das Thema langsam näherzubringen. Vielleicht werden sie heute Abend zu dritt zum Italiener gehen, und wenn ihre Mutter zurück ist, wird er sie vor vollendete Tatsachen stellen. Denn dass ihr Vater seine Kollegin schwängert und anschließend sitzen lässt, kann sich Alice nicht vorstellen. Wobei sie sich auch nicht ausmalen will, dass ihr Vater ihre Mutter überhaupt betrogen hat. So etwas passiert einfach nicht in ihrer Familie!

Aber dann sieht sie plötzlich ihren ersten Besuch in der Sprungschule vor sich. Wie vertraut Hardy mit Luna umgegangen ist. Hier mal eine Hand auf der Schulter, dort mal ein Küsschen zum Abschied – und sie hat das alles für ganz harmlos gehalten. Aber dann hat er in letzter Zeit so oft SMS geschrieben wie nie zuvor. Und natürlich das Telefonat im Morgengrauen, das Foto der beiden, ihr Treffen gestern. So viele Zufälle kann es gar nicht geben.

»Alice? Du solltest dich fertig machen. Unser Sprung ist um halb zwölf.«

Sie schreckt so zusammen, dass ihr Löffel gegen die Kaffeetasse klirrt, in der sie seit Minuten herumgerührt hat.

Steh auf und sag Nein, beschwört sie sich, aber dann erhebt sie sich und nickt müde. »Bin gleich fertig.« Sie will so gerne daran glauben, dass ihre Vermutungen nicht stimmen.

Der gestrige Regen hat die Welt sauber gewischt. Die Luft schmeckt feinwürzig, der Himmel strahlt in klarem Blau und es ist angenehm warm, ohne schwül zu sein. Perfektes Sprungwetter.

In der Halle herrscht emsiges Gewusel, alle wollen die guten Bedingungen ausnutzen. Alice fühlt sich zerrissen. Einerseits spürt sie dieses unglaubliche Kribbeln, diese Vorfreude auf den Sprung, andererseits ist sie angespannt wie eine Bogensehne. Im Auto hat sie geschwiegen und aus dem Fenster gesehen, nun beobachtet sie jede Bewegung von Hardy und Luna. Ja, sie haben sich mit einem Kuss begrüßt. Und wie Luna dabei die Hand auf die Schulter ihres Vaters gelegt hat. Und ihm etwas ins Ohr geflüstert ... so vertraut! Auch jetzt, als sie ihm Gurtzeug reicht, einen Kombi, Helm und Brille – sie verstehen sich blind, hat man das Gefühl. Luna wirkt heiter, entspannt. Als sei gestern Abend eine Entscheidung gefallen. Zu ihren Gunsten! Hardy dagegen zwinkert nervös, er sieht sich ständig um und sein Lächeln sieht unecht aus. Ob er die Worte immer wieder neu auf der Zunge anordnet, mit denen er Alice die Wahrheit sagen will? Die Wahrheit, die sie längst weiß?

»Guten Morgen«, hört sie nun Sky hinter sich und fühlt sich auf der Stelle getröstet. Dass er sich zu ihnen traut, obwohl Hardy dabei ist ...

»Morgen, Sportsfreund«, sagt Hardy jovial und hält Sky die Hand zum High Five hin. Was ist denn jetzt los? Was hat er geschimpft, als er Alice bei Sky abgeholt hat. Kein gutes Haar hat er an ihm gelassen und nun tut er auf beste Kumpels.

»Schön, dass du mir beistehst, wenn sich meine alten Knochen am Himmel neu sortieren«, sagt Hardy und klopft Sky auf den Rücken. Der zuckt erschrocken zusammen, lächelt aber tapfer.

Ah, so ist das: Hardy wird mit Sky als Begleiter springen, während sie vermutlich mit Luna springen soll. Das hat sich ihr Vater aber hübsch ausgedacht …

»Alles klar, Alice?« Sky wirft ihr einen durchdringenden Blick zu.

Sie nickt. »Brauch nur noch meinen Schirm und so.«

Sky deutet auf eine Ecke der Garderobe, wo ein Haufen Ausrüstungsgegenstände liegt. »Neil hat dir schon was zusammengesucht. Dahinten.«

Alice geht hinüber und zieht sich um. Ihr Vater steht kurz darauf fertig neben ihr. Luna ist in Richtung Büro verschwunden und Sky wird von zwei Neuankömmlingen in ein Gespräch verwickelt. Hardy knabbert an einem Stückchen eingerissener Nagelhaut. Alice kann sich die Frage nicht verkneifen: »Aufgeregt?«

Ihr Vater lacht und verschränkt die Hände hinter dem Rücken. »Du bist doch dabei«, sagt er dann. »Auf geht's. Wir können ja schon mal rausgehen, die beiden kommen sicher gleich.«

Die Pilatus Porter ist gerade wieder gelandet und Chris, der Pilot, macht ihnen Zeichen einzusteigen. Alice will hineinklettern, aber Hardy hält sie auf.

»Sieht dein Schirm nicht ganz anders aus als meiner?«, fragt er. »Das Gurtzeug bei den Schülerschirmen ist doch dunkelblau und nicht schwarz, oder?«

»Gut aufgepasst«, sagt Luna, die jetzt neben ihnen auftaucht. »Du hast da einen sehr sportlichen Schirm erwischt, der geht ganz schön hart auf. Könnte bei der Landung kniffelig werden. Willst du nicht lieber einen Schülerschirm nehmen?«

»Gib doch deinen Sky, dann kommen wir schneller los«, schlägt Hardy vor.

»Ich nehme ihn«, sagt Luna. »Ich wollte gerade schauen gehen, welcher noch da ist. Für mich passt der.«

Alice nickt und sie gehen zurück in die Halle, wo sie sich von Gurtzeug und Fallschirm befreit und ein etwas größeres Sprungpack in Empfang nimmt. Dass Luna so mütterliche Fürsorge walten lässt ...

Mit Alices Schirm und der Gopro, der kleinen, beweglichen Kamera, am Handgelenk kommt auch Luna nach ein paar Minuten zurück. Jetzt fehlt nur noch Sky. Sie steigen zu dritt ins Flugzeug ein, in dem schon vier andere Springer warten.

»Erde an Sky«, quäkt es aus dem Lautsprecher neben dem Flugfeld. »Bitte kommen, dein Lift wartet.« Neil natürlich mal wieder!

Endlich sehen sie Sky aus dem Dunkel der Halle auftauchen und zum Flugzeug spurten.

»Sorry«, sagt er und setzt sich neben Hardy. »Diese Frischlinge löchern einen mit ihren Fragen. Die zwei waren besonders neugierig. Wollten sogar wissen, was passiert, wenn man sich beim Springen vor Angst in die Hose macht.«

»Und was passiert?«, fragt Alice.

»Man wird nass.« Alle lachen.

Alice lehnt sich zurück, als das Flugzeug beschleunigt. Eine Viertelstunde wird es dauern, dann sind sie oben, im blauen Himmel, in der Freiheit. Sie fühlt sich ganz ruhig, während Hardy neben ihr seine Finger knetet. Ist Luna besonders eng an ihn herangerutscht? Ihre Oberschenkel berühren sich jedenfalls.

»Exit«, hört sie endlich den Piloten sagen und die Maschine drosselt ihre Geschwindigkeit. Sky und Hardy werden als zweites Paar springen, sie selbst und Luna anschließend.

Ihr Vater hat schon die Beine aus der Luke gehängt, klammert sich aber noch immer an den Haltestangen daneben fest.

»Auf geht's«, macht ihm Sky Mut und klopft ihm auf die Schulter. Hardys Schrei beim Absprung dröhnt bis zu Alice hinüber und sie muss grinsen. Schön zu sehen, wenn der eigene Vater auch mal mit der Angst zu kämpfen hat.

Sky ist sofort hinterhergesprungen und sie sieht die beiden jetzt in perfekter Haltung im freien Fall davonsausen.

Alice verbietet sich nachzudenken und kippt einfach nach vorne. Was dann geschieht, ist genauso überwältigend wie die ersten Male. Sie schreit und schreit, aber nicht aus Angst. Ihr Körper fühlt sich warm an, frei, leicht, großartig und von etwas durchdrungen, zu dem ihr nur ein einziger Begriff einfällt: Ewigkeit. Bis in alle Ewigkeit wünscht sie sich, so zu fliegen. Sie kann sich nicht vorstellen, dass es irgendetwas anderes gibt, das einem einen solchen Kick beschert.

Ganz kurz bemerkt sie Luna neben sich, die den Sprung

filmt, aber dann sieht Alice auf den Höhenmesser und stellt mit Bedauern fest, dass sie nun endlich den Fallschirm öffnen muss. Ein Ruck, lautes Rascheln über ihr und nach ungefähr vier Sekunden hat sich der Schirm komplett geöffnet. Sie sieht Luna an sich vorbeifallen, den Arm mit der Kamera noch immer in ihre Richtung haltend.

Ihr Herzschlag beruhigt sich und die langsame Schwebefahrt – nicht schneller als ein flotter Spaziergang – zieht sie in ihren Bann. Sie spürt dieses glückselige Lächeln um ihre Mundwinkel, das einfach nicht weicht. Weit unten erkennt sie Sky und ihren Vater an ihren blauen Schirmen dem Boden entgegengleiten, diesem Puzzle aus Feldern, Wäldern und Flussläufen. Aber wo ist Luna? Sie muss ihren Schirm doch schon längst geöffnet haben. Zum Landeplatz sind es vielleicht noch 500 Meter. Und dann sieht sie ein großes rotes Stück Stoff an sich vorbeiflattern. Wie ein gigantischer Schmetterling.

Ein Fallschirm.

An dem niemand hängt.

Der offensichtlich gekappt worden ist.

Wo ist Luna?

Alice spürt, wie sich ihr Magen zusammenzieht. Wie sich ihr Herzschlag wieder beschleunigt. Der gelbe Rettungsschirm ist nirgends zu erkennen. 250 Meter. Bei 225 Metern wird das Cypres, der Öffnungsautomat, den Reserveschirm öffnen, egal, was passiert. Selbst wenn Luna ohnmächtig geworden ist. Aber da ist nichts.

Konzentrier dich jetzt, befiehlt sich Alice. Zieh an den Leinen, wie du es gelernt hast. Du wirst eine Eins-a-Landung hinlegen. Konzentrier dich!

Sie dreht sich in die richtige Position, zieht an beiden

Leinen und spürt, wie der Schirm abbremst. Dicht unter ihr ist schon das Weizenfeld, gleich dahinter der Landeplatz. Sie meint, Sky zu erkennen und Hardy, die wie erstarrt dastehen und einen Punkt in der Ferne fixieren.

Sie spürt die Erde unter den Füßen, läuft ein paar Schritte und hat den Eindruck, noch nie so perfekt gelandet zu sein. Raschelnd fällt der Fallschirm hinter ihr zu Boden. Doch niemand beachtet sie. Niemand kommt ihr entgegengelaufen. Die vier Springer, die um sie herumstehen, sind zu Säulen erstarrt, das Gesicht gen Norden gewandt. Weg vom Sprungplatz, hin zum Wäldchen.

»Papa«, hört sich Alice in die gespenstische Stille hineinschreien. Aber Hardy reagiert nicht. Alice schält sich, so schnell es geht, aus ihrem Gurtzeug und rennt zu ihrem Vater.

»Papa!«

Sie fasst nach seiner Hand, zieht daran, bis er sie endlich ansieht. Sein Gesicht ist ganz grau. Und Alice versteht, was passiert ist. Schlagartig.

»Wo ist Luna?«, schreit sie. Und auf einmal erwachen alle Umstehenden zum Leben. Einige spurten in Richtung des Wäldchens, Sky lässt sich einfach auf den Boden fallen und schlingt die Arme um seine aufgestellten Knie. Im VW-Bus brüllt Jürgen Unverständliches in sein Handy und Hardy packt Alice und zieht sie ganz dicht an sich. Er klammert sich fest an ihr, als wolle er sie nie wieder loslassen. Sie hat Mühe, aufrecht stehen zu bleiben, so schwer ist er.

»Papa, bitte«, stammelt sie und seine Arme entlassen sie.

»Wie ein Stein«, flüstert Hardy. »Wie ein Stein ...«

Sie weiß nicht, wie viel Zeit vergeht, bis jemand aus Richtung des Waldes ruft: »Wir haben sie. Hier ist sie!«

Sky springt auf und auch Hardy erwacht wie aus einer Trance.

»Du bleibst da!« Er streckt ihr seinen Zeigefinger wie einen Zauberstab entgegen, wie um sie in eine Marmorstatue zu verwandeln. Dann läuft er los, dorthin, wo die anderen sind. Alice sieht ihm hinterher, unfähig, auch nur einen Schritt zu tun. Sein Befehl ist unnötig – für nichts auf der Welt will sie sich dem stellen, was in der Nähe des Wäldchens zu finden sein wird.

Luna.

Luna ist abgestürzt. Ihr Hauptschirm ist gekappt und der Reserveschirm – hat sich nicht geöffnet? Wie kann das sein?

Auch Jürgen hat den VW-Bus verlassen, von der Sprungschule her hört sie weitere Autos kommen, Menschen laufen herbei und aus der Ferne dringt das Martinshorn eines Krankenwagens zu ihr.

Mühsam setzt sie einen Fuß vor den andern, geht in Richtung VW-Bus. Es scheint ihr unendlich lange zu dauern, bis sie dort ankommt. Sie hockt sich in die geöffnete Seitentür. Auf der Wiese liegen überall Fallschirme, blaue, violette, rosa und orange. Riesige Blütenköpfe, die sanft im Wind aufgebläht schaukeln, harmlos und zart.

Vielleicht hat sie überlebt? Vielleicht ist ein Wunder geschehen? Vielleicht ist dies nur ein böser Traum?

Der Krankenwagen quetscht sich auf dem schmalen Weg knapp an dem VW-Bus vorbei und kommt quietschend am Waldrand zum Stehen. Sanitäter springen heraus, zerren eine Trage mit sich und verschwinden zwischen den Bäumen. Nur ihre neongelben Westen bezeugen noch einen kurzen Augenblick ihre Anwesenheit. Dann ist alles still.

Das Universum scheint auf diesen einen Punkt zuzustürzen, an dem alle verschwunden sind, um das Unfassbare zu begreifen. Nur Alice haben sie zurückgelassen.

Irgendwie ist sie in die Halle gekommen. Hardy und Sky haben neben ihr im VW-Bus gekauert, unfähig, ein Wort herauszubringen. Das ganze Gelände liegt wie unter einer Glasglocke, niedergedrückt vom Schock. In der Halle läuft keine Musik mehr, der Videobeamer zeigt keine Filme mit glücklich in die Kamera lachenden Menschen nach dem Absprung aus dem Flugzeug. Die meisten sitzen wie versteinert auf den alten Sofas, die an den Längsseiten der Halle aufgestellt sind, nur selten sind Gesprächsfetzen zu hören. Viele machen sich auf den Heimweg, verzichten auf den heutigen Sprung.

Hardy sitzt schneeweiß im Gesicht in einer Ecke und dreht unablässig eine halb leere Flasche Cola zwischen den Händen. Sky ist in Jürgens Büro verschwunden, gemeinsam mit allen anderen Mitarbeitern der Sprungschule – außer Alice. Sie hat sich neben ihren Vater auf den Boden gesetzt, sie braucht die Gewissheit, dass da etwas unter ihr ist. Etwas Festes, das ihr Halt gibt.

Sie hat nicht herausgefunden, wie Luna aufgefunden worden ist. Sie ist nicht sicher, ob sie es wissen will. Aufkommende Bilder versucht sie, aus ihrem Kopf zu vertreiben, aber es gelingt ihr nicht wirklich.

Sag was, denkt sie. Du musst mit ihm reden. Was, wenn er sie tatsächlich geliebt hat? Was, wenn es Sky gewesen wäre, der zu Tode gekommen wäre?

»Das Schlimmste ist«, sagt Hardy plötzlich mit einer brüchigen Stimme, als habe er seit Monaten nicht gesprochen.

»Das Schlimmste ist, dass ich mir die ganze Zeit vorstelle, du wärst es gewesen, die den Schirm benutzt hätte.« Er trinkt einen großen Schluck aus der Flasche und stellt sie dann neben das Sofa auf den Boden. Er streckt einen Arm nach ihr aus. Alice klettert auf das Sofa und kuschelt sich an ihn. Sie hört sein Herz schlagen, schnell, aber regelmäßig, verlässlich.

Sie kann nichts sagen, ihr Hirn ist wie leer gefegt. Und sie ist froh darüber.

Jetzt geht die Tür von Jürgens Büro auf und er kommt mit allen Mitarbeitern heraus. Neil hat rote, zugeschwollene Augen. Sky wirkt abwesend, er kommt als letzter und sieht sich suchend um. Bei Alice hält er inne. Sie hofft, dass er ihr ein Lächeln schenken wird, eines, das ihr Mut macht und Trost spendet, aber sein Blick ist stumpf, leblos. Was er wohl gerade denkt?

Jürgen erklärt allen Anwesenden, dass die Polizei und die Staatsanwaltschaft kommen werden, es gibt eine Untersuchung über die Unfallursache, von der man noch nichts weiß. Er bittet darum, dass sich alle, die etwas dazu sagen können, zur Verfügung stellen. Wer allerdings heute dazu nicht in der Lage sei, könne auch später eine Aussage machen.

Alice ist sich nicht sicher, was ihr lieber ist. Bestimmt ist es gar nicht schlecht, mit der Polizei zu reden. Das gäbe ihr so ein Gefühl davon, dass das Leben weitergeht. Dass sich jemand kümmert, um alles wieder in Ordnung zu bringen.

»Sollen wir warten?«, fragt Hardy. Sie zuckt mit den Schultern.

»Was meinst du?«

»Bringen wir's hinter uns.«

Die Kommissarin ist eine kleine, stämmige Frau um die 50 mit kurzen, schlecht blondierten Haaren und viel zu großer Brille. Sie wirkt energisch und so, als könne sie Worte wie Humor oder Lachen nicht einmal buchstabieren. Was angesichts ihres Jobs vermutlich auch kein Wunder ist. Alice ist sich unsicher, ob sie lieber gemeinsam mit ihrem Vater eine Aussage gemacht hätte, aber nun sitzt sie allein in Jürgens Büro gegenüber der Frau, deren Namen sie nicht verstanden hat, und ihrem sehr jungen und sehr blassen Assistenten. Hardy hat bereits Rede und Antwort gestanden. Vielleicht ist es besser so. Inzwischen ist es später Nachmittag, durch das Fenster blitzt die Sonne so strahlend wie den ganzen Tag schon und blendet Alice heftig.

»Ich kann mir vorstellen, dass es dir schwerfällt, mir etwas zu erzählen«, sagt die Kommissarin mit erstaunlich weicher Stimme. »Schilder uns einfach, was du mitbekommen hast.«

Alice holt tief Luft, sie weiß nicht, wie sie anfangen soll. Und was sie besser nicht erzählt. Sie reibt sich die Augen und sieht auf den Boden, dorthin, wo keine Sonne ist. Sind da ihre Fußspuren zu sehen? Immerhin hatte sie gestern Abend, als sie hier entlanggeschlichen ist, ziemlich verdreckte Schuhe an. Nein, da ist nichts, sie sieht garantiert Gespenster. Sie fröstelt mit einem Mal.

»War denn alles ganz normal, wie immer?«, versucht die Kommissarin, ihr zu helfen. »Oder gab es etwas Besonderes? Im Ablauf, meine ich.«

»Ich springe noch nicht so lange«, fängt Alice an. »Ich kenne die Abläufe noch nicht so genau. Aber ich hatte das Gefühl, alles war wie immer.«

Die Kommissarin nickt ihr aufmunternd zu. Alice spürt eine Frage in ihrem Kopf auftauchen, die alle anderen Sätze an den Rand drängt.

»Meinen Sie ...«, beginnt sie. Wie kann sie die Frage nur stellen? Ohne schlimme Worte benutzen zu müssen. Tod. Mord. Schuld. Dinge, die es doch nur im Fernsehen gibt und in Büchern.

»Ja?«

»Ich meine, wissen Sie schon ...«, versucht sie es noch mal. »War das ein Unfall?«

»Genau das müssen wir klären. Dein wievielter Sprung war das heute? Ist doch sicher wahnsinnig aufregend! Ich würde mich das nie trauen.«

»Mein dritter Solosprung. Und zwei Tandemsprünge. Einer mit Luna. Also mit ihr.«

»Welches Verhältnis hattest du zu Luna Vollmer?«

Vollmer hieß sie mit Nachnamen. Das hat sie nicht gewusst.

»Ich kannte sie nicht gut. Sie war eine Arbeitskollegin meines Vaters, ich bin ihr hier zum ersten Mal begegnet. Ich fand sie nett. Und ich glaube, sie hat sich wahnsinnig gut mit dem Springen ausgekannt. Man hatte bei ihr so ein Gefühl der Sicherheit.« Sie beißt sich beinahe auf die Zunge. Ist das nicht ein bisschen geschmacklos, so etwas zu sagen, wo Luna doch jetzt ...?

»Könntest du dir vorstellen, dass Frau Vollmer irgendwelche persönlichen Probleme hatte und vielleicht, nun ja, verunglücken wollte?«

Alice dreht sich leicht auf dem Bürostuhl von links nach rechts und zurück. Geht die Kommissarin von einem Selbstmord aus?

»Nein«, antwortet sie ganz schnell. »Nein, sie war meistens gut gelaunt.«

Die Kommissarin wirft dem blassen Assistenten einen Blick zu, den Alice nicht deuten kann. Der Assistent spielt mit einem Kugelschreiber herum.

»Man bekommt ja nicht immer mit, was sich in einem Menschen innen drin abspielt«, räumt Alice ein. »So gut kannte ich sie ja nicht.« Gut genug, um zu wissen, ob sie unglücklich war wegen ihres Vaters. Der das Kind nicht wollte, das Luna eventuell bekam. Aber das kann sie doch nicht laut sagen.

»Wir gehen auch nicht von Selbstmord aus«, erklärt die Kommissarin nun. »Sonst hätte sie ja vermutlich nicht versucht, den Fallschirm zu öffnen.«

»Der Fallschirm ... er ist an mir vorbeigeflogen«, fällt Alice wieder ein. Wie das rote Ding durch die Luft flatterte ... da hat sie schon eine Vorahnung gehabt ...

»Er wurde ein paar Kilometer weiter gefunden.«

»Und der Reserveschirm?«

»Hat sich nicht geöffnet. Unsere Techniker untersuchen gerade, warum.«

Hardys Worte fallen ihr ein. Wie ein Stein. Sie muss wie ein Stein ...

»Du arbeitest auch hier in der Sprungschule? Wie war so das Klima?«

Alice spitzt ein wenig die Lippen, denkt nach. »Gut, alle hatten einen sehr lockeren Umgang miteinander.«

»Keine Streitereien?«

»Ich hab nichts mitbekommen.«

Mit dem Kugelschreiber wird energisch auf die Tischplatte geklopft. Der Assistent legt die Stirn in Falten.

»Wir haben hier ein paar Aussagen, dass du gestern einen heftigen Streit mit Luna Vollmer hattest. Worum ging es da?« Er hat eine hohe Stimme, als wäre er noch nicht einmal im Stimmbruch gewesen. Ist das der Schülerpraktikant?

Alice spürt, wie sich ihre Bauchmuskulatur anspannt. Und sie hat das Gefühl, ganz dringend auf die Toilette zu müssen.

»Hast du es vergessen?«

»Pscht«, hält ihn die Kommissarin zurück. »Alice? Kannst du dazu etwas sagen?«

Alice schluckt. Sie fühlt Tränen aufsteigen. Wo ist Hardy?

»Ähm«, sie räuspert sich. »Ich hatte den Verdacht, Luna wäre eifersüchtig. Weil ich mich mit Sky, dem Sprunglehrer, so gut verstehe. Da habe ich ihr meine Meinung gesagt. Aber danach war wieder alles gut.«

»Sicher?«, macht der Assi weiter. Alice nickt. In was für eine Ecke will er sie drängen? Verdächtigt er etwa sie?

»Es ... war wohl nicht das erste Mal, dass ihr Streit hattet«, macht die Kommissarin weiter. »Und vor Kurzem gab es schon mal einen Zwischenfall mit einem falsch gepackten Fallschirm, an dem du irgendwie beteiligt warst?«

Alice rutscht unbehaglich auf der Sitzfläche hin und her. *Blue Skies* steht fett und quietschgelb auf dem Plakat an der Wand gegenüber. Lachende Menschen im blauen Himmel. Leichtigkeit. Freiheit.

»Wer sagt denn das?« Alice weiß, dass sie keine Antwort bekommen wird auf ihre Frage. Hat Neil sie angeschwärzt? Den sie nach dem Verhältnis zwischen Luna und Sky ausgequetscht hat? Aber das ist doch nur ... verdammt! Was passiert hier gerade?

»Darf ich bitte nach Hause?«, fragt sie spontan. Sie fühlt sich mit einem Mal so müde, als habe sie 100 Jahre nicht geschlafen. Sie will wegdämmern, träumen und in einer anderen Welt wieder aufwachen.

»Gut«, sagt die Kommissarin. »Wir werden in den nächsten Tagen sicher noch mal miteinander reden. Falls dir was Wichtiges einfällt – ruf mich an. Hier.« Sie schiebt eine Visitenkarte über den Tisch. Neben dem silbernen Polizeistern mit dem weiß-blauen Wappen darin steht ihr Name: PHK Angelika Brustmann. Darunter die Anschrift der Dienststelle in Freising und eine Telefonnummer. Alice nickt. Als sie aufsteht, merkt sie, dass ihre Knie zittern. Irgendwie kommt sie zur Tür. Sie verlässt den Raum und erst draußen bemerkt sie, dass sie nicht einmal »Auf Wiedersehen« gesagt hat.

Hardy sieht ihr mit einer Mischung aus Sorge und Neugier entgegen.

»Alles klar?«, fragt er und sie bejaht.

»Ich will nur heim. Ich bin so müde.«

Ihr Vater legt den Arm um sie und gemeinsam gehen sie zum Auto. Sie will nie wieder hierher zurückkehren. Der Himmel wird ohne sie auskommen müssen.

*

Mamá, Mamá, Scheiße, Scheiße, Scheiße, Scheiße, ich hab das nicht gewollt, niemals, oh Gott, wie konnte das geschehen? Wie nur? Ich hätte es vorhersehen müssen. MÜSSEN! Ich verstehe das nicht. Oh Gott. Eine Verwechslung, eine schreckliche Verwechslung!

Okay, ich verspreche dir: Ich kühle mich ab. Gleich,

gleich bin ich wieder ruhig. Ich verspreche es dir, ganz ruhig bin ich, ganz ruhig. Das hätte nie ... nein, Schluss. Das habe ich gelernt, in unendlichen Jahren habe ich gelernt, mich an alles Schreckliche anzupassen, das Unausweichliche, Unvermeidbare, Unabänderliche. Auch jetzt werde ich das tun. Du kannst mir vertrauen. Ich werde es zu Ende bringen. Für dich. Für mich. Für uns.

Liebe, Liebe, Liebe, für immer
Dein Kind

PS: Das war sie. War sie nicht schön wie ein Engel? Aber sie ist selbst schuld. Was muss sie sich einmischen. Engel mischen sich nicht ein. Nie.

10. Kapitel

Am Nachmittag des folgenden Tages stehen sie vor der Tür. PHK Brustmann und ihr jugendlicher Assistent.

Alice und Hardy haben sich gerade auf der Terrasse zu einer stillen Brotzeit hingesetzt. Sie haben den ganzen Tag kaum ein Wort geredet, als stehe eine Wand zwischen ihnen, undurchdringlich. Dagmar hat ihre Rückkehr für heute Abend angesagt, nachdem Alice ihr am Telefon erzählt hat, was geschehen ist.

Hardy schiebt den Polizeibeamten nun auffordernd den Korb mit den Brezeln entgegen und der Assi greift offensichtlich begeistert zu.

»Wir gehen inzwischen davon aus, dass der Fallschirm, den Luna Vollmer benutzte, manipuliert wurde. Und zwar massiv«, eröffnet die Kommissarin das Gespräch. »Das – wie heißt das? – Cypres, dieser Öffnungsautomat, war so bearbeitet worden, dass das kleine Messer darin, das die Leinen des Rettungsschirms löst, ins Leere geschnitten hat. Keine Chance.«

Alice lässt das Brezelstück, an dem sie gerade geknabbert hat, auf den Teller sinken. Das heißt Mord. Luna ist tatsächlich einem Verbrechen zum Opfer gefallen.

»Oh Gott, wie grauenhaft«, stößt Hardy hervor. Er greift hastig nach dem Mineralwasser auf dem Tisch und trinkt das Glas in einem Zug leer.

»Wir würden gerne noch mal mit Alice alleine reden«,

sagt die Kommissarin. »Bitte.« Es klingt wie eine Aufforderung, der man Folge zu leisten hat. Ohne Wenn und Aber. Hardy steht entsprechend schnell auf.

»Falls Sie mich brauchen ...« Er deutet in Richtung Wohnzimmer und verschwindet.

Alice fröstelt mit einem Mal, trotz der lauen Luft. Sie fährt sich über die Arme, umschlingt sich selbst.

»Alice«, die Stimme der Kommissarin klingt wieder ganz weich. Alice weiß, dass sie sich davon nicht täuschen lassen sollte. »Hast du irgendetwas mitbekommen, ob jemand mit Luna Streit hatte? Wie war beispielsweise ihr Verhältnis zu Herrn Engelking, also diesem Sky?«

Alice starrt auf ihre Fußnägel, von denen quietschroter Nagellack abblättert. Sie hebt die Schultern.

»Das weiß ich nicht so genau. Angeblich haben sie es mal miteinander versucht, aber schnell festgestellt, dass das mit ihnen nichts werden würde, und es dann wieder gelassen.«

»Hm.« Die Kommissarin wirkt nicht sehr zufrieden. »Und wie ist dein Verhältnis zu Sky?«

Alice spuckt ein verächtliches Lachen aus. »Da läuft nichts zwischen uns.«

»Du sagtest das letzte Mal, du hättest den Eindruck gehabt, Luna sei eifersüchtig auf dich gewesen?«, mischt sich der Assistent ein und pult etwas Salz von seiner Brezel.

»Ja, irgendwie schon, aber sie hat es abgestritten. Ich habe ihr das dann geglaubt. Und wie gesagt, Sky ist nur ein Freund.«

Dafür zermartert sie sich seit dem schlimmen Tag das Hirn, was Luna gemeint hat mit dem Satz »Geh heim zu Papi, der erklärt dir, was wirklich läuft«. Darauf kann sie sich unmöglich einen Reim machen.

Dann hat sie hin und her überlegt, hat versucht, alle Abläufe rund um den Sprung zu rekonstruieren, doch da ist immer ein dunkler Fleck, ein versperrter Zugang, als weigere sich ihr Hirn, sich korrekt zu erinnern. Vielleicht will es sich einer Erkenntnis verweigern, die sie nicht ertragen kann. Wie die, dass da etwas zwischen Hardy und Luna gelaufen ist.

»Wir gehen davon aus, dass der Fallschirm am Abend vor dem Sprung manipuliert worden sein muss. Am Tag davor ist er noch ohne Auffälligkeiten benutzt worden. Hast du eine Idee, wer das gewesen sein könnte?«

Alice schüttelt den Kopf, ihre Locken kitzeln im Nacken.

»Was hast du denn an dem Abend gemacht?«, fragt der Assi. Er ist offensichtlich für die brutalen Fragen zuständig.

Mist, was soll sie jetzt sagen? Ist sie schon verdächtig?

Luna und Hardy sind in der Halle gewesen – oder zumindest in der Nähe.

Und sie selbst natürlich.

»Ich war Fahrrad fahren«, sagt sie, ohne darüber nachzudenken, ob das eine gute Antwort ist.

»Und du bist nicht an der Sprungschule vorbeigekommen? So rein zufällig.«

Sie schüttelt den Kopf. Oh Gott, was tut sie da? Sie lügt. Sie lügt eine Kriminalkommissarin an. Aber sie hat solche Angst, dass ihre Antwort eine Lawine auslösen wird, die sie verschüttet, erstickt.

»Falls du es dir noch mal überlegen willst – du kannst uns jederzeit erreichen. Vielleicht warst du ja doch vor Ort?«

Alice verneint erneut. Ob sie irgendjemand dort gesehen hat? Ob sie Beweise gegen sie haben?

»Na gut, so weit erst mal. Wir haben Fußspuren im Büro und in der Halle gefunden, die wir auswerten werden, dann sehen wir weiter«, sagt die Kommissarin und steht auf. »Kommen Sie, Fleischhauer, wir befragen Herrn Bohrmann drinnen.«

Alice sieht ihnen sprachlos hinterher. Sie hat also doch Spuren hinterlassen – klar, schließlich hatte sie mit ihren Sandalen mitten im Matsch gestanden. So was verschwindet nicht so schnell. Wie konnte sie so blöd sein? Sie läuft im Garten auf und ab, späht immer wieder durch die Fensterfront ins Wohnzimmer, wo sie am Esstisch die Silhouetten von Brustmann, dem Assi und ihrem Vater erkennt. Was wird er ihnen sagen? Werden sie auch nach seinem Alibi fragen?

Streng dich an, Alice, denk logisch, fordert sie sich auf.

Da war Luna. Die Alice zu ihrem Vater schickte. Dann der Anruf bei ihrem Vater, die SMS von Luna. Das Foto der beiden. Ihr Treffen mit Hardy in der Sprungschule. Von dem Alice allerdings nichts mitbekommen hat. Wer weiß, ob sie überhaupt vor Ort gewesen sind. Außer einem Paar Scheinwerfer in der Nacht hat sie ja nichts gesehen. In jedem Fall ist Hardy erst nach ihr daheim gewesen – obwohl er doch eigentlich mit dem Auto einen Vorsprung hätte haben müssen. Aber das kann alles Mögliche bedeuten: Er hat Luna nach Hause gefahren. Er hat länger mit ihr im Auto geredet. Er ist noch tanken gewesen. Irgendwas. Oder er ist zur Sprungschule zurückgekehrt. Was, wenn Luna ihn unter Druck gesetzt hat, seine Familie zu verlassen, und er das nicht wollte? Sie erschrickt vor der Richtung, die ihre Gedanken nehmen. Sie kann doch unmöglich ... ihrem Vater ... Aber es passt alles. Viel zu gut. Und dann blitzt ein neuer Gedanke auf. Der alles nur noch wahrscheinlicher macht.

Was, wenn es Luna gewesen ist, die all die Verwirrung, Verunsicherung geschaffen hat? Die Anrufer, die sich nicht meldeten, der verschwundene Teddy – vielleicht hat sie sogar das Foto von sich selbst und Hardy gefakt und einen falschen Facebook-Account genutzt, um es ihr, Alice, zu schicken. Und dann das Foto, auf dem Dagmars Gesicht durch ein fremdes ersetzt wurde.

Hendrik kommt definitiv nicht mehr infrage – der ist schließlich in Frankreich im Urlaub. Sie setzt sich auf die Kinderschaukel, die Hardy schon seit mehreren Sommern hat abbauen wollen. Im Wohnzimmer wird noch immer geredet. Worüber?

Luna konnte forsch und hartnäckig sein, das hat Alice selbst erlebt. Wer weiß, wie lange Hardy bereits etwas mit ihr hatte? War sie absichtlich schwanger geworden? Um Tatsachen zu schaffen? Sie starrt in den Himmel, der von weißen Unschuldswölkchen gesprenkelt ist. Und weil Hardy nicht so wollte wie Luna, hat sie angefangen, seine Tochter zu stalken. Und Hardy wusste sich nicht länger zu wehren. – Was, zum Teufel, denkt sie da? Alles reine Spekulation! Aber wer ist denn sonst an Lunas Tod interessiert?

Die Schaukel quietscht in den rostigen Aufhängeösen. Alice zuckt zusammen. Der Fallschirm. Der Fallschirm, den Luna benutzt hat, war für sie selbst gedacht. Eigentlich hätte sie damit springen sollen. Und war es nicht Hardy, der sie darauf aufmerksam gemacht hat, dass sie einen unpassenden Schirm hatte? Die Erkenntnis trifft sie wie ein Faustschlag. Das ist es, woran sie seit dem Absturz nicht hat denken mögen. Sie hat aus Versehen den Fallschirm angelegt, der für Luna manipuliert worden war! Und Hardy hat dafür gesorgt, dass sie einen anderen bekam. Was hat er nach dem Unfall – nein, dem Mord! – gesagt? »Ich muss mir immer vorstellen, du wärst mit dem Schirm gesprungen.« Was auch heißen kann: »Ich muss mir immer vorstellen, ich hätte nicht bemerkt, dass du den falschen Schirm hattest.«

Alice springt von der Schaukel auf und läuft kreuz und quer durch den Garten. Hin und her, hin und her. Ihr Vater soll ein Mörder sein? Das ist unglaublich! Das kann einfach nicht sein. Aber es passt alles zusammen ...

»Alice!« Hardy steht in der Terrassentür. »Sie sind weg. Du kannst reinkommen.«

Sie nickt, geht langsam auf ihn zu und versucht, ihn nicht anzuschauen. Sie will ihn nicht betrachten und dabei denken *Ist er ein Mörder?*.

»Sie haben mich gefragt, wo ich gestern Abend war. Ich habe gesagt, wir wären den ganzen Abend zusammen zu Hause gewesen. Ich dachte, das ist besser. Das war doch richtig? Oder?«

Sie starrt ihn fassungslos an. Das ist der letzte Beweis. Er hat so getan, als gäbe er ihr ein Alibi. Dabei hat er sich eins gegeben. Er weiß genau, dass seine Lüge, er habe einem Freund in dessen neuer Wohnung geholfen, bald auffliegen würde. Und dass sie auch fort gewesen ist, hat er ja gar nicht mitbekommen.

Raus hier, nur raus! Sie hält es keine Sekunde länger neben ihm aus.

Sie rennt an ihm vorbei, ignoriert seine Rufe, öffnet die Wohnungstür und läuft hinaus.

Dem Auto, das gerade auf den Parkplatz einbiegt, kann sie ebenso ausweichen. Sie erkennt ihre Mutter, die sie verdattert ansieht. Sie hat tatsächlich ihren Urlaub abgebrochen. Aber Alice bleibt nicht stehen. Sie rennt, als verfolge sie der Teufel persönlich.

Erst als sie völlig außer Atem ist und das Seitenstechen nicht mehr zu ignorieren, hält sie an. Mitten auf dem Marktplatz. Wo Menschen in Eisdielen sitzen und an Schaufenstern entlangbummeln, als gäbe es nichts auf der Welt, was einen aus der Fassung bringen kann. Was jetzt? Sie kauert sich auf die Stufe des Brunnens in der Platzmitte und lehnt ihren Kopf an die noch sonnenwarme Sandsteineinfassung. Das Wasserplätschern wirkt beruhigend. Sie atmet bewusst langsam. Ein und aus. Ein und aus.

Es ist verrückt – sie hat den Eindruck, dass sie selbst für die Polizei die Hauptverdächtige ist und nicht Hardy. Sie können ihr ein klares Motiv unterstellen: Eifersucht! Und wie soll sie das entkräften? Sicherlich sind auf dem Gurtzeug, das Luna getragen hat, Fingerabdrücke von ihnen allen – von Luna, von Neil, von ihr selbst. Vielleicht sogar von ihrem Vater, der ihr beim Ausziehen geholfen hat. Nur eines weiß sie: Sie verdächtigt ihren Vater. Ihren eigenen Vater. Der nicht einmal davor zurückschreckt, sie für ein Alibi zu missbrauchen. Es will nicht in ihren Kopf hinein, sie klopft sich mit beiden Fäusten gegen den Schädel – wie kann Hardy so etwas tun?

Sie muss mit jemandem reden, jemandem, der auf ihrer Seite ist. Mit Sky? Immerhin hat sie ihr Smartphone in der Hosentasche und kann ihn anrufen. Sie lässt es unzählige Male klingeln, aber er geht nicht ran. Sie hat seit dem Absturz nichts von ihm gehört. Ob die Polizei wohl auch mit ihm gesprochen hat? Was er wohl ausgesagt hat?

Sie kann nicht einfach untätig herumsitzen und zuschauen, was geschieht. Sie will Beweise, Beweise, die sie entlasten – und nach Möglichkeit auch Hardy. Im Moment kann sie sich nicht vorstellen, dass sie welche findet. Verdammt, sie hat nie gedacht, dass die Realität eines Fernsehkrimis so schnell ihre eigene werden kann. Verdächtig. Beweise. Entlasten. Wie ist sie da nur hineingeraten?

Sie steht auf und läuft ziellos über den Platz, ihr Smartphone in der Hand. Ob sie Tessa erreichen kann? Doch die ist offline. Liegt in den Armen ihres Tennisspielers. Die Benachrichtigungen füllen das ganze Handydisplay aus. Sie hat seit zwei Tagen nicht mehr darauf geguckt. Ganz oben erscheinen drei aktuelle Anrufe ihrer Eltern. Gut, dass das Handy stumm geschaltet ist.

Lu Na schickt dir eine Freundschaftsanfrage, verheißt eine Facebook-Meldung von letztem Mittwoch. Alice erstarrt. Die Freundschaftsanfrage von jemandem, der mittlerweile tot ist! Sie klickt die Nachricht an und bestätigt die Anfrage. Gruselig. Aber so kann sie sich anschauen, was Luna so alles gepostet hat. Bestimmt ist irgendetwas dabei, was ihr weiterhelfen kann. Sie scrollt über den Bildschirm und findet zunächst lauter Trauerbekundungen – Dutzende. Sie schluckt einen dicken Kloß im Hals herunter und wischt weiter über das Display. Sie entdeckt Selfies von Luna auf dem Sprungplatz. Auch mit Hardy, vor etwa vier Wochen. Sie haben die Wangen aneinandergepresst und strahlen um die Wette. Unter ihren Kappen sehen sie echsenartig aus, die Brillen verfremden sie.

Cool, wenn man so liebe Kollegen hat, mit denen man

die schönsten Unternehmungen teilen kann, hat sie dazugepostet. Ob sie nur vom Fallschirmspringen gesprochen hat?

Alice schämt sich für diesen Gedanken, aber er ist so spontan gekommen, dass sie nichts dagegen hat tun können. Sie muss einfach mehr wissen. Sie scrollt noch ein wenig weiter und findet Luna vor einer Haustür stehend, irgendwo in der Altstadt. *Meine neue Bleibe,* steht darunter, ein knappes halbes Jahr ist das her. Sie ist also erst vor so kurzer Zeit hierhergezogen? In seine Nähe, schießt es ihr durch den Kopf. Links von der Haustür ist ein Schaufenster zu erkennen *...ermeier* sind geschwungene Buchstaben zu lesen, Blumen dahinter. Und mit einem Mal weiß Alice, wo Luna gewohnt haben muss. Bei Angermeier kauft auch ihre Mutter Blumen, sie kennt den Schriftzug vom Einwickelpapier und ist auch schon selbst da gewesen.

Ihre Füße scheinen den Weg von ganz alleine zu finden. Was sie dort will? Das ist ein einziges Fragezeichen. Aber irgendwie hat sie das Gefühl, dass der Schlüssel zu allem bei Luna liegt. Entweder sie entdeckt Hinweise, dass Luna sie tatsächlich gestalkt hat, oder – was ihr viel lieber wäre – sie findet nichts. Und Hardy hätte kein Motiv mehr. Sie muss einfach zu Lunas Wohnung.

Es dauert keine zehn Minuten und sie erkennt das Blumengeschäft, in dessen Schaufenster ihr Wildrosen und Ranunkeln, Sonnenblumen und Wicken entgegenranken. Und in dem kleinen Haus daneben gibt es nur vier Klingelschilder. Auf einem steht Vollmer.

Und was jetzt? Sie kann doch nicht einfach klingeln. Wer soll denn aufmachen? Sie stellt sich unwillkürlich vor, wie das schrille Geräusch in der totenstillen Wohnung gruselig widerhallen wird. Mit einem Mal kommt ihr ihre Unternehmung völlig absurd vor. Ihr bleibt nichts übrig, außer nach Hause zu gehen.

Sie will sich gerade umdrehen, als die Tür geöffnet wird. Ein Typ, etwa in ihrem Alter, kommt heraus, in der Hand eine Mülltüte. Er hat kurz geschorenes Haar und strahlend blaue Augen. Sein Gesicht ist schmal und er hat die Lippen fest zusammengepresst. Er erinnert sie an jemanden.

»Hi«, sagt er. »Weißt du, wo hier die Mülltonnen sind?«

Sie schüttelte den Kopf.

»Ach so, du wohnst nicht hier, ich dachte, weil du ...« Er hält inne, lächelt knapp, was die Düsternis in seinen Zügen sofort ausknipst.

»Vielleicht im Hinterhof?«, schlägt sie vor. Er klopft sich an die Stirn und seine glatten Wangen überziehen sich mit leichter Röte.

»Hätte ich auch draufkommen können.« Er dreht sich zur Tür und hält sie ihr auf. »Wolltest du rein?«

Sie folgt ihm in den schmalen Gang, wo es nach gebratenen Zwiebeln und muffiger Wäsche riecht, und bleibt unschlüssig stehen. Er verschwindet durch eine weitere Tür in den Hinterhof. Als er kurz darauf zurückkehrt, sieht er sie irritiert an.

»Suchst du wen?«

»Ich wollte ...«, stottert Alice und spürt, dass sich ihre Wangen ebenso rot färben wie seine eben. »Es ist ein bisschen schwierig zu erklären. Weil, ähm ...«

»Kanntest du Luna?«, fragt er plötzlich und sein Adamsapfel macht hektische Sprünge. Sie nickt.

»Ich bin ihr Bruder, Remus.« Natürlich, sie hätte es gleich

merken können. Er hat genau ihre Augen, dieselbe spitze Nase. Nur sein Mund ist weicher. Er streckt ihr zögerlich seine Hand entgegen und sie nimmt sie. Seine Finger fühlen sich kalt und schweißig zugleich an und sie spürt, wie Tränen in ihr aufsteigen. Mit einem Mal hat nichts als Trauer darüber, dass Luna tot ist, Platz in ihrem Kopf.

»Warst du eine Freundin? Möchtest du mit reinkommen?« Er deutet die Stufen der engen Treppe hoch. Sie nickt einfach und folgt ihm.

»Komisches Gefühl, hier allein zu sein«, sagt er, als er die Tür aufschließt.

Lunas Wohnung besteht aus nicht mehr als einer Küche, einem Bad und einem niedrigen, aber relativ großen Raum, der zur Straße hinausgeht. Die Wände sind mit weiß lackierten Holzleisten verziert, die hellen Vorhänge von Blümchen übersät und Alice wundert sich, wie eine so straighte Person wie Luna so ein mädchenhaftes, beinahe kitschiges Zimmer hat bewohnen können. Sie bemerkt, dass Remus sie beobachtet.

»Ich war noch nie hier«, sagt sie schnell. »Ich kannte Luna nicht lange.«

Er weist aufs Bett, wo sie Platz nimmt, während er sich auf den weißen Holzstuhl vor Lunas Schreibtisch setzt.

»Ähm«, beginnt sie dann. »Es tut mir sehr leid. Was mit deiner Schwester passiert ist. Es ist ... schrecklich.« Was sind das für abgedroschene, abgestumpfte Worte angesichts eines solchen Ereignisses, denkt sie. Aber ihr fällt beim besten Willen nichts anderes ein. »Mein Beileid« wäre ihr noch seltsamer vorgekommen. Das sagt man, wenn 90-jährige Omis sterben.

Remus betrachtet den Flickenteppich vor dem Bett und nickt. »Danke«, wispert er.

»Hast du noch mehr Geschwister?«

»Nein. Luna war die einzige.«

Ich rede nur Bullshit, denkt Alice und spürt schon wieder das Blut in ihrem Kopf pulsieren. »Entschuldige«, sagt sie. »Das war ein bisschen blöd. Ich wollte dich nicht ... weiß auch nicht, tut mir leid.«

»Ist okay.« Endlich sieht er sie an. »Ich glaube, keiner von uns weiß, wie man sich in einer solchen Situation richtig benimmt. Ich kann es selbst noch gar nicht fassen.«

»Und eure Eltern?«

Er seufzt und nimmt einen Bleistift vom Tisch. »Unser Vater ist schon ziemlich alt und seit Langem krank. Er ist bettlägerig und meine Mutter kann ihn unmöglich alleine lassen. Deshalb bin ich gekommen, um mich ... um alles zu kümmern. Gut wenigstens, dass ich vor Kurzem 18 geworden bin. Aber jetzt ... irgendwie, ich verstehe gar nichts ... Die Polizei kann mir nicht mal sagen, wann wir Luna beerdigen können.«

Er pocht mit dem Bleistift auf die Tischplatte, lässt ihn dann darüberkullern.

»Hast du ... ich meine, von dem ... Absturz ... hast du davon was mitbekommen?«

Alice sieht auf ihre Fußspitzen. Sie kann es ihm doch nicht erzählen. Dass sie dabei gewesen ist. Aber sie weiß, sie ist es Luna schuldig. Wenn sie es schon nicht hat verhindern können. Sie sieht auf.

»Ja. Das habe ich. Ich war dabei.« Und sie erzählt. Langsam und ein bisschen schwerfällig zuerst. Immer wieder muss sie die Tränen hinunterschlucken, aber dann gelingt es ihr. Ein paar Details lässt sie weg. Dass sie selbst den Schirm als Erste gehabt hat. Den Todesschirm. Und alles, was mit ihrem Vater zu tun hat.

Remus hört ihr still zu, nur seine Finger halten den Bleistift umklammert wie eine Rettungsplanke, die zum Kentern verdammt ist. Der Schluss, den sie erzählen muss, wird immer der gleiche bleiben. Es ist wie bei Romeo und Julia, wie beim Untergang der Titanic – man hofft die ganze Zeit, es gibt ein Happy End, dabei weiß man es von Anfang an besser. Sie wünscht sich so sehr wie er, die Geschichte möge anders ausgehen, aber sie kann ihm den Gefallen nicht tun. Es gibt nur diesen Schluss. Eine Wahrheit, die ebenso unabänderlich wie vernichtend ist.

Gleichzeitig ist sie einmal mehr froh, dass sie die Verunglückte nicht mit eigenen Augen gesehen hat – das zu beschreiben, würde sie nicht übers Herz bringen.

Remus hat durch die Blümchengardine nach draußen gestarrt, wo sich die Dämmerung über die Stadt senkt wie ein dunkles Tuch über einen Sarg.

»Danke«, sagt er schließlich. »Danke, dass du es mir erzählt hast. Ich bin froh, dass sie eine Freundin in ihrer Nähe hatte, als es passiert ist.«

Alice nickt. Sie kann ihm nicht sagen, dass der Begriff »Freundin« nicht ganz passend ist.

»Und dein Vater und Luna waren Arbeitskollegen, hast du gesagt?«, fragt Remus. »Heißt er Hardy?« Alice bejaht.

»Ich hab da so eine Mail auf Lunas Computer gefunden – an einen Hardy. Vielleicht verstehst du die, schau mal.« Er klappt den Laptop auf dem kleinen Schreibtisch hoch und klickt sich in den Mail-Account. »Hier.«

Alice tritt hinter ihn und beginnt zu lesen.

Lieber Hardy,

ich habe noch mal über alles nachgedacht, was du gesagt hast. Ich glaube, es ist ganz wichtig, endlich mit dem Versteckspiel aufzuhören. Es wird dich am Ende alles einholen und dann wird alles noch schrecklicher. Wenn du möchtest, helfe ich dir gerne. Ich rede auch mit Alice, versuche, es ihr zu erklären. Aber so, da bin ich sicher, ist es nicht gut weiterzuleben, für alle Beteiligten. Eine Lüge zieht nur unendlich viele andere Lügen nach sich und eine wird schwerer zu verzeihen sein als die vorhergehende. Alice muss lernen, dass Menschen Fehler machen, und ich bin mir sicher, sie wird dir irgendwann verzeihen. Stell dir vor, sie findet es heraus, ohne dass du ihr etwas sagst. Das ist doch noch viel verletzender.

Bussi
Luna

Sie liest ein zweites, ein drittes Mal. Und kann es nicht glauben. Luna hat die Mail gleich, nachdem sie sich mit Hardy abends in der Sprungschule getroffen hat, geschickt. Kurz vor ihrem Tod.

»Verstehst du das?«

Alice zuckt zusammen, beinahe hat sie Remus' Anwesenheit vergessen.

»Hast du was zu trinken?«, fragt sie. Ihre Kehle fühlt sich an, als sei sie von Sand überzogen. Remus geht in die Küche und kommt gleich darauf mit einem Glas Wasser zurück.

»Gibt leider nichts anderes.« Er stellt es auf das Nachtschränkchen und Alice setzt sich wieder auf Lunas Bett. Sie trinkt einen großen Schluck. Wie durstig sie ist!

»Ich weiß nicht so recht«, sagt sie schließlich. »Ich vermute etwas, aber ...« Wie soll sie ihm das erklären? Dass seine Schwester und ihr Vater etwas miteinander gehabt haben.

»Was vermutest du?« Sie sieht die Wissbegier in seinen Augen und sie versteht ihn. Wäre Luna ihre Schwester – sie wollte ebenfalls alles wissen, alles.

»Na gut«, fängt sie an. »Also, ich glaube ...«

»Ja?«

»Ich glaube, deine Schwester und mein Vater waren ein Paar.«

»Nee, oder?«

Alice nickt und starrt auf den Flickenteppich vor dem Bett.

»Und meinst du ...?«, er klingt genauso verunsichert wie sie selbst. »Das hat etwas ... mit allem zu tun?«

Was soll sie ihm sagen? Dass sie selbst den Verdacht hat, ihr Vater sei in den Mord an Luna verwickelt. Er könnte derjenige sein, der den Fallschirm manipuliert hat. Niemals! *Never. Ever.*

»Ich weiß nicht«, bringt sie hervor. Sie hat das Gefühl, kaum noch Luft zu bekommen. Sie geht an das kleine Fenster und öffnet es, beugt sich hinaus. Sie will allein sein. In Ruhe nachdenken. Die kleine Straße liegt ruhig und friedlich da, sie meint sogar, den schweren Duft der Blumen aus dem Laden nebenan zu riechen.

»Alice?«, hört sie Remus sagen. Sie will sich ihm zuwenden, als ihr eine Bewegung im Hauseingang schräg gegenüber auffällt. Jemand steht dort, groß, dunkel, lockenköpfig. Er sieht zu ihr hinauf. Sky. Sie zieht so schnell den Kopf zurück, dass sie ihn sich am Fensterrahmen anschlägt. Sie unterdrückt ein Stöhnen.

»Entschuldigung«, sagt sie stattdessen. »Ich muss ganz schnell weg, tut mir leid. Wir sehen uns noch. Ich muss jetzt ...« Sie hebt bedauernd die Schultern und rennt aus dem Zimmer. Sky. Sie muss mit Sky reden. Er wird Klarheit in ihre Verwirrung bringen. Ganz bestimmt.

»Warte doch«, ruft ihr Remus nach, »wie kann ich dich erreichen?« Aber da hat sie schon die Haustür geöffnet und die warme Abendluft umhüllt sie wie ein Betttuch.

»Sky!« Ihr Herz klopft wild und sie weiß nicht, ob vor Aufregung oder Erleichterung. Endlich kann sie mit ihm reden. Mit ihm allein.

»Alice – was machst du hier?«, begrüßt er sie und umarmt sie kurz.

Tja, was macht sie? Offensichtlich weiß er, dass Luna hier gewohnt hat.

»Egal«, sagt sie schließlich. »Ich bin so froh, dich zu sehen. Es ist alles so furchtbar! Ich wurde schon zwei Mal von der Polizei verhört und ich glaube, sie glauben, dass ich etwas damit zu tun habe. Es ist ein Albtraum und ...«

»Schsch«, macht er und zieht sie erneut in seine Arme. »Ganz ruhig, es wird alles gut. Ich bin sicher.«

Das ist es – genau das ist es, was sie hat hören wollen. Langsam gehen sie Arm in Arm los, Sky sieht noch einmal zu Lunas Fenster hinauf.

»Wer ist der Typ dort – kennst du den?«

»Remus, ihr Bruder. Ich glaube, er war froh, dass ich ... na ja, ich hab ihm erzählt, was passiert ist. Er muss hier alles regeln und so. Ganz allein.«

»Verstehe. Aber warum glaubt die Polizei, dass du sie umgebracht hast?«

Wie brutal das klingt. Umgebracht. Luna ist umgebracht worden. Ermordet. Sie geht ein wenig schneller, Sky hält mit.

»Na ja, weil ich mich mit ihr gestritten habe.«

»Weswegen?«

»Wegen ...« Ihr Kopf ist bestimmt so rot wie ein glasierter Jahrmarktapfel. »Hast du das nicht mitbekommen?« Er verneint.

»Weil ... wegen ... Scheiße.« Sie sieht auf den Asphalt unter ihren Füßen. Sie hat keine Ahnung, wohin sie laufen. Es ist auch egal. Können sie nicht einfach weglaufen, weit weg?

»Die Polizei denkt, Luna war eifersüchtig, weil wir beide uns gut verstehen«, sagt Sky. »Ist es das?« Alice nickt. Sie würde ihn am liebsten küssen, weil er es für sie ausgesprochen hat.

»Okay, verstehe. Wir beiden wissen ja aber, dass du es nicht warst, nicht wahr, Alice?«

»Ja!« Klingt da ein kleines bisschen Unglaube in seinem Satz durch?

»Was glaubst du dann, wer es war?«, fragt er weiter.

»Und was glaubst du?«

»Ich hab zuerst gefragt.«

Sie starrt aufs Pflaster, merkt, dass sie langsam die Altstadt verlassen, dass sie automatisch in Richtung ihres Zuhauses unterwegs sind. Dorthin, wo der Mann sitzt, der ihr Vater ist. Und den sie für den Mörder hält. Vorhin noch hat sie sich gewünscht, mit Sky darüber zu reden, und jetzt fällt es ihr so unendlich schwer.

»Du hast einen Verdacht, oder?« Er lässt sie nicht so davonkommen wie eben, als er Lunas Eifersucht ausgesprochen hat. Sie nickt vorsichtig.

»Mein Vater«, quetscht sie ganz leise hervor. »Ich glaube, sie hatten was miteinander. Sie wollte, dass er uns verlässt, er wollte das nicht, sie hat angefangen zu stalken, und da ...«

Sky bleibt stehen und schlingt beide Arme um sie. Sie lehnt ihren Kopf gegen seine Brust und schluckt erneut Tränen hinunter. Sie versucht, sich vorzustellen, wie sie in der Luft schwebt, tut, was sie will, an nichts denkt als an die Freiheit um sie herum, die Schwerelosigkeit, die ihr Dasein nun nie wieder haben wird, dessen ist sie sich sicher.

»Ich bin froh, dass du es schon weißt«, sagt Sky und küsst sie aufs Haar. Dann schiebt er sie ein wenig von sich und nimmt sie mit seinen dunkelbraunen Augen gefangen.

»Ich habe dich gesucht«, erklärt er. »Wollte dir was zeigen. Ich habe auf der Überwachungskamera von der Halle etwas gefunden. Ich habe es gespeichert und das Original vernichtet. Die Polizei wird früher oder später nach den Bildern fragen und ich dachte, du solltest sie sehen, bevor das passiert. Als ich vernommen wurde, habe ich nichts davon gesagt.«

Alice schließt die Augen. Was kommt jetzt noch?

Er lässt sie los und holt sein Handy aus der Hosentasche, tippt auf dem Display herum und hält es ihr schließlich vor die Nase. Sie erkennt ziemlich körnige schwarz-weiße Bilder und braucht etwas, bis sie den Schemen Menschen zuordnen kann. Aber dann erschließt sich ihr alles.

Unten bemerkt sie das Datum: *08:17 p.m., 140813,*

Wednesday. Vor der Sprunghalle, unter dem Scheinwerfer, stehen Luna und Hardy. Sie sind von oben zu sehen, ihre Gesichter schwer zu erkennen. Ton gibt es keinen. Hardy geht auf und ab, während Luna offensichtlich redet. Hardy rauft sich die Haare, kickt einen Kieselstein weg. Er dreht sich abrupt zu Luna um und tritt dicht auf sie zu, spricht, fuchtelt mit den Armen. Sie schüttelt den Kopf. Unterbricht ihn, redet weiter. Sie ist sicher laut, auch er beugt sich vor, schreit. Egal – eines ist ganz klar: Hier sind sich zwei überhaupt nicht einig. Der Film bricht ab.

»Ich habe mich schon gefragt, worüber die gestritten haben«, sagt Sky in die Stille. »Für mich sieht das nach Beziehungszoff aus. Für dich auch?« Alice nickt. Sie laufen weiter, weiter in Richtung des Hauses, in dem der Mensch wohnt, der ein Leben auf dem Gewissen hat.

»Weißt du«, überlegt Sky. »Mir fiel ein, was du mir neulich erzählt hast – mit den Anrufern, dem Teddy und so. Könnte das auch Luna gewesen sein? Vielleicht hat sie dich wirklich gestalkt?«

»Darüber habe ich auch schon nachgedacht«, bringt Alice hervor.

»Bestimmt wollte er eure Familie retten und wusste keinen Ausweg mehr.« Es soll wie ein Trost klingen, aber Alice spürt Fassungslosigkeit und abgrundtiefe Verzweiflung in ihr Herz einziehen. Als habe jemand alle Farbigkeit aus ihrer Welt ausgelöscht. Sie klammert sich an Skys Arm fest.

»Was soll ich denn jetzt machen?«, wispert sie.

Er legt einen Arm um ihre Schulter. Inzwischen ist es finster. Die Fenster der Häuser, die die Straße säumen, sind allesamt dunkel. So wie ihr ganzes Dasein. Eine Katze springt über die nachtleere Straße. Irgendwo schlägt eine Kirchturmuhr. Elf Schläge kann sie zählen. Was soll sie nur tun?

»Meinst du ...« Die Worte kommen zitternd. »Ich soll damit zur Polizei gehen?«

»Was sonst? Willst du seine Schuld auf dich nehmen?« Seine Frage klingt rhetorisch. Niemand, der bei Verstand ist, würde so etwas tun.

»Aber ... er ist mein Vater.«

»Überleg es dir.«

Das orangefarbene Licht einer abgestellten Ampel leuchtet ihnen entgegen. Noch drei Straßen weiter und sie ist daheim. Gibt es eine Alternative?

»Hier«, er fischt einen rechteckigen, silbern glänzenden Stick aus der Hosentasche und hält ihn ihr hin. »Es liegt bei dir.«

Sie nimmt den Stick und steckt ihn schnell ein.

Das Motorengeräusch eines sich nähernden Autos zerschneidet die Stille. Alice kann nicht sofort einordnen, woher es sich nähert.

Sky nimmt ihre Hand. »Ich würde an deiner Stelle heute Nacht darüber schlafen und morgen früh entscheidest du ...«

Der Aufprall ist nicht sehr laut. Dumpf. Sie spürt, wie sich ihre Finger ruckhaft lösen, sieht, wie sein Körper auf die Motorhaube auftrifft, abprallt und auf den Asphalt knallt. Sie weicht zurück und das Quietschen der Bremsen ist das Letzte, was sie bewusst wahrnimmt.

»Alice«, hört sie ihren Namen. Panisch. »Alice.«

Sie sieht sich verdutzt um. Wieso sitzt sie auf der Bordsteinkante? Was ist passiert? Und wieso steht ihr Vater vor ihr?

»Ich hab ...«, stottert er und deutet auf die Fahrbahn, wo ein Körper liegt, reglos, wie ein Sack. »Oh Gott, ich weiß auch nicht, ich wollte bremsen, als ich euch sah, aber dann bin ich statt auf die Bremse aus Versehen aufs Gas und ...« Er läuft zu Sky hin, der noch immer unbeweglich auf der Straße liegt.

Alice springt auf, elektrisiert plötzlich, und rennt zu ihm. Sie beugt sich über ihn, rüttelt an seiner Schulter. Keine Reaktion.

»Hol einen Krankenwagen«, schreit sie ihren Vater an und versucht, den großen, schweren Körper in die stabile Seitenlage zu bringen. Ist das sinnvoll? Vielleicht hat er Kopfverletzungen?

»Ja, ja, mach ich«, ruft Hardy und läuft, mit seinem Handy herumfuchtelnd, hektisch auf und ab.

Alice setzt sich auf die Straße und bettet Skys Kopf in ihren Schoß. An seinem Hals fühlt sie den Puls. Deutlich. Gott sei Dank! Sie bedeckt seinen Körper mit dem dünnen Pulli, den sie über den Schultern hängen hat.

Hört sie von Weitem ein Martinshorn? Bitte beeilt euch! Bitte! Bitte!

Hardy hat ein Warndreieck mitten auf der Fahrbahn postiert und sich nun auf den Beifahrersitz seines Autos gesetzt. Er starrt fassungslos in die Nacht. Als wolle er nicht sehen, was da auf der Straße vor sich geht. Jetzt ist das Martinshorn schon deutlich zu hören. Und Sky öffnet die Augen und stöhnt.

»Alles gut«, flüstert ihm Alice zu. »Gleich ist der Arzt da. Bleib ruhig. Hast du Schmerzen?« Sky hebt die Hand und

Alice ergreift sie, drückt sie fest. Er soll spüren, dass er nicht alleine ist.

»Dein Vater ...«, stammelt Sky und sie muss sich hinabbeugen, um ihn zu verstehen. »Er wusste von der Aufzeichnung. Dem Video. Er wollte mich ...« Er hustet und Alice sieht, dass ihr Vater ausgestiegen ist. Offensichtlich hört auch er den sich nähernden Krankenwagen. »Er wollte, dass ich es ihm gebe ... er war wütend ...« Die letzten Worte kosten ihn enorm viel Kraft. Sein Kopf fällt ein wenig zur Seite und er verstummt. Alice krault mechanisch durch seine Locken, schirmt sich von allen Gedanken ab, hat nur einen: kein Blut. Gott sei Dank ist nirgends Blut.

Der Lärm des Martinshorns ist ohrenbetäubend, als der Wagen endlich neben ihnen zum Stehen kommt. Dann geht alles blitzschnell. Drei Sanitäter rollen eine Trage herbei und mit geübten Griffen legen sie Sky darauf, der offensichtlich nach wie vor ohne Bewusstsein ist. Er ist noch nicht im Krankenwagen, als eine Polizeistreife eintrifft.

Ein Sanitäter beugt sich zu Alice und fragt, ob sie auch verletzt sei. Sie schüttelt den Kopf und lässt sich von ihm beim Aufstehen helfen. Hardy spricht bereits mit einem der beiden Polizisten, einem bulligen Typ mit Weihnachtsmannbart. Alice spürt den Stick, den ihr Sky anvertraut hat, in ihrer Hosentasche, als sie auf ihren Vater zugeht.

»Ich weiß nicht ...«, hört sie ihn stammeln. »Bremsen! Wirklich, ich wollte bremsen ...«

Der Polizist sieht Alice erwartungsvoll an.

»Warten Sie, bitte«, sagt er. »Mein Kollege wird sie gleich befragen.«

»Sie ist meine Tochter«, sagt Hardy und streckt die Hand nach ihr aus. Unwillkürlich weicht sie zurück.

»Sie war bei Ihnen im Auto?«

»Nein, war ich nicht«, beeilt sich Alice. »Ich war mit Sky, also dem Verletzten, spazieren. Wir wollten die Straße überqueren.«

Der Polizist schaut langsam zwischen ihnen hin und her. Alice kann sich genau vorstellen, welcher Film hinter seiner Stirn abläuft. Und sie ist sicher, es ist nicht ganz der falsche.

11. Kapitel

Irgendwann, als die Vögel hinter dem Fenster schon zwitschern, hat sie ihren Computer hochgefahren und den Stick angeschlossen. Sie könnte nicht sagen, wie oft sie die Szene seitdem angeschaut hat. Mit jedem Mal ist ihr Hardy aggressiver vorgekommen, Luna verschreckter.

Erst nach ein Uhr sind sie endlich von der Unfallaufnahme und der Polizeibefragung nach Hause gekommen. Sie selbst hatte nicht viel gesagt und hauptsächlich ihren Vater reden lassen. Niemand bezweifelte Hardys Aussage: Er hatte Bremse und Gaspedal schlichtweg verwechselt. Ein Alkoholtest hatte bewiesen, dass er nicht getrunken hatte.

In der Nacht hat Alice kein Auge zugetan, trotzdem spürt sie jetzt keine Müdigkeit. Es ist kein Platz für Schlaf in ihrem Kopf. Nur für die immer wieder gleichen Gedanken.

Was hat Sky als Letztes gesagt? Hardy weiß von dem Film und hat Sky zwingen wollen, ihn rauszugeben? Hardy hat also Beweise vernichten wollen! Muss sie nicht dafür sorgen, dass ihr Vater das Video jetzt nicht in die Finger bekommt? Um keinen Preis. Wie hat es nur so weit kommen können? Dass ihr eigener Vater ein Mörder wird! Sie will es nicht glauben, aber egal wie sie die Dinge dreht und wendet. Alles andere ergibt keinen Sinn. Schon in der Nacht ist ihr klar geworden, dass sie sich der Wahrheit stellen muss, so grauenhaft diese auch ist. Dabei hat er es sicher getan, um ihre Familie zu retten, vor weiterem Übel zu bewahren. Der Gedanke verschafft ihr ein wenig Luft zum Atmen. Bestimmt kann man es als Notwehr bewerten. Luna hat alles darangesetzt, ihre Familie zu zerstören – und er hat sich ihr in den Weg gestellt. Er musste handeln, sonst hätte Luna Alice alles erzählt und damit etwas in Gang gesetzt, dessen Ende nicht abzusehen gewesen wäre.

Noch bevor sie es wagt, den Gedanken bis in die letzte Konsequenz zu formulieren, hat sie schon gespürt, dass es keinen anderen Weg gibt: Sie muss zur Polizei gehen, den Film zeigen und erklären, warum es so weit gekommen ist. Dass es Notwehr war. Nichts anderes. Und sie muss dafür sorgen, dass Hardy nicht weiter überstürzte Dinge tut, die ihn noch mehr belasten. Denn spätestens, wenn die Polizei Sky befragen kann, wird die Sache mit dem Film sowieso rauskommen. Besser, sie hat dann schon alles ins richtige Licht gerückt.

Am liebsten möchte sie jetzt sofort losgehen. Gerade erscheint ihr alles so klar, so einleuchtend und zwangsläufig. Aber es ist noch so früh. Und das am Samstag. Ob sie diese Kommissarin Brustmann anrufen kann? Sie hat Angst, dass ihre Entschlusskraft mit jeder Minute schrumpft, auf Erbsengröße, auf Sandkorngröße. Es ist ihr Vater – ihr Vater, den sie ausliefern wird. Zu seinem Besten. Allerdings ohne Garantie, dass ihre Rechnung aufgehen wird.

Im Haus ist es noch ganz still.

Gestern Abend auf dem Heimweg hat niemand von ihnen ein Wort gesagt. Sie ist einfach an Dagmar, die sie mit ihren großen, fragenden Augen an der Haustür erwartete, vorbeigelaufen und wollte nichts als ihr Bett. Als sie die Tür zu ihrem Zimmer zuziehen wollte, hielt Hardy sie auf.

»Du weißt, dass es ein Versehen war«, sagte er und versuchte, ihre Hand zu nehmen. »Ich wollte das nicht. Du musst mir glauben. Hör mir lieber zu!«

Sie wollte nichts wissen, entzog sich ihm, nickte nur kurz und schloss die Zimmertür. Schloss sie ab. Er insistierte nicht hereinzukommen.

Sie schleicht in die Küche und macht sich einen Kaffee, den sie mit auf die Terrasse nimmt. Morgentau glänzt auf den akkurat gestutzten Grashalmen, die Sonne spiegelt sich darin. Alles wirkt friedlich. Nur in ihr tobt ein Kampf. Fröstelnd geht sie wieder hinein, lässt die leere Kaffeetasse neben der Spüle stehen. Schleicht nach oben.

Lass sie schlafen, betet sie innerlich. Sie will ihre Eltern, will ihn nicht sehen. Will ihm nicht in die Augen schauen müssen. Hat Angst, dass er ihrem Gesicht den geplanten Verrat abliest. Und was soll sie Dagmar sagen?

Ihre Freundinnen haben sie immer beneidet. Sie war die, die immer das meiste Taschengeld bekam, die weitesten Reisen machte. Die selten sagte »Der nervt, der Alte« und Hardy als ihren Vertrauten ansah, dem sie alles erzählen konnte. Fast alles. Dass er ihre Freunde nicht mochte, hat sie ihm bisher immer verziehen. Sie hat es als Liebesbeweis genommen, dass er so kritisch war. Sie spürte, dass er sich um sie sorgte, und irgendwie fand sie es niedlich. So viele Freundinnen haben getrennte, geschiedene Eltern, kaum Kontakt zu den Vätern und sie war stolz darauf, dass sie ein richtiges Zuhause hatte. Ein richtiges Zuhause, so empfand sie das.

Sie will nicht darüber nachdenken, an welcher Stelle etwas schiefgelaufen ist und warum sie das nicht mitbekommen hat. Ihre Mutter? Die war schon immer der anstrengendere Teil ihres Elternpaares und Alice hat irgendwann akzeptiert, dass es eben so ist. Dass Dagmar so ist. Und es war nicht weiter schlimm, weil sie zum Ausgleich diesen klugen, geduldigen, gut aussehenden und verständnisvollen Vater hatte. Bis vor sehr kurzer Zeit zumindest.

Bis er vor ihren Augen Sky einfach über den Haufen gefahren hat.

Wie es ihm wohl geht? Hoffentlich hat er keine größeren Verletzungen. Hoffentlich ist er bald wieder gesund. Sie wird ihn heute auf alle Fälle im Krankenhaus besuchen. Bestimmt hat man ihn ins hiesige Klinikum gebracht. Sie wird ihm nachher eine SMS schicken. Hoffentlich kann er reagieren.

Und dann fällt ihr etwas ein: Sollte sie nicht seine Mutter informieren, ihr berichten, was passiert ist? Vielleicht ist es ja doch ernster, er noch immer bewusstlos und sie sollte besser herkommen?

Alice setzt sich wieder vor ihren Laptop und gibt *Botschaft* und *Guatemala* in die Suchmaske ein. Das sind die einzigen Hinweise, die sie hat. Sicher wird seine Mutter dort zumindest mit einer E-Mail-Adresse verzeichnet sein. Gut, dass die Kommissarin Skys Nachnamen genannt hat. Engelking. König der Engel. Oder so.

Dass seine Mutter nicht Botschafterin ist, sieht sie sofort, als die Seite der Deutschen Botschaft in Guatemala-Stadt aufploppt. Rechts ist das Bild eines älteren Mannes zu sehen, darüber steht dick: *Der Botschafter.* Schnell klickt sie sich durch die Seiten der einzelnen Abteilungen. Es gibt eine politische Abteilung, eine Wirtschaftsabteilung, eine konsularische, eine für Kultur und eine Presseabteilung. Bei Kultur und Presse kann sie nirgends den Namen Engelking finden. Und nach ein paar Minuten weiteren Suchens muss sie feststellen, dass auch auf den anderen Seiten keine Mitarbeiterin mit Skys Nachnamen verzeichnet ist. Sie geht auf Google, gibt gleich *Engelking* und *Guatemala* ein. Ergebnislos. Irritiert lehnt sie sich zurück und reibt sich die Augen. Sie spürt den Schlafmangel jetzt doch, aber daran, wieder ins Bett zu gehen, ist nicht zu denken.

War es nicht Guatemala? Kolumbien? Ecuador? Nicaragua? Nein, sie ist sich ganz sicher. Als Sky ihr davon erzählt hat, war ihr José, der Koch, eingefallen, der ja aus Guatemala stammt. Was für ein Zufall, hat sie gedacht. Sie gibt *Engelking* und *Freising* ein und landet bei diversen, rund zehn Jahre alten Berichten über den Verkauf einer Firma Engelking, die seit Generationen landwirtschaftliche Produkte hergestellt hatte. Gregor Engelking hat damals das Geschäft mit »Betriebshygiene und Tierbedarf« aus Altersgründen abgegeben, da er keinen Nachfolger gefunden hatte. Gestorben war er vor etwas über zwei Jahren, mit gerade mal 72. Über irgendwelche Familienangehörige wurde nichts geschrieben.

Alice klappt den Laptop zu. Was hat das zu bedeuten? Warum hat Sky sie angelogen? Ist seine Mutter so etwas wie das schwarze Schaf der Familie und er schämt sich für sie? Sie kann psychisch krank sein, alkoholabhängig oder schlichtweg peinlich. Bei Gelegenheit wird sie ihn vorsichtig darauf ansprechen.

Um halb acht wählt sie die Handynummer von Angelika Brustmann. Erstaunlicherweise nimmt die Kommissarin das Gespräch schnell an und klingt, als sei sie schon seit Stunden wach. Auf Alices Entschuldigung wegen der frühen Uhrzeit antwortet sie schlicht mit »Papperlapapp«.

Sie willigt ein, sich in einer halben Stunde mit Alice in der Inspektion zu treffen, und Alice muss sich beeilen, will sie pünktlich sein. Und leise – sie will nicht, dass ihre Eltern etwas mitbekommen. *Bin gegen Mittag wieder zurück*, beschriftet sie einen Zettel und legt ihn auf den Esstisch.

Wie ein Verräter schleicht sie aus dem Haus, die Kapuze ihres Hoodys tief über den Kopf gezogen. Sie schnappt ihr dreckverspritztes Fahrrad und fährt los. Eigentlich ist es ein wenig zu frisch für Shorts und Sandalen, doch sie fährt so schnell, dass ihr bald warm wird.

Um zehn nach acht erreicht sie die Polizeiinspektion. Sie atmet tief durch, umklammert den Stick in ihrer Hosentasche und geht dann, ohne weiter nachzudenken, die Stufen hinauf. Der sandsteinfarbene, dreistöckige Bau erinnert sie an ihre Schule, was ihr hilft, die Furcht zu überwinden. Ein übermüdet wirkender Pförtner weist ihr den Weg ins Erdgeschoss zu PHK Brustmann.

Auf dem Gang riecht es nach eingebranntem Kaffee und Fotokopiergerät. Auch das ein wenig wie rund um das Lehrerzimmer. Doch in keinem der Büros wartet eine Rektorin, der man wegen irgendeiner Lappalie Rede und Antwort stehen muss. Noch bevor Alice den richtigen Raum entdeckt, geht dicht neben ihr eine Tür auf. Kommissarin Brustmann sieht ihr lächelnd entgegen, sie wirkt frisch geduscht, ausgeruht und sehr munter. Für einen Augenblick hat Alice die Vision, die Kommissarin hätte ihr die Tür geöffnet, weil sie Alices Herzschlag bis in ihr Büro hinein gehört habe.

Angelika Brustmann bietet ihr einen Kaffee an, den sie ablehnt, dann räumt die Kommissarin schnell ein paar Akten von einem schlichten Holzstuhl, damit Alice sich setzen kann. Sie selbst nimmt ihr gegenüber hinter dem breiten Schreibtisch Platz. Und betrachtet sie erwartungsvoll.

Alice starrt auf die Wände mit Plakaten, die mit der Prävention von Straftaten werben oder Schulabsolventen auffordern, in den Polizeidienst einzutreten. Auf dem Schreibtisch steht ein Foto eines Mädchens in Alices Alter, das einen Schäferhund im Arm hält. Bestimmt die Tochter der Kommissarin.

»Also«, versucht es Alice und fummelt den Stick aus der Hosentasche. »Ich wollte Ihnen das hier geben.« Sie legt den silbernen Datenspeicher auf den Schreibtisch. Sie ist froh, dass der jugendliche Assistent nicht da ist.

»Was ist darauf?«

Alice holt tief Luft und beginnt zu erklären. Stockend. Mit zitternder Stimme. Die Kommissarin beobachtet sie aufmerksam. Alice meint sogar, Anteilnahme, Mitleid zu spüren. Ihre Augen haben so etwas Gütiges, sie kann es nicht genauer beschreiben. Und dennoch ist es fürchterlich. Immer wieder betont sie, dass ihr Vater das alles garantiert nur getan hat, um seine Familie zu retten. Notwehr, sagt sie. Mehrmals. Sie verliert völlig das Zeitgefühl. Hat sie fünf Minuten geredet? Oder 50?

»Ich kann mir vorstellen, was das für dich bedeutet. Ich finde dich sehr mutig«, sagt die Kommissarin am Schluss. »Wir werden uns das anschauen und sehen, wie es in unsere Annahmen passt.«

Sie werden also nicht sofort losgehen und Hardy verhaften?

»Gestern Abend hat es einen Unfall gegeben. Mein Vater hat Sky angefahren. Er musste ins Krankenhaus. Wissen Sie schon davon?« Sie wollte das eigentlich nicht sagen.

Hoffentlich reitet sie ihren Vater nicht noch weiter rein. Ihr Bedürfnis, sich alles von der Seele zu reden, ist einfach unbeherrschbar. Tabula rasa. Nicht mehr nachdenken, sich den Kopf zermürben, der ihr brüchig wie ein alter Keks vorkommt. Sie will diese Gedanken los sein, sollen sich andere Menschen darum kümmern, sie bewerten, einordnen, Konsequenzen ziehen. Sie ist müde, so müde.

»Alice?«, hört sie die Kommissarin fragen und schreckt hoch.

»Hm?«

»Ich sagte, ich habe den Bericht des Unfallhergangs auf dem Tisch. Noch gehen wir erst mal von einem normalen Unfall aus. Allerdings stellt der Film natürlich alles in einem anderen Licht dar. Du meinst also, dein Vater wollte Sky als Zeugen ausschalten? Weißt du, wie er von dem Film erfahren hat?«

»Nein. Sky ist bewusstlos geworden, er konnte es mir nicht mehr sagen.«

»Ich habe heute früh schon mit dem Krankenhaus telefoniert. Deinem Freund geht es so weit ganz gut. Er hat eine Gehirnerschütterung und sie behalten ihn bis morgen noch zur Beobachtung da. Er ist sicher bald wieder auf den Beinen.«

»Danke.« Alice kann die Erleichterung nicht wirklich genießen. »Was passiert denn jetzt?«

Die Kommissarin entkoppelt den Stick von ihrem Computer und betrachtet ihn ausführlich. »Wir werden deinen Vater verhören. Dann werden wir weitersehen. Ich würde dich bitten, erreichbar zu sein, falls wir ...« Ein Sound, den ihr Computer von sich gibt, lässt sie innehalten und sie überfliegt rasch den Bildschirm. »Moment, kannst du einen kurzen Augenblick noch warten?« Alice nickt und die Kommissarin verlässt den Raum. Was soll das jetzt? Sie hat mit einem Mal so ... finster und misstrauisch dreingeschaut. Ob sie eine neue Nachricht erhalten hat, die etwas mit Alice zu tun hat? Alice schließt die Augen. Es ist so ruhig hier. Wochenendruhig. Was ist nur geschehen? Alice fällt das Atmen schwer, als lege sich eine kalte Hand um ihren Hals und drücke immer fester zu. Und unter der Schädeldecke lauert der Kopfschmerz, sprungbereit wie ein Panther. Sie sollte das Fenster öffnen. Unbedingt. Sie steht auf, durchquert den Raum und lässt Luft hinein. Schon besser.

Als sie sich umdreht, starrt sie geradewegs auf den Bildschirm. Er ist noch aktiv. Langsam geht sie darauf zu. Warum hat die Kommissarin sie damit alleine gelassen? Sie denkt nicht nach. Sie klickt einfach die E-Mail an, die vor zwei Minuten eingetroffen ist. Eine E-Mail von Sky, von seinem Handy aus gesendet, in Kopie an Fleischhauer. *Vielleicht hilft Ihnen das hier weiter,* steht im Betreff. Darunter: *Vermutlich wird sie den Verdacht auf ihren Vater lenken. Lassen Sie sich nicht täuschen.*

Alice wird eiskalt. Was passiert da gerade? Ein Anhang. Ein Film offenbar. Sie doppelklickt auf das Anlage-Icon und ein kleines Fenster springt auf. Der Film startet. Im ersten Moment denkt sie, sie kennt den Film. Die gleichen grobkörnigen dunklen Bilder, wie auf dem Video mit Luna und ihrem Vater. Aber diesmal ist nur eine Person zu erkennen. Eine, die durch die Halle der Sprungschule läuft. *08:58 p.m.,140813, Wednesday* ist am Rand eingeblendet. Auch hier liegt die Kameraposition irgendwo weiter oben. Und obwohl die Bilder schlecht belichtet sind – Alice ist ganz eindeutig darauf zu identifizieren.

Als sich die Tür öffnet und Alice aufblickt, sieht sie in die erstaunten Gesichter von Kommissarin Brustmann und Assistent Fleischhauer.

»Alice«, ruft die Kommissarin, wohl selbst überrascht über die Vehemenz, mit der sie den Namen ausspricht. Alice dreht sich um, rennt auf das offen stehende Fenster zu und springt mit einem Satz hinaus.

Der Gehsteig vor dem Gebäude ist tiefer, als sie gedacht hat, beinahe knickt sie um, kann sich aber gerade noch abfangen. Sie hört ihren Namen und rennt los. Rennt einfach davon, ohne ein Ziel zu haben.

Um Straßenecken, durch eine Unterführung, quer durch Hinterhöfe, die sie noch nie gesehen hat. Ein aufgeschreckter, querfeldein rennender Hase auf der Flucht vor den Jägern. Sie bleibt keuchend in einem düsteren Hof stehen, als das Seitenstechen nicht mehr auszuhalten ist. Ihr Fahrrad fällt ihr ein. Sie hat ihr Fahrrad vergessen. Ob man schon nach ihr sucht? Sie zur Fahndung ausschreibt? Sie kann sich die Diskussion zwischen Brustmann und Fleischhauer vorstellen – sie ist garantiert der Meinung, Hardy sei der Täter, er dagegen überzeugt, Alice sei die Böse.

Langsam geht sie durch eine Toreinfahrt in eine Seitenstraße. Die Sonne blendet sie. Es ist viel wärmer als vorhin. Ein Tag, um ins Schwimmbad zu gehen. Um mit dem Fallschirm zu springen. Um Eis zu essen. Zu lachen. Händchen zu halten. Aber nicht, um verfolgt zu werden. Sie erkennt, dass sie sich unweit des Hauptbahnhofs befindet. Wegfahren? Einfach in einen Zug steigen? Nein, wohin auch? Sky! Was hat er da bloß getan? Und vor allem: warum?

Auf einmal spürt sie einen Riesenhunger, als habe sie seit Tagen nichts gegessen. Schwindel zieht auf, Kopfschmerz.

Es kommt ihr total unpassend vor, aber wenn sie nicht gleich etwas zu essen bekommt, wird sie umfallen. Ihr Geld reicht vermutlich für ein Croissant und einen Vanilleshake bei McDonald's. Ob sie sich da reinschleichen kann? Sie zieht die Kapuze hoch, hebt automatisch die Schultern an und stiehlt sich in das beinah leere Fast-Food-Restaurant. In einer Ecke schläft eine ältere Frau mit dem Kopf auf der Tischplatte, irgendwo krakeelen zwei kleine Kinder, die ein verzweifelter Vater mit tiefen Ringen unter den Augen nicht zu bändigen weiß. Alice setzt sich in eine Fensternische und schlingt das Croissant herunter. Der Milchshake ist ihr schon nach drei Schlucken viel zu süß, aber sie bildet sich ein, er funktioniere wie ein Beruhigungsmittel. Der Zucker wird einfach ihre Gedanken auflösen. Was für eine schöne Vorstellung. Ihr Handy piept und sie zuckt furchtbar erschrocken zusammen. Was, wenn sie versuchen, sie zu orten? Sie zögert kurz, doch die Neugier ist zu groß. Zunächst denkt sie, ihr Vater kontaktiere sie per WhatsApp, doch dann erkennt sie auf dem Display eine Facebook-Nachricht. Von Luna. Sie verschluckt sich beinahe an einem Croissantbrösel und trinkt schnell einen Schluck. Dann öffnet sie die Nachricht. Ganz sicher ist es keine Botschaft aus dem Reich der Toten. Trotzdem zittern ihre Finger leicht.

Guten Morgen, bist du schon wach? Ich habe gehofft, dich hierüber zu finden. Ich wollte dir was zeigen – vielleicht kannst du damit was anfangen. Komm doch noch mal vorbei, ja? Egal wann. LG Remus

Alice lässt den Kopf gegen die schmutzige Scheibe sinken. Ein paar Tauben picken draußen Krümel auf, ein Krankenwagen mit eingeschaltetem Blaulicht fährt im

Schritttempo vorbei. Wie ein Geisterfahrzeug. Ob auch die Polizei auftauchen wird?

Bin gleich da, schreibt Alice zurück und entfernt den Akku aus dem Handy. Nach Hause kann sie sowieso nicht. Die Vorstellung, sie käme genau in dem Moment daheim an, in dem die Polizei ihren Vater abführt – allein das Wort: abführt – und sie seinem verletzten und ungläubigen Blick ausgesetzt wäre, lässt sie schaudern. Garantiert würden sie sie ebenfalls gleich mitnehmen. Wie hat Sky das nur tun können? Sie bei der Polizei anschwärzen! Warum tut er das?

Sie wirft den leeren Kaffeebecher in einen Mülleimer und verlässt den deprimierenden Laden. Durch schmale Gassen, sich immer wieder umschauend, läuft sie, so schnell es geht, in Richtung des Blumengeschäfts Angermeier. Niemand folgt ihr. Hofft sie.

Kaum hat sie geklingelt, macht Remus schon die Tür auf. Um sein Kinn sprießen ein paar spärliche Barthaare und er wirkt blass.

Ich werde ihm nicht erzählen, dass mich die Polizei verdächtigt, entschließt sie sich in diesem Moment. Was soll sie ihm auch sagen? Im Zimmer riecht es nach Schlaf, und als hätte er es jetzt auch bemerkt, öffnet er das Fenster. Dann deutet er auf den Stuhl vor dem kleinen Schreibtisch und bittet sie, sich hinzusetzen.

»'tschuldigung, dass ich gestern so schnell abgehauen bin«, sagt Alice und lächelt ihn verkrampft an. »Mir war was ganz Wichtiges eingefallen, was ich völlig vergessen hatte und was ich sofort erledigen musste. Tut mir leid.«

»Schon gut.« Er zieht sich einen Papphocker heran und setzt sich neben sie.

»Ich hab mir mal die Mails im Mülleimer angeschaut«, erklärt er. »Da sind ganz seltsame dabei. Lies mal.«

Alice scrollt durch eine Liste von bestimmt 50, 60 Mails. Die älteste ist ungefähr ein Dreivierteljahr alt, die jüngste von Anfang Juli. Sie stammen alle vom selben Absender. sky@endlessblueskies.de.

Sie klickt wahllos eine an, sie ist etwa vier Monate alt, kurz und bündig.

Natürlich kannst du SCHWEIGEN, nicht reagieren, tun, als ob es mich nicht gäbe, als wäre da nichts, aber du kannst die WORTE nicht zurücknehmen, die du mir gesagt hast. Ich habe sie immer in meinem HERZEN.

Ein neuere lautet: *Du denkst, ich gebe auf? Ich lasse ES auf sich beruhen? Denkst du, ich bin so schwach, dass ich beim kleinsten Hindernis einknicke? DU bist meine ganz persönliche Herausforderung. Und ich werde sie meistern. Denn DU hast mich verdient.*

Die letzte Mail von vor etwa sechs Wochen: *Du kannst doch nicht im ERNST glauben, ich lasse mich ablenken? Mein Weg führt immer zu DIR. Auch wenn ich einen Umweg nehmen muss. Bald wirst du ganz MEIN sein. Für IMMER. Und du wirst NICHTS dagegen tun können.*

»Wer ist das?«, fragt Remus. »Ich finde, es klingt, als ob er es auf sie abgesehen hätte. Kennst du ihn?«

Alice meint, aus einer Schockstarre erwachen zu müssen. Sie spürt, dass ihr linker Fuß eingeschlafen ist, und bewegt die Zehen, obwohl das Kribbeln ekelhaft ist.

»Sky«, sagt sie leise. »Er ist auch Sprunglehrer in der Schule.«

»Waren sie ein Paar?«

Alice schüttelt den Kopf. »Ich weiß es nicht. Er hat mir

gesagt, sie hätten es mal miteinander versucht, aber sie hätten nicht zusammengepasst. Er klang sehr ... abgeklärt.«

»Offensichtlich hat er sich aber immer noch Hoffnungen gemacht. Kannst du dir vorstellen, dass er sie umgebracht hat? Weil sie ihn abgewiesen hat?«

Wenn es so wäre – Alice wäre froh darüber. Denn das hieße, dass ihr Vater kein Mörder ist. Sie steht auf, läuft zum Fenster, starrt auf die Straße und dreht sich dann zu Remus. Mit hängenden Schultern sitzt er auf dem Hocker, seine Hände pendeln knapp über dem Boden. Sie bewundert ihn, wie stoisch er alles aufzunehmen scheint. Ihr kommen schon wieder die Tränen.

»Ich kann mir noch viel mehr vorstellen.« Sie setzt sich auf Lunas Bett. Auf die zerknüllte himmelblaue Decke, auf die weiße Wolken aufgedruckt sind. Remus hat hier geschlafen. Im Bett seiner toten Schwester. Was für ein gruseliges Gefühl das sein muss.

»Ich verstehe nur nicht«, überlegt Remus, »wenn er es war – warum hat er vor eineinhalb Monaten die letzte Mail geschrieben, sie aber jetzt erst umgebracht? Kann doch nur heißen, er hat aktuell herausgefunden, dass zwischen Luna und deinem Vater was lief?«

Alice nickt: »Und nun setzt er alles dran, es meinem Vater in die Schuhe zu schieben. Er hatte ein Video – auf dem sich Luna und Hardy streiten, in der Halle. Am Abend vor dem Unfall.« Und eines, auf dem sie im Dunkeln durch die Halle streift. Aber das traut sie sich nicht zu sagen. Oh Gott, was für ein Albtraum! Alle Gefühle drängen an den Rand ihres Bewusstseins und die Leere füllt sie an wie Helium einen Ballon.

»Alice, alles okay?« Remus setzt sich neben sie, hält ihr

ein Glas Wasser hin. Sie hat gar nicht gemerkt, dass er kurz draußen gewesen ist. Ihr schmerzender Kopf ist viel zu klein für all die Gedankensplitter, die auf sie einstürmen. Sie kommt sich vor wie auf einem Karussell. Die Welt rast an ihr vorbei und sie erkennt nur Bruchstücke, die schon vorbeigeflogen sind, ehe sie nach ihnen greifen kann.

Es geht nicht mehr, die Tränen drängen sich durch die Kanäle, überschwemmen sie geradezu, es schüttelt sie, sie hat das Gefühl, keine Luft zu bekommen. Sie presst ihre Hände vors Gesicht und wiegt sich hin und her. Sie spürt einen Arm um ihre Schultern, lässt sich seitwärts kippen und weint Remus' T-Shirt nass. Sie schämt sich – er hat seine Schwester verloren und sie zieht hier so eine Show ab. Aber sie kann nicht anders. Er krault ihren Nacken, hält sie fest.

»Tut mir leid«, stöhnt sie zwischendurch, »tut mir leid. Ich bin so müde. Schrecklich müde.« Er flößt ihr etwas Wasser ein.

»Leg dich hin«, flüstert er und hilft ihr, sich auf dem Bett auszustrecken. Er deckt sie mit Lunas Decke zu und streichelt ihre Wange. »Ist schon gut«, hört sie ihn sagen. Und dann ist sie eingeschlafen.

Im ersten Moment hat sie keine Ahnung, wo sie sich befindet. Die Decke riecht merkwürdig fremd, und als sie vorsichtig den Kopf dreht, durchfährt sie ein spitzer Schmerz. Sie richtet sich auf und reibt sich die Schläfen. Ausgerechnet jetzt kommt die Migräne. Sie braucht dringend eine Tablette. Sie kneift die Augen zusammen, sieht grelle Lichtblitze. Langsam hebt sie die Lider. Als ihr Blick den Schreibtisch neben dem Bett streift, fällt ihr alles wieder ein. Sky. Die Videos. Seine Mails. Remus. Luna. Ihr Vater. Die Polizei. Wäre es nicht großartig, könnte Schlaf nicht nur Müdigkeit beseitigen, sondern auch Ereignisse ausradieren? Warum kann nicht einfach alles gut werden, wenn man nur lang genug schläft? Wahrscheinlich hätte sie wie Dornröschen 100 Jahre schlafen müssen.

Stimmen hallen aus dem Flur zu ihr, sie erkennt die von Remus und ... eine zweite. Die sie schon gehört hat. Fleischhauer. Verdammt! Ob er sie verhaften will? Aber wie sind sie darauf gekommen, dass sie hier ist?

Die Zimmertür öffnet sich langsam und Remus späht hinein. Sie legt den Finger auf den Mund, macht ein, wie sie hofft, ausreichend ausdrucksstark entsetztes Gesicht und zieht die Bettdecke über den Kopf. Aus der Küche riecht es nach angebratenem Knoblauch und Tomatensoße. Das Ziehen in ihrem Magen macht ihr klar, wie ausgehungert sie ist. Trotzdem dreht sie sich zur Wand in der Hoffnung, irgendwie unsichtbar zu werden.

»Moment«, sagt Remus im Flur zu dem Assistenten. »Meine Freundin schläft noch, sie ist ... krank. Ein bisschen. Ich hole Ihnen den Computer.«

»Ja, danke, das hätte schon gestern passieren müssen, dass wir den mitnehmen, aber ... na ja, Chefs. Chefinnen. Nicht immer zu verstehen, Sie verstehen?« Alice hört Remus leise glucksen und dann seine Schritte im Raum. Er klappt den Laptop zusammen, zieht ein paar Stecker und geht damit zurück zur Tür.

»Ähm«, setzt Fleischhauer noch mal an. Kann der nicht verschwinden? »Sie haben nicht zufällig Kontakt zu Alice Bohrmann?«

»Nein«, sagt Remus sehr schnell. »Wer soll das sein?«

»Sie hat auch in der Sprungschule gearbeitet. Wir suchen sie. Falls Ihnen was auffällt ...« Er übergibt vermutlich seine Visitenkarte, ein paar Abschiedsfloskeln werden gemurmelt und endlich fällt die Wohnungstür ins Schloss.

Alice setzt sich stöhnend auf, hellwach nun. Wenn nur der Kopf Ruhe geben würde ...

»Warum suchen die dich?«, fragt Remus. Er sieht frisch geduscht aus und die Stoppeln an seinem Kinn sind verschwunden.

»Wie spät ist es?«

»Fast drei, du hast gut vier Stunden geschlafen.«

»Oje, tut mir leid.«

Er schüttelt den Kopf, versucht ein Lächeln. »Schon gut. Hast du Hunger?«

Sie nickt. Und stöhnt. »Und Kopfweh. Ich erkläre dir gleich alles.«

Sie geht ins Bad, wo sie sich eiskaltes Wasser ins Gesicht spritzt. Unsicher, ob das okay ist, öffnet sie Lunas Spiegelschrank über dem Waschbecken. Reinigungsmilch, Mascara, Kajalstifte, Haarstyling-Gel – und eine angebrochene Packung einer Antibabypille. Alice starrt fassungslos darauf. Ist sie vielleicht doch nicht schwanger gewesen? Ratlos schweift ihr Blick über all die anderen Dinge. Niemand wird sie mehr benutzen. Sie sind wertlos geworden. Von einer Sekunde auf die andere. Endlich sieht sie, was sie gesucht hat, drückt sich eine Kopfschmerztablette auf die Hand und schluckt sie. Dann geht sie in die Küche. Hoffentlich wird die Tablette helfen!

Remus hat an dem winzigen, abgeschabten Holztisch vor dem Fenster zum Hinterhof bereits gedeckt. Er tut ihr eine Nudelportion auf, die eines Zehnkämpfers würdig wäre.

Ein ganzes Päckchen Spaghetti hat er für sie beide zubereitet. Er sieht sie erwartungsvoll an.

»Danke, dass du dich so nett um mich kümmerst«, sagt sie zunächst. »Wo du doch derjenige ...«

»Ach, ich bin froh, wenn ich irgendwas tun kann«, antwortet er. »Dann bin ich wenigstens abgelenkt. Also, warum suchen die dich?«

»Es gibt ein zweites Video. Es zeigt ... mich. Am Abend vor dem Unfall. In der Halle.«

Seine Augenbrauen ziehen sich unwillkürlich zusammen. »Glaub mir, ich habe nur nach Luna und meinem Vater gesucht. Ich wusste, sie wollten sich dort treffen. Ich weiß immer noch nicht, worüber sie geredet haben. Das Video von mir hat Sky an die Polizei geschickt – vorhin, als ich gerade in der Inspektion war. Da bin ich einfach abgehauen. Durchs Fenster gesprungen.«

Erstaunlicherweise lächelt er. »Hätte nicht gedacht, dass du so eine Actionheldin bist«, sagt er.

»Ich auch nicht.«

»Was willst du jetzt tun?«

»Keine Ahnung.«

Sie essen schweigend weiter, irgendwann lobt Alice die köstliche Pasta. Remus errötet leicht. Er ist ganz anders als seine Schwester. Luna war so selbstbewusst, so offen, eine echte Macherin. Remus wirkt fast schüchtern, zurückhaltend und so, als sei er nicht gerade der Kommunikativste. Aber irgendwie ist er süß. Bestimmt ist er ein sehr liebevoller Bruder.

»Bist du eigentlich auch Fallschirmspringer?«, fragt sie.

Er nimmt sich noch ein paar Nudeln. Offensichtlich hat auch er lange nichts Vernünftiges gegessen.

»Auch noch?« Er kommt mit dem Topf zu ihr, aber sie hält abwehrend die Hand über den Teller. »Ich bin einmal mit Luna gesprungen. Sie hat sich immer gewünscht, ich würde ihre Begeisterung teilen. Aber ich fand es ... na ja, furchtbar wäre übertrieben, ich fand es nicht so toll. Muss ich nicht noch mal haben.«

»Schade. Ich finde es total genial. Weiß auch nicht, es ist das Schönste, was ich je erlebt habe. Vielleicht musst du es ein zweites Mal probieren.« Als ihr klar wird, was sie da gesagt hat, passt sich die Röte ihrer Wangen den seinen an. »Oh sorry, das war natürlich dämlich. Tut mir leid, ich meine ...«

»Schon gut.« Er schiebt sich die Nudeln in den Mund.

»Manchmal rede ich echt dummes Zeug.«

»Was wollen wir denn jetzt machen? Wenn die Polizei die Mails von Sky liest, sieht bestimmt alles ganz anders aus, wirst sehen!«

Sie lehnt sich zurück und schiebt den Teller ein Stück fort. Hinter dem Küchenfenster erkennt sie graue Wolken, die inzwischen aufgezogen sind und den Himmel fast vollständig bedecken. Die Bäume wiegen sich im Wind. Kein Sprungwetter heute.

»Ich weiß es nicht. Keine Ahnung. Ich verstehe Sky einfach nicht. Warum hat er das getan? Und ich schäme mich so, dass ich meinen eigenen Vater an die Polizei verraten habe. Ekelhaft ist das!«

»Aber was hättest du denn tun sollen? Ich glaube, ich hätte genauso reagiert. Und sei es nur, damit die Polizei beweist, dass ich falschliege.«

Sie stöhnt. »Vielleicht hast du recht.«

»Dieser Sky«, Remus blickt sie unsicher an. »Ich kenne

ihn ja nicht, aber ich glaube, der ist ein wahnsinniger Manipulator. Kann das sein?«

Sie nickt. Ein wenig beschämt. Wieso hat sie das nicht früher gemerkt?

»Dabei hätte ich mir spätestens heute früh denken können, dass mit dem Typen etwas nicht stimmt«, erklärt sie und berichtet Remus von Skys Mutter, die angeblich Botschaftsangestellte in Guatemala ist. »Aber die gibt's da gar nicht – nirgends.«

»Ich glaube, der hat dich und deinen Vater benutzt, um einem von euch den Mord in die Schuhe zu schieben. Luna hat noch nie was mit so 'nem alten Knacker gehabt. Also, sorry, ich meine ...«

»Schon gut.« Alice muss lachen. Er hat ja recht. Verglichen mit Luna ist Hardy ein alter Knacker. »Nur verstehe ich nicht, was Luna und mein Vater dann zu besprechen hatten. Diese SMS, in der sie von einem Kind spricht? Was soll das heißen? Und dann das sehr vertrauliche Foto von den beiden.«

Remus steht auf und stellt ihre Teller in die Spüle.

»Das Foto kam doch bestimmt auch von Sky – er war doch auch vor Ort, als es aufgenommen wurde, oder?«

Alice nickt und trinkt ihr Wasserglas leer. »Ja. Meinst du, er hat sich dann einfach einen gefälschten Facebook-Account angelegt, auf den ich dumme Kuh reingefallen bin?«

»Sei nicht so streng mit dir.« Er versucht es mit einem aufmunternden Lächeln. Sie ist ihm so dankbar für seine Fürsorge. Das Essen hat gutgetan. Die Kopfschmerzen sind fast abgeklungen und sie fühlt sich beinahe ausgeschlafen.

»Wenn wir nur beweisen könnten, dass er es war!«

»Wollen wir das nicht die Polizei klären lassen? Sie findet doch jetzt seine Mails auf ihrem Computer«, erinnert Remus sie. »Und du redest noch mal mit der Kommissarin. Nur weil du in der Halle warst, heißt das nicht, dass du den Fallschirm manipuliert hast.«

»Die glauben mir nie, wenn ich jetzt ankomme und sage, ach nee, 'tschuldigung, mein Vater war's nicht und ich sowieso nicht. Es war Sky. Sie haben doch die komischen Mails gesehen. Verhaften Sie bitte den.«

»Und was willst du dann tun?«

Alice betrachtet Remus aufmerksam. Er wirkt zwar schüchtern, aber auch besonnen, sie spürt, dass sie Vertrauen zu ihm haben kann. Jemand, der so leckere Pasta kocht, kann kein schlechter Mensch sein. Aber das hat sie von Sky neulich auch gedacht.

»Ich hätte da eine Idee. Und es wäre cool, wenn du mir helfen würdest. Wir müssen uns nur ein wenig beeilen.«

*

Querida Mamá,

sie haben sich gegen mich verschworen, ich bin sicher. Ich weiß nicht, wer wen überredet hat, aber es war ganz klar. Es hat mich auf die Straße gelockt und er hat mich abgepasst, um mich aus dem Weg zu räumen. Sie schrecken vor nichts zurück. Ich MUSS es jetzt zu Ende bringen. Mach dir keine Sorgen, sie haben gesagt, ich habe nur eine leichte Gehirnerschütterung. Sie wollen mich hierbehalten. Aber ich werde mich selbst entlassen. Schon bald. Schließlich habe ich Dinge zu erledigen. Ich habe es *zu erledigen. Und diesmal wird der Sieg mit mir sein. Mamá, ich freue mich schon jetzt darauf. Was muss es für ein köstliches Gefühl im Herzen sein, was für ein süßer Geschmack auf den Lippen, welch herrliche Freiheit im Kopf, wenn die Rache vollendet ist. Wenn ich ihn vernichtet habe. Durch* es. *Sein Tod wird mir neues Leben bescheren. Und dir auch. Das weiß ich.*

Für immer, in Liebe
Dein Kind

PS: Ein Blick in den blauen Himmel über mir. Blue Skies forever. Skygod in eternity.

12. Kapitel

Sie ist dicht an ihn herangerutscht, denn der Sitz der Vespa ist nicht allzu lang. Nach einiger Zeit lehnt sie sogar den Kopf an seinen Rücken. Sie hat keine Ahnung, was sie erwartet, und ist heilfroh, nicht allein zu sein. Remus hat nur kurz gezögert, sich dann aber überzeugen lassen mitzukommen. Er hat es nicht gesagt, aber wahrscheinlich hat er das gleiche Gefühl wie sie selbst: Herumzusitzen und abzuwarten, was passieren wird, macht alles nur noch schlimmer. Außerdem haben sie nichts zu verlieren. Niemand wird sie stören.

Bevor sie gestartet sind, hat sie kurz ihr Handy gecheckt. Diverse Anrufe ihrer Eltern, von Brustmann, eine WhatsApp-Nachricht ihrer Mutter.

Die Polizei hat deinen Vater abgeholt. Melde dich!, hat sie geschrieben und das Emoticon eines weinenden Gesichts daran gesetzt. »Ich mache alles wieder gut«, würde Alice gerne zurückschreiben, lässt es aber. Sie wird beweisen, dass sie es gutmachen kann – das zählt mehr als jede Beteuerung. Schnell entfernt sie den Akku wieder.

In der Straße auf der anderen Seite der Altstadt sehen die zweistöckigen Häuser alle gleich aus. Sie muss einen Moment überlegen, bevor sie das Haus erkennt, hinter dem Skys im Innenhof versteckt liegt.

»Dort vorne – das mit der dunkelgrauen Tür«, dirigiert sie Remus. Als sie absteigen, platschen die ersten dicken

Regentropfen aufs Pflaster. Sollen sie Lunas Vespa nicht irgendwo verstecken? Sicherheitshalber?

»Wir stellen sie in den Hof, da stehen viele Büsche, da fällt sie nicht weiter auf«, schlägt Alice vor und geht auf die graue Tür zu. Sie weiß, wie sie in Skys Haus hineingelangen kann – doch wie sollen sie in den Hinterhof kommen? Remus drückt, ohne zu zögern, auf eine der Klingeln. Kurz darauf surrt der Türöffner und er ruft: »Wochenanzeiger, danke.«

Und schon sind sie drin. Im Hof kommen sie mit der Vespa kaum an Skys Auto vorbei, das direkt vor seinem Hauseingang steht.

»Ganz schöne Hütte«, sagt Remus erstaunt und schiebt die Vespa hinter ein Dickicht aus Sommersonnenblumen. Alice streckt sich zum Fensterbrett der Gästetoilette, die gleich neben der Haustür liegt. Unter dem Blumentopf findet sie den Schlüssel. Sie hält die Luft an und steckt ihn ins Schloss. Remus sieht sich immer wieder um. Hoffentlich beobachtet sie keiner aus dem Vorderhaus.

Es klickt und die Tür geht auf. Alice atmet erleichtert aus. Und tritt ein.

Sie spürt sofort, dass niemand im Haus ist. Es wirkt so ... unbelebt. Und es riecht ... nach nichts. Nach Abwesenheit höchstens.

»Und was suchen wir jetzt?«, fragt Remus und schließt die Tür hinter ihnen. Alice zuckt mit den Schultern.

»Beweise. Ich weiß nur nicht, was für welche.«

Obwohl niemand da ist, bewegt sie sich leise. In der Küche welkt ein Basilikum auf dem Tisch vor sich hin, die Spülmaschine voll dreckigem Geschirr steht offen. Neben dem Esstisch stapeln sich Zeitungen auf dem Fußboden und auf dem Couchtisch liegen leere Pizzakartons und Chipstüten. Ein klassischer Männerhaushalt.

»Schau mal«, Remus hält ihr eine Postkarte entgegen, auf der die ein wenig nichtssagende Ansicht einer Stadt vor blauen Bergen und rotem Sonnenuntergangshimmel zu sehen ist. *Guatemala City* steht darauf.

»Bestimmt von seiner Mutter.« Alice nimmt die Postkarte und dreht sie herum.

Ich vermisse dich steht quer geschrieben darauf. Nichts weiter. Keine Adresse, keine Briefmarke, kein Stempel. Auf einer anderen, mit den Ruinen eines Maya-Tempels auf der Vorderseite: *Wo bist du? Komm zu mir!* Eine dritte, mit einer Kirche aus der Kolonialzeit: *Warum hast du mich verlassen?* Und schließlich eine mit hellblau-weißer Landesflagge und Staatswappen: *Ich werde dir bald folgen. Für immer.*

»Sehr merkwürdig.« Alice befestigt die Karten mit Magneten wieder am Kühlschrank. »Wo seine Mutter doch gar nicht in Guatemala lebt.«

»Ist das Skys Schrift? Weißt du das?«

»Es sieht irgendwie nicht nach einer Frauenschrift aus. Aber ich kann mich nicht erinnern, Skys Schrift gesehen zu haben.«

»Und dann das hier: ›Ich werde dir bald folgen!‹ Ob er aus Deutschland abhauen will?«

»Puh, könnte sein. Aber komm, ich glaube, wir müssen uns oben umschauen«, sagt sie und biegt ab zur Wendeltreppe. Remus folgt ihr. Im ersten Stock herrscht Dämmerlicht, was an den zugezogenen dunkelroten Gardinen im Schlafzimmer liegt. Sie bleiben irritiert in der Tür stehen und betrachten den eigenartigen Raum. An der Stirnseite steht ein riesiges Bett mit einem geschwungenen Eisenrahmen. Ein Moskitonetz umspannt es und es ist übersät von Kissen in Weinrot, Traubenblau und Tannengrün. Überall liegen Kuscheltiere, große, kleine, bunte, beige, lebensechte und furchtbar verkitschte. Das Zimmer passt so wenig zu Sky wie Fallschirm springen zum Papst.

»Wahnsinn«, sagt Remus und Alice erschrickt, weil er normal laut spricht. Dabei sind sie doch alleine hier. Dann stößt sie einen erstaunten Schrei aus. Zwischen all den Kuscheltieren liegt das Krokodil. Ihr Krokodil, hell- und dunkelgrün geringelt und mit einer kleinen Krone auf dem Kopf. Sie greift danach, zieht es unter all den anderen hervor.

Er ist in ihr Zimmer eingedrungen.

»Das hat mal Luna gehört«, sagt Remus und zieht ein Plüschschweinchen vom Bett. »Das habe ich ihr geschenkt, als sie wegen eines Beinbruchs im Krankenhaus lag.« Er streichelt das Schwein mechanisch und zum ersten Mal hat Alice den Eindruck, er wird gleich in Tränen ausbrechen. Doch er reißt sich zusammen.

Neben der Balkontür steht ein schmaler Schreibtisch, mehr eine Arbeitsplatte, übersät mit Papier, weiteren Zeitungen, sogar Klamotten liegen herum. Und ein Fotoalbum. Es ist geschmacklos quietschorange und neongrün gestreift und das stilisierte Gesicht eines Babys ist darauf gezeichnet.

Remus reckt den Kopf, starrt zur Tür.

»Ist was?«, fragt Alice. Er hebt den Zeigefinger an den Mund, lauscht konzentriert.

»Nee, ich dachte, ich hätte unten was gehört. Kann der Regen gewesen sein.«

»Wir sollten uns beeilen.« Alice nimmt das Fotoalbum und atmet tief durch, bevor sie es öffnet. Auf der ersten Seite: das großformatige, leicht unscharfe Foto eines Säuglings.

Kai, 02.43 Uhr, 20.09.1995, 56 cm, 3.900 g steht darunter.

Das Baby hat dunklen Flaum auf dem Kopf und hält die Augen geschlossen, der Mund wirkt, als wolle er gleich einen Schrei ausstoßen.

»Klein-Sky, oder was?«, fragt Remus und beugt sich zu Alice hinüber. Sie nickt.

»Vermutlich.«

Auf der nächsten Seite liegt das Baby in den Armen seiner Mutter, einer schlanken Frau in einem Nachthemd, mit großen dunklen Augen, langen, etwas strähnigen Haaren und einem harten Zug um den Mund. Sie wirkt nicht, wie man sich eine junge Mutter vorstellt: Da liegt kein Glücksgefühl in ihrem Blick. Aber vielleicht ist das Foto nach einer durchwachten Nacht entstanden?

Der Blick.

»Die habe ich schon mal gesehen«, überlegt Alice und tippt nervös auf das Bild.

Katharina und Kai, Oktober 95, steht darunter. Wenn ihr nur einfiele, woher sie die Frau kennt. Wobei – »kennen« ist vermutlich zu viel gesagt. Es folgen weitere Fotos von Mutter und Kind. An einer Stelle zeugen die Reste von Klebstoff, dass ein Foto herausgetrennt worden ist. Es liegt zwischen den nächsten Seiten. Und hat ein Loch in der Mitte. Noch ehe Alice es ansieht, weiß sie, wo sie die Frau gesehen hat.

»Die Geburtstagskarte!«, ruft sie aus. Remus blickt sie

irritiert an. Alice betrachtet das Bild – und richtig: Das Gesicht dieser Katharina ist ausgeschnitten. Sie beschreibt Remus die mysteriöse Karte, die sie zum Geburtstag bekommen hat.

»Aber was soll das alles? Was hat das mit Luna zu tun?«, fragt er.

Alice zuckt ratlos mit den Schultern, dann fällt ihr noch etwas auf dem Foto auf, gleich neben dem Baby.

»Und schau mal hier, dieser Teddy – der sieht genau aus wie der, gegen den mein Krokodil ausgetauscht wurde. Das gibt's doch gar nicht. Warum macht er das?« Sie schlägt die nächste Seite auf. So schnell, wie sie sonst rot wird, wird sie nun blass.

Vor Schreck lässt sie das Fotoalbum fallen, als habe es sich plötzlich in eine glitschige, schleimige Kreatur verwandelt, die nach ihr schnappt.

»Was ist?«

Alice deutet auf das Foto.

»Das ...«, sie muss die Worte regelrecht hochwürgen. »Das ist mein Vater auf dem Bild.«

Remus hebt das Album auf und betrachtet es. Alice späht über seine Schulter. Kein Zweifel!

Wieder die ernste Frau, diese Katharina, rechts neben ihr ein Mann, der das Baby nah zur Kamera hinhält. Und dieser Mann ist Hardy. Mit 100-prozentiger Sicherheit! Er trägt die Haare länger, lockiger, und es ist keine Spur von Grau darin, wirkt hagerer, faltenloser – aber er ist es. Und Katharina trägt deutlich erkennbar einen silbernen Ring am Finger. K&H – das steht nicht für Karla und Hendrik, das steht für Katharina und Hardy!

Plötzlich dreht sich Remus um, als habe er etwas gehört.

Und schon kommt der Schlag. Alles geht so schnell, dass Alice nicht reagieren kann. Sie sieht, wie Remus zu Boden fällt, sein Kopf knallt dabei an das Eisengestänge des Bettrahmens und sein kurzer Schrei ist sofort verhallt. Dann spürt sie Arme, die sie umklammern. Remus stöhnt, seine Augen sind geschlossen, er bewegt sich nicht. Eine Hand presst sich auf ihren Mund.

»Hab ich die Maus in die Falle gelockt«, hört sie ihn flüstern. »Wie gut, dass ich mich selbst aus dem Krankenhaus entlassen habe. Zeitverschwendung, da rumzuliegen.« Sie versucht, ihn mit den Füßen zu treten, erreicht ihn nicht. Er schlingt nur einen Arm enger um ihren Hals.

»Na, na«, schimpft er, es klingt ironisch, fast zärtlich. »Du wirst doch deinem Bruder nicht wehtun. Das ist gar nicht lieb.«

Ihr Bruder? Er kickt ihre Beine weg und sie landet unsanft auf dem Bauch, sie versucht zu strampeln, aber er setzt sich mit vollem Gewicht auf sie, reißt ihre Arme nach hinten und zieht blitzschnell Kabelbinder um ihre Handgelenke und durch den Gürtel ihrer Hose. Dann zerrt er ihren Kopf an den Haaren nach oben und sie spürt ein breites Klebeband, das ihren Mund verschließt. Panisch atmet sie durch die Nase. Remus liegt noch immer reglos neben ihr. Tropft da Blut zwischen seinen Haaren hervor?

Sky packt sie unter den Armen und zieht sie hinauf, sodass sie zum Stehen kommt. Endlich kann sie sein Gesicht sehen. Er wirkt völlig entspannt, ruhig, als fühle er sich komplett als Herr der Lage. Was er ja auch ist.

»Ihr hättet die Vespa ein kleines bisschen besser verstecken sollen.« Hämisch sagt er das. Sie würde am liebsten losschreien, merkt aber schnell, dass es keinen Sinn macht, gegen den Klebestreifen auf ihrem Mund anzukämpfen oder gegen die Kabelbinder, das kostet nur unnötig Kraft. Sie muss einfach wissen, was er mit ihr vorhat. Ihr Bruder.

Jetzt schubst er sie vor sich her, würdigt Remus keines Blickes mehr und sie verlassen das Schlafzimmer.

Auf der engen Treppe rutscht sie beinahe aus, aber er hält sie an den Kabelbindern fest, was brutal an ihren Armen reißt. Sie stöhnt vor Schmerz auf. Ihr ist schwindelig, der Kopfschmerz flammt wieder auf. Er drängt zur Eile.

Durch den strömenden Regen schubst er sie zu seinem Auto in der Tordurchfahrt, die paar Schritte genügen und ihr T-Shirt ist durchweicht. Dann wirft er sie auf den Beifahrersitz, dessen Rückenlehne er, soweit es geht, nach hinten dreht. Er schnallt sie an und legt eine Decke über sie. In ihrem Kopf schlägt ein höllischer Schmied mit dem Hammer gegen ihre Schädeldecke. Keine Migräne jetzt, bitte!

Kaum ist er losgefahren, hält er noch einmal an und steigt aus. Vermutlich, um das Haustor zu schließen. Sie versucht, den Kopf so weit zu heben, dass sie aus dem Fenster schauen kann, was furchtbar viel Kraft kostet. Sie schafft es kaum, sich aufzurichten. Sie erkennt knapp die Straße, die im Regen menschenleer daliegt. Es ist früher Abend, und wer nicht unbedingt wegmuss, bleibt garantiert daheim.

Sie merkt an seinem Fahrstil, dass er versucht, sich an die Verkehrsregeln zu halten. Nur nicht auffallen. Am Anfang kann sie über sich noch Hausgiebel erkennen, aber bald ist hinter dem Autofenster nur nackter, regenschwerer Himmel, gelegentlich durchbrochen von Baumkronen in ihrem spätsommerlichen Dunkelgrün.

Wenn sie doch nur reden könnte! Wenn sie ihn fragen

könnte, was nun passieren wird. Wieso er ihr Bruder ist – von dem sie nie auch nur etwas geahnt hat. Die Fragen wirbeln durch ihren Kopf, hämmern von innen gegen ihre Stirn, ihre Schläfen und sie kneift die Augen zusammen, versucht, gleichmäßig durch die Nase zu atmen. Aber die Decke direkt davor macht es ihr schwer.

»Tja, Schwesterlein«, sagt er und seine Stimme, so laut und direkt neben ihr, ist voll klirrender Kälte. Sie kneift die Augen zusammen, sieht Blitze unter ihrer Schädeldecke aufzucken.

»Es tut mir ein kleines bisschen leid, dass du ihn nicht mehr wirst fragen können, wieso er dir deinen Bruder vorenthalten hat. Ich meine, du hättest ein Anrecht darauf gehabt, es zu wissen. Und ich hätte gerne gesehen, wie er sich windet und sich eine Erklärung abringt, die völlig haltlos ist. Aber ich bin nun mal der Ältere von uns beiden und meine Wünsche gehen vor, sorry.«

Sie würgt, Worte, Spucke, alles drängt nach oben. Ihr ist schlecht und sie hat Angst, sich übergeben zu müssen – mit verklebtem Mund. Sie kann erkennen, dass er konzentriert auf die Straße sieht. Der Scheibenwischer ist auf die schnellste Stufe gestellt. Will er sie töten? Wenn ihr nicht bis dahin die Angst mit Geisterhand die Kehle abdrückt, wird er es tun. Sie ist sich sicher. Ihren ganzen Körper befällt ein Zittern, als sei ein Teufel in sie gefahren.

»Du musst keine Angst haben. Es wird der schönste Freifall deines Lebens sein. Und der längste. Am Ende geht es ganz schnell. Keine Zeit für Schmerzen.«

Der Boden unter dem Wagen holpert, Sky verlangsamt das Tempo. Schließlich bleibt das Auto stehen. Sie ahnt, was kommt: Er wird sie in das Flugzeug schleifen, weit nach oben fliegen und sie dann hinausschubsen. In die Ewigkeit. Sie schließt die Augen.

Er zieht die Decke komplett über sie und steigt aus. Das Knallen der Tür hallt in ihrem Kopf und sie wimmert vor Angst und Schmerzen. Sie spürt die Anspannung in ihrem Nacken, den Schultern, sie hat Durst, riesigen Durst und braucht dringend eine Kopfschmerztablette. Was soll sie bloß tun? Hier irgendwie rauskommen? Keine Chance! Sie versucht, sich so zu drehen, dass sie mit den Fingerspitzen an den Türöffner gelangt, spürt aber nur das kalte Metall auf ihrer Haut. Der Gurt behindert ihre Bewegungen zusätzlich. Nichts zu machen! Sie stöhnt resigniert auf.

Nach wenigen Minuten kommt er zurück, öffnet ihre Tür, zerrt sie vom Beifahrersitz und schleift sie in Richtung Halle. Sie hat beim Aussteigen ihre Sandalen verloren und auf dem kiesbedeckten Weg schmerzt jeder Schritt. Der Boden ist vom Regen leicht aufgeweicht. Um sie herum ist es menschenleer. Das schlechte Wetter hat alle in die Flucht geschlagen.

Die Eingangstür steht offen. Natürlich, er ist einer von Jürgens Vertrauten, die einen Schlüssel haben. Er schubst sie auf ein Sofa und fesselt einen ihrer Füße mit einem weiteren Kabelbinder an die Lehne. Sie starrt ihm fassungslos nach.

Vor zwei Wochen hat sie hier zum ersten Mal gesessen, aufgeregt und vorfreudig! Letzten Samstag war das Grillfest und Alice rätselte, ob Sky etwas mit Luna habe und wie gerne er sie selbst wohl mochte. Und heute – heute schickt sich ihre Welt an unterzugehen und er ist der Vollstrecker.

Sky öffnet die Hallentore und rollt die Pilatus Porter, die man nicht einmal abschließen kann, hinaus ins Freie. Er scheint genau zu wissen, was er zu tun hat.

Alice hat das Gefühl, keine Luft mehr zu bekommen. Das Klebeband schmerzt, die Kabelbinder schneiden in die Haut ein, jede Bewegung verursacht Qualen. Und es ist ihr Bruder, der ihr dies antut. Der Bruder, den ihr Vater nie erwähnt hat. Hardy hat schon eine Familie gehabt, bevor ihre entstanden ist. Wieso hat er nie darüber geredet?

Sie strampelt mit dem festgebundenen Fuß, aber es hilft nichts. Der Kabelbinder schneidet nur noch tiefer ins Fleisch. Ihr ist eiskalt in der kurzen Hose und ohne Schuhe.

»So, Schwesterherz.« Sky strahlt sie an. »Es kann losgehen.« Mit einem Messer öffnet er den Kabelbinder an ihrem Fuß. Grob packt er sie am Ellenbogen und bugsiert sie in Richtung Ausgang. Sie versucht, sich zu wehren.

»Mach es uns nicht schwer! Wenn du nicht freiwillig mitkommst, muss ich dich niederschlagen und dann kannst du den Sprung doch gar nicht genießen. Hm?«

Das macht sie am wütendsten. Dass er mit ihr spricht, als erwarte er Antworten. Dabei kann sie keine geben. Und auch nichts fragen.

»Was aus mir wird, wunderst du dich?« Er blickt an sich hinab. Er trägt Gurtzeug und Fallschirm. »Keine Sorge, alles wird gut. Wenn ich mich deiner entledigt habe und dein Vater endlich den Schmerz erfährt, den er mir all die Jahre – diese verdammten 19 Jahre lang – zugefügt hat, dann werde ich irgendwo im Süden sitzen und mir ein neues Leben aufbauen. Und ich werde nie wieder an euch denken müssen. Weder an dich noch an deinen Vater. Weißt du, ihr habt in den letzten Jahren so viel Raum in meinem Kopf eingenommen, dass es für ein ganzes Leben reicht. Irgendwann ist auch mal gut.«

Er wirft sie auf den Boden der Pilatus, dorthin, wo sie sonst vor dem Absprung sitzt.

»Wir starten jetzt beide in ein neues Leben. Du in die Ewigkeit und ich ins Paradies. Es freut mich, dass wir am Ende noch etwas gemeinsam erleben. Nur um Luna tut es mir leid. Aber warum musste sie auch deinen Fallschirm nehmen, die blöde Kuh? Selbst schuld! Na ja, hätte es dich da schon erwischt, wäre sie eh im Gefängnis gelandet, weil die Polizei geglaubt hätte, sie hätte dich aus Eifersucht umgebracht. Ich hätte die richtigen Beweise geliefert, keine Sorge.« Er muss komplett durchgeknallt sein, schießt es Alice durch den Kopf.

Er schließt nicht einmal die Ausstiegsklappe, sondern schlängelt sich auf den Pilotensitz durch. Ob er weiß, wie man das Flugzeug bedient?

Soviel sie erkennen kann, führt er die nötigen Handgriffe routiniert durch. Sicher hat er Chris, dem Piloten, schon zigmal zugesehen – und vielleicht hat er auch schon selbst fliegen dürfen. Hängt da nicht sogar ein Foto von ihm am Steuer in seiner Wohnung?

Draußen wird der Regenschleier immer dichter und der Lärm in der Kabine ist nicht mehr zu durchdringen. Die Pilatus rumpelt über die Startbahn, wird dann immer schneller. Ein Ruck und sie ist in der Luft.

Ich werde jetzt also sterben, denkt Alice unwillkürlich und wundert sich, wie klar sie plötzlich ist. Das Atmen fällt ihr leichter. Der Kopfschmerz ist komplett abgeebbt und sie hat das Gefühl, alles schärfer zu sehen als bisher. Ihr Leben. Das, was ist. Das, was niemals sein wird. Sie schafft es nicht, diese Dinge auf sich zu beziehen. Es fühlt sich an, als ob sie es gar nicht selbst ist, der dies widerfährt, sondern als geschehe alles nur einer Stellvertreterin, die mit ihr nichts zu tun hat. Bestimmt irgend so ein Schutzmechanismus. Diese Stellvertreterin befiehlt ihr jetzt, sich hinzusetzen, sich umzusehen. Sie muss doch irgendetwas tun können. Sie wird sich nicht so einfach in den Tod schubsen lassen, das ist doch lächerlich.

Das Flugzeug steigt ruhig Meter um Meter nach oben, Regen und Wind scheinen aufzuhören. Ein paar Minuten hat sie gewiss noch, bevor sie in ausreichender Höhe sind und er auf Autopilot umstellen kann. Sie robbt in Richtung der niedrigen Sitze an der Längswand und lehnt sich daran. Da spürt sie das kühle, kantige Metall des Gestells, auf dem die Sitzfläche aufliegt. Noch ehe sie darüber nachdenkt, reibt sie den Kabelbinder an der scharfen Kante. Schnell, denkt sie, mach schneller! Sie reibt und reibt, die Bewegung schmerzt in den Schultern und der Kopfschmerz droht zurückzukommen. Sie reibt. Natürlich ist er viel stärker als sie, aber vielleicht wird ein Überraschungsangriff sie retten? Doch was dann? Sie wird ihn nicht aus dem Flugzeug werfen! Höchstens niederschlagen, damit er bewusstlos ist. Aber selbst wenn – sie hat keine Ahnung, wie man ein Flugzeug landet.

Sie fliegen jetzt etwas tiefer, durch üppige Wolkenmassen, und der Regen peitscht zu ihr hinein. Sie zittert am ganzen Körper, dann gibt es einen Ruck und ihre Hände sind frei – endlich! Ihre Handgelenke schmerzen und sind knallrot. Was jetzt?

Bevor sie einen klaren Gedanken fassen kann, wird es ruhiger im Flugzeug. Er hat den Motor gedrosselt, die Maschine auf Autopilot umgestellt. Schon sieht sie, wie sich sein langer Körper aus dem Sitz schlängelt und sein Gesicht vor ihr auftaucht. Wieso hat sie nie bemerkt, wie sehr er ihrem Vater ähnelt? Sie hält ihre Arme auf dem Rücken versteckt.

»Adieu, kleine Alice«, sagt er und lächelt. »War gut, dich kennenzulernen. Ich weiß nicht, ob wir jemals Freunde geworden wären. Du bist einfach nur ein verzogenes Püppchen und eines Bruders, wie ich es bin, nicht würdig. Grüß meine Mutter, wenn du sie siehst. Auch die hat dein Vater auf dem Gewissen!« Seine braunen Augen haben einen unbestimmbaren Ausdruck. Gütig, sanft, lodernd, voller Wahnsinn. Sie würde sich am liebsten abwenden.

Mit einer schnellen Bewegung befreit sie sich von dem Klebestreifen auf ihrem Mund – und sieht das Erstaunen in seinem Blick. Doch er fasst sich sofort und packt sie an den Schultern. Sie versucht, ihm zwischen die Beine zu treten, er weicht geschickt aus. Das Flugzeug wackelt bedrohlich, er drückt sie in Richtung der Ausstiegsluke und sie kann den kalten Luftzug spüren. Nein! Sie will nicht sterben! Sie strampelt mit den Beinen, versucht, auf ihn einzuschlagen, aber er ist einfach zu stark. Schon hängen Kopf und Oberkörper in der Luft, sie sucht verzweifelt nach den Türgriffen, will sich festhalten, aber er haut brutal auf ihre Finger und sie lässt entsetzt und vor Schmerzen aufschreiend los.

Und dann fällt sie.

13. Kapitel

Über ihr reißen die Wolken auf. Ein letzter Sonnenstrahl erreicht die Erde. Sie fällt. Regentropfen schlagen in ihr Gesicht. Unwillkürlich schließt sie die Augen. Nichts. Sie kann nichts mehr tun. Alles ist zu Ende.

Da ist etwas. Etwas hat sie berührt. Am Fuß. Aus den Augenwinkeln sieht sie das Flugzeug, das zwischen den Wolken verschwindet. Direkt neben sich entdeckt sie eine Hand. Einen Arm. Einen Körper. Der auf sie zusteuert.

Sie schreit laut auf. Jetzt umfasst die Hand ihren Unterarm, zieht sie zu sich heran.

»Remus«, schreit sie und ihr Herz gerät ins Stolpern. Er reißt die Augen auf, Panik im Blick. Sie erkennt, dass er Gurtzeug trägt, keinen Helm, keine Brille, nichts weiter. Nur das Gurtzeug mit dem Fallschirm darin. Ihrem Rettungsschirm. Vielleicht.

Sie ahnt, dass er überhaupt nicht weiß, was jetzt zu tun ist. Wie viel Zeit wohl vergangen ist? Natürlich trägt er keinen Höhenmesser, aber die Erde ist noch nicht allzu nah. Sie bedeutet ihm, er solle sie an der Taille gut festhalten. Hoffentlich ist er in der Lage, ihre liegende Position so zu halten, wie sie ist. Sie dürfen nicht ins Trudeln geraten. Sie weiß, dass es nur eine Chance gibt. Würde sie sich einfach an ihn klammern, würde sie in der Sekunde, in der sich der Fallschirm öffnet, für immer von ihm fortgerissen. Und alles wäre umsonst. Sie greift nach dem Gürtel an ihren Shorts und zerrt ihn auf. Ihre Finger zittern und sind eiskalt. Sie schafft es kaum, den Gürtel festzuhalten. Sie schiebt sich ein wenig an Remus nach oben und zieht ein Ende des Gürtels durch seinen Schulterriemen. Sie hat keine Ahnung, ob es die leiseste Chance gibt, dass diese Konstruktion hält. Ist eine Minute vergangen? Sie hat jedes Zeitgefühl verloren. Im schlimmsten Fall würde sich der Reserveschirm öffnen, bevor sie fertig ist. Sie spürt, wie sie keucht, sie kann kaum etwas sehen und sie spürt die Angst, die Remus' ganzer Körper aussendet.

Halte die Lage, betet sie innerlich, aber er liegt tatsächlich stabil. Endlich gelingt es ihr, den Dorn der Gürtelschnalle in ein Loch zu haken und das Lederstück durch die kleine Lasche zu schieben. Sie hängt jetzt mit dem Bauch vor seinem Gesicht, er umklammert ihre Oberschenkel.

»Alice«, schreit Remus. »Schneller.« Er macht eine seltsame Bewegung mit den Beinen und Alice klammert sich noch fester an die Gurte, drückt die Beine durch, damit ihre Lage stabil bleibt, und hofft, dass er versteht. Er tut es, hält sich gerade. Sie liegen wieder ruhig auf dem Luftstrom.

Aber dann erkennt sie, dass sie aus dieser Position nicht an das Handdeploy gelangt, mit dem der Fallschirm aus dem Container gepresst und dann geöffnet wird. Sie versucht, Remus klarzumachen, wo er ziehen soll, aber er ist viel zu aufgeregt, versteht sie nicht, sieht sie nur aus unendlich traurigen Augen an. Auch an das »Shithandle«, den Griff, den die Lehrer im Notfall betätigen, ist nicht heranzukommen.

»Alice, tu was«, schreit Remus.

Was nur? Was nur?

Endlich sieht sie das Drei-Ring-System direkt vor sich und sie reißt mit aller Kraft an der Leine.

»Festhalten!«, schreit sie. Hoffentlich versteht er sie.

Es gibt einen Ruck und die Hauptkappe trennt sich, verschwindet irgendwo in den Weiten des Himmels. Ein weiterer Ruck und der Reserveschirm bremst ihren Fall ab. Alice klammert sich an Remus, so fest es geht, spürt, wie er sie festhält, fühlt eine unglaubliche Kraft an sich ziehen, der Gürtel dehnt sich, bitte, lass ihn halten, bitte ... und dann hängen sie gemeinsam in der Luft. Schweben dem Boden entgegen, der nur noch wenige Hundert Meter unter ihnen ist, der gelb leuchtende Rettungsschirm über ihnen. Augenblicklich wird es ruhiger. Remus hat den Kopf an ihren Bauch gelegt, umklammert noch immer ihre Hüften.

»Oh Gott«, stöhnt er. »Ich dachte, wir sterben, Scheiße!«

»Es ist noch nicht vorbei«, schreit sie zu ihm hinunter. »Wir müssen noch landen.« Es bleibt nur noch wenig Zeit, ihm zu erklären, wie sie sich eindrehen müssen, wie er an den Leinen zu ziehen und die Beine zu halten hat. Glücklicherweise ist es mittlerweile windstiller und der Regen hat ganz aufgehört. Sie sieht unter sich ein Feld, daneben so etwas wie einen Sportplatz.

»Rechts ziehen, rechts«, schreit sie. »Fester, los, fester.« Er zieht.

»Jetzt links.« Sie sind noch immer viel zu schnell. Vor Schreck lockert Remus die Leinen, jetzt kippt der Schirm über ihnen leicht nach vorne.

»Scheiße«, brüllt Alice. Der Boden kommt unaufhaltsam näher, ihre Geschwindigkeit hat eher zugenommen.

»Zieh«, versucht sie, Remus anzuweisen. Hoffentlich ist das richtig.

Remus zieht erneut an den Leinen und der Schirm bremst ab. Ob sie richtig zum Wind stehen? Alice verliert den Überblick und natürlich ist hier nirgends ein Windsack in Sicht.

»Beine hoch«, schreit sie und ihr wird im selben Moment klar, dass sie ihre eigenen Beine kaum bewegen kann, da Remus im Weg ist und sie wegen des Gürtels völlig eingeengt.

Plötzlich spürt sie, wie ihr Fall gnadenlos abgebremst wird. Sie hört, wie Remus' Körper auf dem Boden aufschlägt, er schreit, ihre Stimmen vermischen sich, sie prallt gegen ihn und gemeinsam werden sie über die Erde gekollert, als spiele ein Riese mit ihnen Würfel. Etwas sticht in ihrem Brustraum und ihr wird schwarz vor den Augen.

»Alice?«

Jemand streichelt ihre Wange. Wie gerne würde sie noch ein wenig schlafen. Jetzt zieht der Jemand an ihrem Lid.

»Alles okay?«

Sie öffnet die Augen und setzt sich vorsichtig auf. Neben ihr kauert Remus. Er hat sich vom Gurtzeug befreit und ihren Gürtel gelöst.

Sie leben. Sie haben überlebt.

Sie greift um seinen Hals und zieht seine Stirn an ihre. Seine blauen Augen leuchten wie der dunkler werdende Himmel über ihm. Er hat sie gerettet. Er hat sein Leben für sie riskiert.

»Wie bist du da hochgekommen?«, ist das Erste, was ihr einfällt. »Du hast doch bewusstlos neben dem Bett gelegen.«

Er strubbelt durch ihre Haare und nimmt ihre Hand.

»Ich war nur kurz weggetreten. Ist bloß 'ne Beule. Ich hab das Auto im Hof wegfahren hören, bin runtergerannt und habe versucht, euch mit der Vespa zu verfolgen. Was mir nur teilweise gelungen ist. Aber auf halber Strecke war ein Wegweiser zur Sprungschule und da war mir klar, wo er mit dir hinwollte. Ich hab über so 'n Feldweg abgekürzt.«

Alice stöhnt auf.

»Tut was weh?«

»Hier an den Rippen. Vielleicht eine geprellt?«

»Kann gut sein, so wie du erst auf mich draufgedonnert bist und dann auf die Wiese hier.«

»Und dann?«

Er lässt sie los, fährt sich über die kurzen Haare und sieht in die Ferne.

»Ich wollte dich aus dem Auto rausholen, aber das ging nicht, da hätte er mich garantiert gesehen, er hatte so dicht an der Halle geparkt. Und körperlich war er mir definitiv überlegen, der hätte mich einfach noch mal niedergeschlagen. Während er das Flugzeug startklar gemacht hat, bin ich reingeschlichen und hab mir einen Fallschirm besorgt. Immerhin wusste ich so ungefähr, wie man den anzieht.«

»Wo warst du während des Fluges? Draußen?«

Er nickt.

»Hammer.«

»Na ja, bis ich fertig war, ist er schon fast losgeflogen. Ich habe es noch geschafft, mich auf das Gestänge des Fahrwerks zu setzen, und da hab ich mich drangeklammert. Mit einem Karabinerhaken habe ich mich an dem Teil festgezurrt. War ganz schön frisch. Gut, dass er nicht so weit hochgeflogen ist. Ich hab mir gedacht, wenn ich ins Flugzeug klettere und er mich sieht, gibt's eine Prügelei. Wer weiß, ob wir dann nicht alle zusammen mit der Maschine abgestürzt wären. Als ich mitgekriegt habe, dass er dich … rausschmeißen … will, habe ich mich startklar gemacht.«

»Du bist …« Alice schüttelt den Kopf und lehnt sich gegen ihn. »Wahnsinn.« Mehr bringt sie nicht hervor. Die Tränen treten ihr in die Augen. Wenn er es nicht geschafft hätte, dann wäre sie jetzt tot. Unwiderruflich.

»Na ja, aber wenn du uns nicht so gut nach unten gebracht hättest, hätte das auch nichts genutzt«, lacht er.

Sie presst die Lippen aufeinander und versucht, die Flut von Worten, Tränen, Gedanken und Gefühlen hinunterzuschlucken. Im Moment ist das einfach zu viel. Im Moment will sie nichts als fühlen, dass sie am Leben ist. Nur eines kann sie noch sagen: »Danke!«

Sie haben den Fallschirm lose zusammengerafft und sind ein wenig ratlos den Feldweg entlanggegangen, der neben dem Sportplatz verläuft, auf dem sie gelandet sind. Alice tun beim Atmen die Rippen weh und die Steinchen auf dem Weg schneiden in ihre nackten Füße. Remus humpelt, sein linker Knöchel schmerzt und ist angeschwollen. Wie spät es wohl ist? Bestimmt nach acht. Wohin jetzt? Sie hat keine Ahnung, wo sie sind und wo die Sprungschule liegt. Vielleicht ist ein Dorf in der Nähe – wenn es hier schon einen Fußballplatz gibt.

Sie sind noch nicht allzu weit gelaufen, als sie in der Ferne ein Martinshorn hören. Kurz darauf erkennen sie einen Streifenwagen, der in ihre Richtung einbiegt. Sie bleiben stehen, stützen einander. Warten einfach, bis der Streifenwagen knapp vor ihnen bremst.

Türen werden aufgerissen, Alice sieht Kommissarin Brustmann, die auf sie zurennt. Gleich hinter ihr der junge Assistent. Jetzt hält ein weiteres Fahrzeug – das ihres Vaters.

»Alice«, schreit Hardy und sein Gesicht strahlt eine Zerrissenheit aus, die sie zuvor nie an ihm wahrgenommen hat. Als ob die eine Hälfte glücklich, dankbar und erleichtert ist, die andere abgrundtief traurig.

Er kommt mit ausgestreckten Armen auf sie zu und zieht sie fest an sich. »Oh Gott«, murmelt er, nichts weiter. »Oh Gott!«

»Au«, entschlüpft es ihr und er lässt sie sofort los.

»Bist du verletzt?«

»Nur 'ne Rippe oder so.« Jetzt sieht sie Dagmar, die ebenfalls aus dem Auto gestiegen ist. Alice lächelt ihr zu, bleibt aber stehen. Sie ist so müde.

Jemand hat Remus eine Decke umgehängt und sie ist froh, als sie auch eine auf ihren Schultern spürt. Die Hektik der rufenden, telefonierenden und aufgeregten Menschen um sie herum kommt ihr völlig surreal vor. Sie sehnt sich nach nichts als einem Bett.

»Wir sollten sie in ein Krankenhaus bringen, wenigstens zur Beobachtung«, schlägt die Kommissarin vor und wedelt in Richtung des Assistenten ungeduldig mit der Hand.

»Krankenwagen ist unterwegs«, ruft er.

Hardy steht nur stumm neben ihr und hält ihre Hand. Auch Dagmar hat sich endlich genähert, umarmt ihre Tochter ein wenig ungeschickt. Tränen schimmern in ihren Augen. Ihre Eltern sind eindeutig nicht in der Lage, auch nur ein Wort über die Lippen zu bringen.

»Alice«, hört sie jetzt die Stimme der Kommissarin hinter sich und ist ganz froh, sich von Hardy und Dagmar abwenden zu können. »Kannst du mir sagen, was passiert ist?«

Alice nimmt eine kleine Flasche Wasser dankbar an, die ihr die Kommissarin entgegenstreckt, und trinkt sie fast in einem Zug aus. In der geöffneten Heckklappe des Krankenwagens, der inzwischen eingetroffen ist, sitzt Remus und ein Sanitäter untersucht seinen Knöchel.

Jemand reicht ihr ein Paar abgetragene Flipflops und sie geht mit der Kommissarin den schmalen Feldweg entlang, weg von allen anderen. Leuchtend rote Abendwolken und gleißend goldenes Sonnenlicht bedecken den Himmel im Westen. Langsam weicht die Farbe aus der Landschaft.

»Geht's?«, fragt Kommissarin Brustmann und Alice nickt, auch wenn die Rippen schmerzen. Dann versucht sie, die Ereignisse irgendwie zusammenzufassen. Sie spricht von den Mails auf Lunas Computer, davon, dass sie Skys Wohnung durchsucht haben, die seltsamen Postkarten, die Kuscheltiere, die Fotos im Album – und dass Alice klar geworden ist, dass ihr Vater auch Skys Vater ist. Sie stockt, als sie an den Moment denken muss, in dem Sky plötzlich aufgetaucht ist, Remus niedergeschlagen und sie weggeschleppt hat. Ihre Angst während der Autofahrt, als ihr klar wurde, was er mit ihr vorhatte ...

Die Kommissarin bleibt konzentriert und stellt nicht viele Fragen. Alice ist froh, dass sie erst einmal alles so sagen kann, wie es ihr in den Sinn kommt. Sie wird in den nächsten Tagen die Ereignisse sicher noch oft beschreiben müssen. Dann wird Zeit für Details sein.

»Und was ist jetzt mit meinem Vater?«, fragt Alice am Ende, als sie das Gefühl hat, dass sie im Moment nicht mehr beitragen kann. Die Kommissarin dreht um und sie gehen langsam zurück.

»Er hat uns bereits berichtet, dass Sky sein Sohn ist und

dadurch hat sich natürlich alles verschoben. Und ich kann dich beruhigen: Mit Luna Vollmer hat er tatsächlich nie etwas gehabt. Luna hatte wohl herausgefunden, dass Sky dein Halbbruder ist. Wie dein Vater mit dieser Info umgeht, darüber haben sie gestritten. Aber ich denke, es ist das Beste, wenn dein Vater dir alles selbst erzählt. Das sind Familienangelegenheiten, da werden wir uns nicht einmischen. Ich rate dir nur: Sei nicht zu hart mit ihm – wir sind alle bloß Menschen.«

Alice versucht zu lachen, aber sofort krümmt sie sich vor Schmerzen.

»Jetzt bringen wir dich erst mal ins Krankenhaus und morgen sehen wir weiter, ja?«

»Und Sky?«

»Wir sind dran. Aber jetzt lass deine Rippen anschauen! Nicht, dass was gebrochen ist.«

Im Krankenhaus ist die Diagnose glücklicherweise ziemlich schnell gestellt worden: Rippenprellung, nichts weiter. Sie wird einige Zeit Schmerzen haben, soll sich schonen und auf Sport verzichten. Gegen die Beschwerden hat Alice Tabletten bekommen und nun liegt sie in dem ungewohnten Bett und starrt an die Decke. Sie ist so müde, aber der Schlaf will nicht kommen. Zu viele Gedanken – doch will sie einem nachgehen, taucht sofort ein zweiter, dritter, vierter auf und sie hat das Gefühl, sich auf der Stelle im Kreis zu drehen.

Im Gang schräg gegenüber liegt Remus, der sich bei der Landung eine Bänderdehnung zugezogen hat. Ebenfalls nichts Tragisches, aber auch er hat ziemliche Schmerzen. Ihretwegen.

Obwohl, nein, versucht sie, sich klarzumachen. Es ist wegen Sky passiert. Sky hat sie alle in diese Situation gebracht. Er hat sie töten wollen. Aus Rache an ihrem Vater. Ihr wird eiskalt und sie zieht die dünne Bettdecke bis ans Kinn, krümmt sich zusammen und starrt aus dem Fenster. Kein Mond dahinter. Wo Sky jetzt wohl ist?

Ein Mensch ist tot, ein anderer auf der Flucht – sie selbst kann noch nicht erkennen, welchen Schaden er an ihrer Seele angerichtet hat. Auch nicht, ob es ihm doch gelungen ist, ihre Familie zu zerstören. Denn dass alles wieder so werden wird wie vorher, kann sie sich nicht vorstellen. Beim besten Willen nicht. Mit einem Handstreich, so scheint es ihr, hat Sky ihren Vater entzaubert. Ob für immer, weiß sie nicht.

Ihre Mutter, die sie am nächsten Vormittag vom Krankenhaus abgeholt hat, verschwindet mit der Bemerkung, sie müsse kochen, in der Küche. Als Alice auf die Terrasse tritt, wo ihr Vater wartet, fällt ihr tatsächlich die Ähnlichkeit auf. Das Breitschultrige, die Augenfarbe und dieser immer etwas ernste Blick, als wollten sie abchecken, ob sie etwas Unangenehmes erwartet.

»Alice«, ruft Hardy, lässt die Zeitung sinken und springt vom Liegestuhl auf. Er lächelt, kommt aber steif auf sie zu. Sie wissen beide nicht so recht, ob sie sich umarmen sollen. Es wäre so normal. Aber da ist nichts mehr, das normal ist.

Er fasst ihre Schulter und dirigiert sie zu dem massiven Teakholztisch mit den schweren Stühlen ringsum. Wieso hat ihr Elternhaus plötzlich so etwas Erdrückendes? Er hat selbst gemachten Eistee und Gläser bereitgestellt und gießt jetzt ein, ohne zu fragen, ob sie etwas will.

Schließlich sitzen sie einander gegenüber.

»Wie fühlst du dich?«, fragt er. Sie nimmt einen großen Schluck. Es tut gut.

»Okay«, sagt sie. Er nickt, knabbert an seiner Unterlippe. Der große Kapitän. Wirkt so auf Normalmaß geschrumpft.

»Und wie geht es ... ähm, Lunas Bruder?«

»Remus? Hat nur eine Bänderdehnung. Er konnte das Krankenhaus heute Morgen auch verlassen. Ist zurück nach Regensburg gefahren, zu seinen Eltern.«

»Schön.« Er räuspert sich, legt sich die Worte auf der Zunge zurecht und sie sieht, dass sie ihm nicht schmecken. Ihr Handy piept und sie klickt eine SMS einer unbekannten Telefonnummer an.

Ich dachte, du würdest das wissen wollen: Die Kollegen konnten ihn in Südtirol festnehmen. Bis dahin reichte das Flugbenzin. Er wird jetzt an uns überstellt. Gruß, PHK Brustmann.

»Bestimmt hasst du mich jetzt«, sagt Hardy und sieht in den Himmel, der heute wieder in schönstem Spätsommerblau leuchtet. Er schluckt am Ende des Satzes.

Sie schüttelt den Kopf.

»Nein, ich glaub nicht. Ich verstehe es bloß nicht. Was er getan hat. Und warum du nicht mit mir geredet hast.«

Hardy stöhnt und spielt am Glas mit dem Eistee herum. Alice zieht es ihm weg. Als sei sie die Mutter. »Hör auf rumzuspielen und sieh mich an«, hätte sie fast gesagt.

»Weißt du, ich war so jung damals, gerade mal 26. Und dann kam Katharina und sagte, sie sei schwanger. Wir waren nicht sehr lange zusammen zu diesem Zeitpunkt. Und ich wusste bereits, dass sie nicht die große Liebe war. Ich hatte es nur noch nicht gesagt. Sie war damals schon oft so, ich weiß auch nicht, so negativ. Fast depressiv. Sie kam aus guter Familie, studierte Deutsch und Spanisch auf Lehramt und ich glaube, sie fand einfach, wir wären so ein schönes Paar. Sie war wahnsinnig hübsch, groß, sehr schlank, hatte lange blonde Haare. Eine echte Traumfrau. Sie wollte mit mir die Welt bereisen und hätte gerne Jetset gespielt, weißt du, auf Jachten abhängen und die Filmfestspiele von Cannes besuchen, so Sachen. Aber irgendwie hatte sie auch was Provinzielles. Manchmal war sie mir richtig peinlich.«

Alice starrt auf die Tischplatte. Es ist besser, wenn sie ihren Vater nicht ansieht, so hat er, mit seiner sonoren Stimme, etwas von einem Märchenerzähler, der von Dingen berichtet, die nichts mit ihr zu tun haben.

»Und als sie dann schwanger war, habe ich es nicht über mich gebracht, sie zu verlassen. Andererseits hatte ich endlich – im dritten Anlauf, das weißt du ja – meinen Eignungstest für die Pilotenausbildung bestanden und wollte, tja, durchstarten. Da passten durchwachte Nächte mit einem schreienden Säugling so gar nicht dazu.«

Er nickt versonnen und Alice bemerkt, dass seine Hand neben dem Glas leicht zittert.

»Tja, und dann habe ich deine Mutter kennengelernt.«

»Beim Sommerfest ihres Wohnheims, ich weiß.«

»Genau, ein Freund hatte mich mitgenommen, ich musste mal raus, Katharina hatte eine anstrengende Schwangerschaft, sie lag viel, unser gesamtes soziales Leben war irgendwie eingebrochen. Die Einzigen, die uns dagegen ständig auf die Pelle rückten, waren ihre Eltern. Und die drängten uns zu heiraten. Schrecklich war das. Das Sommerfest jedenfalls ... du hast das oft genug gehört. Deine

Mutter hat mich damals davor gerettet, selbst depressiv zu werden – da bin ich überzeugt von.«

Er sieht ins Wohnzimmer hinein, wo Dagmar gerade Teller und Besteck auf den Esstisch stellt. Alice wird klar, dass sie sich ihre Eltern nie so vorgestellt hat: als frisch verliebtes Paar, das füreinander die Welt war.

»Ich habe mich noch vor Kais Geburt von Katharina getrennt. Was natürlich grauenhaft war. Ich hatte ständig ein schlechtes Gewissen, war hin- und hergerissen, ob ich das Richtige getan habe, und hätte fast meine Beziehung mit Dagmar versaut. Das wünsche ich echt niemandem! Katharina hat mir nach Kais Geburt häufig Fotos von Kai geschickt oder auch mal nachts angerufen und ihn ins Telefon schreien lassen.«

»Und hast du ihn mal gesehen?«

»Ja, sie hatte darauf gedrängt. Ich kam mir so dämlich vor, wir spielten glückliche Eltern, schossen Fotos und gleich anschließend bin ich unter ihrem wütenden Geschrei abgehauen. Irgendwann hörte sie mit ihren Nachstellungen auf und ich dachte, sie hätte sich beruhigt.«

»Hat sie dann ja wohl auch, oder? Sie ist ja sogar ins Ausland gegangen. Und Sk... Kai ist bei seinen Großeltern geblieben.«

Hardy zieht die Augenbrauen zusammen.

»Hat er das so gesagt?«

Alice nickt.

»Es war kurz nach deiner Geburt, Alice«, fährt Hardy fort und seine Stimme wird leiser. »Katharina hatte davon gehört, dass wir dich bekamen. Und das hat ihr den Rest gegeben. Davor hat sie wohl immer noch insgeheim gehofft, ich würde eines Tages reumütig zu ihr zurückkehren, was natürlich Humbug war. Jedenfalls, sie ist eines Vormittags in den Agilolfenturm am Domberg eingedrungen, sie kannte da so einen Verbindungsstudenten und war da öfter zu Besuch gewesen. Die haben dort so was wie einen Gruppenraum. Sie ist bis ganz hoch unters Dach geklettert und hat sich aus einem der Turmfenster gestürzt.«

»Oh Gott«, entfährt es Alice. »War sie tot?«

»Sie hatte keine Chance. Vor dem Turm ist überall Kopfsteinpflaster.«

»Und Kai kam zu seinen Großeltern?«

»Ja. Und ich schwöre dir, Alice, und das musst du mir jetzt glauben – auch deine Mutter kann es bezeugen: Ich habe alles versucht, um den Jungen wenigstens gelegentlich sehen zu dürfen. Aber Katharinas Eltern hatten einen solchen Hass auf mich – sie haben immer behauptet, ich sei schuld am Tod ihrer Tochter. Ich habe Briefe bekommen, schrecklich! Nur wüste Beschimpfungen und Drohungen! Sie haben nie von Selbstmord geredet, immer nur davon, ich hätte sie umgebracht. Und sie haben mir gerichtlich jeden Umgang mit Kai verboten. Ich durfte mich ihm nicht mal nähern. Da habe ich meine Versuche irgendwann aufgegeben. Dann sind wir hier rausgezogen und deine Mutter und ich waren uns einig, dass wir dieses Kapitel aus unserem Leben einfach streichen wollten.«

»Und du hast nie das Gefühl gehabt, du musst mir erzählen, dass ich noch einen Bruder habe?«

Diesmal dauert es lange, bis er antwortet. Dagmar kommt auf die Terrasse und setzt sich zu ihnen. Sie bleibt stumm, legt aber Hardy die Hand auf den Unterarm. Es ist das erste Mal seit Langem, dass Alice das Gefühl hat, die beiden sind ein Paar.

»Jetzt weiß ich, dass ich es hätte tun müssen. Es hätte uns allen – und vor allem Lunas Familie – großes Unglück erspart. Ich schäme mich, dass ich so feige war. Aber ... ich weiß auch nicht ... ich habe geglaubt, wenn wir nicht darüber reden, dann ... würden wir die Geister der Vergangenheit nicht beschwören. Ich dachte, nichts passiert, wenn ich nichts sage. Ich kann nicht ausdrücken, wie leid mir das tut.«

Alice starrt lange auf die Bodenplatten unter ihren Füßen. Ihre Gefühle fahren Achterbahn. Sie versteht ihn, irgendwie versteht sie ihn. Aber ... verzeihen kann sie ihm nicht. Noch nicht. Dass er so blauäugig gewesen ist, so feige.

»Ich schwöre dir«, fährt er fort. »Ich weiß erst seit Mittwoch, dass Sky Kai ist.«

»Seit deinem Treffen mit Luna.«

»Ja, ich war danach so ... ich konnte es nicht glauben. Ich dachte, ich könnte mich ihm langsam annähern und in Ruhe mit ihm reden. Ich hätte nie gedacht, dass er solche ... solche Rachegedanken hegte. Jetzt ist mir klar: Er wollte dich umbringen, um mich zu quälen. Er wollte mir das Liebste ...«

Er senkt seinen Blick, aber Alice sieht die Tränen trotzdem. Sie hat ihren Vater noch nie weinen sehen. Dagmar zieht ein Taschentuch aus ihrer Hosentasche und reicht es ihm. Fahrig wischt er sich über die Augen.

»Aber warum Luna?«, fragt ihre Mutter dann.

»Es war ein Versehen. Zuerst hatte ja ich den präparierten Fallschirm.«

Alice fühlt sich, als ob ein zentnerschwerer Stein auf ihre Brust drückt. Es ist alles vorbei, sagt sie sich. Alles vorbei. »Wenn du nicht gesehen hättest, dass es kein Schülerschirm war, wäre ich damit gesprungen. Ganz klar. Und ich bin sicher, er hatte ebenso den Fallschirm präpariert, mit dem Neil solche Probleme hatte. Auch mit dem wäre ja eigentlich ich gesprungen. Und unerfahren, wie ich bin, wäre das bei mir bestimmt übler ausgegangen.«

»Ich mache mir solche Vorwürfe, dass ich nicht darauf gekommen bin, was er vorhat. Dann würde Luna noch leben!«

»Das konnte keiner wissen. Aber wieso hat Luna überhaupt von Kai gewusst?«, fragt Alice.

Hardy greift nach Dagmars Hand. Gedankenverloren knetet er ihre Finger, bis sie ihm diese entzieht.

»Ich habe Luna als Kollegin immer sehr geschätzt!«, sagt er. »Aber ich habe nie auch nur im Traum daran gedacht, irgendwas mit ihr anzufangen. Das mal vorab. Wir mochten uns – mehr nicht. Als wir das letzte Mal zusammen in Indien waren, sind wir gemeinsam essen gegangen und haben uns sehr viel Persönliches erzählt. Ich weiß nicht, warum, aber diese Geschichte mit Kai kam an diesem Abend irgendwie zur Sprache. Ich habe nicht lange nachgedacht und ihr einfach davon erzählt, habe auch seinen Namen erwähnt. Es tat ... gut! Kurz danach, während ihres Urlaubs, als du schon in der Schule gearbeitet hast, rief sie mich an und hat mich um ein Treffen gebeten. Da erzählte sie mir, dass du, Alice, ohne zu fragen, mit Sky Sprünge absolviert hattest. Und diese Sprünge waren auch bezahlt worden. Sie hatte sich das im Büro angeschaut und festgestellt, dass sie nicht von mir, sondern von einem Kai Engelking bezahlt worden waren. Das fand sie seltsam. Sie hat ein bisschen recherchiert und herausgefunden, dass Sky jener Kai Engelking ist, der aus einer bekannten Freisinger Unternehmerfamilie stammt und dessen Mutter Selbstmord beging, als er noch ein Kleinkind war. Da hat sie zwei und zwei zusammengezählt.«

»Aber warum habt ihr euch gestritten? Das war auf dem Video eindeutig zu sehen.«

Hardy steht auf, geht nervös auf und ab und bleibt hinter seinem Stuhl stehen. Er klopft mit dem Fingerknöchel auf die Lehne und sieht ins Nirgendwo. Was jetzt kommt, fällt ihm offensichtlich schwer auszusprechen.

»Sie wollte mich überreden, dir sofort alles zu sagen und mich auch Kai zu offenbaren. Wir haben ja beide nicht geahnt, dass er längst wusste, wer ich bin. Ich dachte, seine Großeltern hätten ihm nie gesagt, wer sein Vater ist. Ich war dazu noch nicht bereit. Über unseren gemeinsamen Fallschirmsprung wollte ich mich ihm vorsichtig nähern. Bevor Luna klar wurde, wer er wirklich ist, hatte sie gedacht, alles, was seit deiner Ankunft in der Sprungschule geschehen war, hätte damit zu tun gehabt, dass er sie mit dir eifersüchtig machen wollte. Sie dachte, er hoffte immer noch darauf, dass sie seine Liebe irgendwann erwidern würde. Was sie niemals wollte. Weil sie von Anfang an gespürt hatte, dass mit ihm etwas nicht stimmte.«

»Und Luna hat deine Wünsche respektiert. Sie war echt sauer – ich dachte, auf mich. Aber sie war auf dich sauer, weil … du so ein … so ein Feigling warst.«

»Alice, bitte …«, sagt Dagmar, doch Hardy winkt ab.

»Sie hat recht. Wenn ich nicht so ein Feigling gewesen wäre, würde Luna noch leben … vermutlich. Aber ich konnte ja nicht ahnen, wie Kai drauf war. Ich habe gedacht, er ist ein netter Kerl.«

»Und …« Alice spürt, wie schwer es ist nachzufragen. Aber wenigstens will sie nichts mehr unter den Teppich kehren. »Als Luna dann tot war – warum hast du da nichts gesagt?«

»Wann denn?« Seine Stimme wird zum ersten Mal laut. »In der Nacht nach dem Unfall? Du warst so … voller … ja, voller Hass, anders kann ich das nicht sagen. Ich wollte mit dir reden, aber du hast mich fortgeschickt. Und dann kam die Kommissarin und du bist weggelaufen. Außerdem – es hat auch bei mir gedauert, bis ich mir alles zusammengereimt hatte.«

Alice sieht betreten auf ihre nackten Füße. Ja, er hat ja recht.

»Aber du hast dir ein Alibi für den Abend verschafft, an dem der Fallschirm manipuliert wurde«, fällt ihr dann ein.

»Das war blöd, ich weiß. Ich war durcheinander, ich wollte nicht zugeben, dass ich so kurz davor mit Luna gestritten hatte. Es wäre nicht zu meinen Gunsten ausgelegt worden.«

»Du hättest ja gleich sagen können, dass Sky dein Sohn ist.«

»Am Anfang habe ich die Zusammenhänge nicht begriffen. Erst in der Untersuchungshaft. Die schlimmsten Stunden meines Lebens«, sagt er leise.

»Meine auch.« Laut, sehr laut kommt das, direkt aus ihrem tiefsten Innern. Sie steht auf, muss sich bremsen, nicht einfach fortzulaufen.

»Entschuldige, ich brauche jetzt einfach etwas … Ruhe.« Sie geht ins Haus, fühlt Bedauern. Einsamkeit. Missverständnis. Trauer. Ob man das, was ein anderer durchgemacht hat, jemals ganz verstehen kann? Sie bezweifelt es.

Sie schließt die Tür ihres Zimmers leise hinter sich und

lässt sich in ihren grünen Sessel sinken. Über die gekippte Balkontür hört sie ihre Eltern reden. »Lass sie«, hört sie. Und »Sie wird sich beruhigen«. Und »Wir müssen das alle erst verkraften«.

Sie zieht etwas hinter ihrem Rücken hervor, das sie stört. Sie sieht ihn irritiert an. Hardy muss ihn zurück in ihr Zimmer gelegt haben. Den abgewetzten Teddybären. Der die traurige Kindheit seines Besitzers hautnah miterlebt hat. Und der weichen musste, als könne er finstere Erlebnisse wie ein schlechtes Karma weitergeben an den nächsten Eigentümer. An Alice. Hat er einen Beweis beibringen wollen, dass sie einen Bruder hat? Sie hat sich nie Geschwister gewünscht. Niemals. Und auch jetzt wünscht sie sich, es würde Kai nicht geben. Aber er ist da – irgendwo da draußen, vermutlich in einer Gefängniszelle. Ob er enttäuscht ist, dass sein Racheplan nicht funktioniert hat? Ob er ihr immer noch nach dem Leben trachtet? Sie verspürt keine Angst bei dem Gedanken. Sie wünscht ihm nur, dass es ihm gelingen wird, Frieden mit sich zu schließen – und mit ihr.

14. Kapitel

Drei Monate später

Vom Himmel fallen große, schwere Flocken. Obwohl es erst Mitte November ist, riecht die Luft nach Schnee und Alice hakt sich bei Remus ein. Sie hat keine Handschuhe dabei und jetzt nimmt er ihre Finger und rubbelt sie kräftig. Auf der Steinernen Brücke bleiben sie stehen, wenden sich einander zu und sie sieht, jedes Mal aufs Neue fasziniert, in seine lagunenblauen Augen. Genau wie die seiner Schwester. Seine Nasenspitze nähert sich ihrer, dann seine Lippen ihrem Mund. Sie hat bis vor Kurzem nicht geahnt, dass es Jungs gibt, die so gut küssen können. Vielleicht muss man durch ein tiefes Tal des Verlustes und der Trauer gegangen sein, um so zu küssen. Aber das ist eine gewagte These. Und außerdem wirkt Remus im Moment sehr fröhlich.

»Ich bin froh, dass du am Wochenende nicht heimfahren musst«, schreit er und küsst sie gleich noch mal. Unter ihnen tost die Donau und die Baufahrzeuge der Brückensanierung steigern den Lärm zusätzlich. Sie gehen weiter in Richtung Altstadt. Nach etwa 20 Minuten Fußmarsch werden sie das Internat erreichen, das Alice seit Anfang des Schuljahres besucht. Dort steht Remus' Vespa – das Erbe seiner Schwester, das sie gemeinschaftlich nutzen.

Die Entscheidung für Regensburg ist Alice leichtgefallen.

Ihre Eltern haben sich zunächst gesträubt. Sie so kurz vor dem Abitur noch die Schule wechseln zu lassen, erschien ihnen zu riskant. Doch Alice hat ihnen klarmachen können, dass ein gewisser Abstand allen guttun würde.

Sie kann nicht sagen, wie sie auf Regensburg gekommen ist. Natürlich ist es praktisch – nicht zu weit und nicht zu nah der alten Heimat. Tessas Großeltern wohnen hier und so treffen sie sich gelegentlich in echt – nicht nur via Skype. Und sie ist tatsächlich froh, dass sie ihre Eltern höchstens am Wochenende sieht. Das alte Vertrauensverhältnis ist noch nicht wiederhergestellt. Sie ertappt sich dabei, wie sie jeden von Hardys Sätzen auf die Goldwaage legt. Ist er aufrichtig zu ihr?

Dass Remus in Regensburg lebt, ist ihr erst klar geworden, als sie sich in der Schule angemeldet hat. Sie haben sich auf Lunas ergreifender Beerdigung nur ganz kurz gesehen und in den Wochen danach ein paarmal telefoniert. Es waren lange Gespräche und sie hatte das Gefühl, sie war die Einzige, mit der er so offen reden konnte. Aber wiedergesehen hatten sie sich nicht. Sie war nicht sicher, ob er nicht in seinem Innersten doch einen Groll gegen sie hegte und sie mitverantwortlich für das machte, was seiner Schwester geschehen war. Als sie dann jedoch in Regensburg ins Internat einzog, war es selbstverständlich gewesen, dass er ihr beim Hochschleppen ihrer Koffer und Kisten half. Dagmar und Hardy waren gleich begeistert von diesem »netten jungen Mann«. Alice revanchierte sich bei ihm mit einer Einladung in den Biergarten und ihre Vermutung entpuppte sich schnell als Hirngespinst. Mit der Zeit wurden die WhatsApp-Nachrichten, Telefonate und Treffen immer häufiger und länger. Und irgendwann hatten sie sich zum ersten Mal geküsst. Nein, nicht irgendwann: Vor sechs Wochen und vier Tagen, um genau zu sein. Auf der Steinernen Brücke. Abends um halb zehn. Als Alice schon längst im Internat hätte sein müssen.

Auch heute müssen sie sich beeilen, wie immer ist ihre wenige freie Zeit viel zu schnell vergangen und Alice will nicht schon wieder eine Ermahnung wegen Zuspätkommens riskieren. Sie winkt ihm hinterher und schlingt dann die Arme um sich, ihn bereits vermissend, während Remus auf der Vespa davonfährt und ihn die Altstadtgassen verschlucken. Fröstelnd läuft sie möglichst unauffällig an der Pforte vorbei und huscht zu ihrem Zimmer hinauf, dass sie mit Marita teilt, einer äußerst witzigen und netten Klassenkameradin.

Schon als sie die Tür öffnet, entdeckt sie den dicken Umschlag auf ihrem Bett. Marita ist vermutlich gerade beim Duschen oder so etwas, jedenfalls ist Alice allein. Und froh darüber. Denn ihre Finger zittern, als sie den Brief öffnet. Ihr ist sofort klar, von wem er kommt, noch bevor sie den Absender gelesen hat.

Liebe Alice, liest sie. Kai hat eine Schrift auf dem Computer ausgewählt, als schreibe er einen Roman.

Ich weiß nicht, wie oft ich diesen Text hier umformuliert habe. Bitte betrachte ihn auch jetzt nicht als endgültig. Sicher werde ich in den nächsten Wochen, Monaten, Jahren ständig Erkenntnisgewinn erleben. Zumindest hoffe ich das. Aber ich dachte mir, es wäre an der Zeit, diesen Brief abzuschicken, um dir ein paar wichtige Dinge zu sagen. Ich wünsche mir nichts mehr, als dass du dir die Zeit nimmst, meine Zeilen zu lesen. Ich erwarte keine Antwort von dir. Auch nicht, dass du mir verzeihst. Gib mir allein die Chance, gehört zu werden. Von dir. Meiner Schwester.

Wenn wir uns begegnet wären, ohne dass ich gewusst hätte, wer du bist – glaube mir, ich hätte dich gemocht. Du bist mutig, klug und bestimmt keine verwöhnte Prinzessin. Und hübsch bist du außerdem. Aber ich hatte nie die Chance, dich so kennenzulernen. Ich wusste, als wir uns das erste Mal gegenüberstanden, wer du bist. Ich sah dein Interesse an mir in deinen Augen aufleuchten – die das gleiche Braun haben wie meine. Ist dir das aufgefallen? – und ich spürte so etwas wie Genugtuung. Ich würde dich ganz in meine Hand bekommen und ich würde endlich Rache nehmen können. Du warst dabei nur ein Zufallsobjekt, das ich herumschieben würde, wie es mir gefiele. So hatte ich gedacht. Du warst nur es, das Mädchen, das mir fortgenommen hatte, was mir zustand: den Vater.

Er war so etwas wie ein finsterer Gott, der mein Leben in Trümmer gelegt hatte und den ich von seinem Thron stürzen wollte. Er sollte all den Schmerz fühlen, den er mir zugefügt hatte. Und wie ginge das besser, als ihm das Liebste zu nehmen, was er besitzt: dich.

An meine Mutter habe ich beinahe keine Erinnerung. Eine einzige nur. Ich stehe in der Tür des Kindergartens, sie kniet vor mir, auf Augenhöhe. Sie lächelt und ich weiß, dass sie selten lächelt. Gleichzeitig sind ihre Wangen nass von Tränen. Ich tippe mit den Fingerspitzen auf die Tränen, lutsche sie ab. Sie schmecken salzig. Meine Mutter drückt mich so fest, dass ich fast keine Luft bekomme. Sie summt das Lied, das sie mir zum Schlafengehen vorsingt, ein Volkslied aus Guatemala. José hat es dir beigebracht.

Es fiel mir erst wieder ein, als ich es ihn singen hörte. Sie hat es lange vor meiner Geburt bei einem Praktikum dort gelernt. Dann steht sie auf und geht weg. Ich wende mich um und eine Erzieherin nimmt mich an die Hand. »Nachher kommt die Mami dich ja wieder abholen«, sagt sie und ich weiß, dass es nicht stimmt.

Sie kam nicht wieder. Sie war gegangen, um sich in den Tod zu stürzen.

Wer kam, waren meine Großeltern, alte, finstere Menschen, verbittert und konfrontiert damit, den Tod des einzigen Kindes zu verkraften und sich um dieses Enkelkind zu kümmern, das schnell aggressiv wurde und zu Wutausbrüchen neigte. Das Enkelkind, das sie nicht gewollt hatten. Nicht von diesem Mann, der ihre Tochter im Stich gelassen hatte. Ich wuchs auf in dem Glauben, dass mein Vater ein böser, tyrannischer, selbstsüchtiger und Frauen hassender Mensch sei. Meine Großeltern taten alles, damit er mich nicht zu Gesicht bekam. Mir vermittelten sie, sie würden mich vor ihm beschützen. Er würde mich entführen und ins Ausland verkaufen, sagten sie. Er würde mich ihnen wegnehmen und mich für immer in den Frachtraum eines Flugzeugs sperren. Er würde mich nachts aus meinem Zimmer stehlen und bei lebendigem Leib verspeisen. Zumindest stellte ich mir das so vor. Vielleicht war es einfacher, ihn zu dämonisieren, als seine schlichte Abwesenheit zu verzeihen.

Zu meinen Großeltern hatte ich nie ein enges Verhältnis. Ich glaube, wir waren alle erleichtert, als ich mit elf ins Internat gehen konnte. Über diese Zeit will ich mich jetzt nicht auslassen, ich könnte Bücher schreiben – allein über die Qualen, die uns Frischlingen im ersten Jahr angetan wurden. Nur eines: Im Internat habe ich ein dickes Fell bekommen, und als ich zu den Älteren gehörte, ging ich auch nicht gerade zimperlich mit den Jüngeren um. Kurz bevor ich das Abitur hatte, starben meine Großeltern. Beide. Im Abstand von wenigen Wochen. Er Schlaganfall, sie Herzinfarkt. Oder Medikamentenüberdosis. Das wurde nie geklärt. Und ich erbte alles inklusive des großen Hauses mit den düsteren Möbeln. Auch wenn sie mir meinen Vater vorenthalten hatten, so lag noch immer ein Brief bereit, den meine Mutter kurz vor ihrem Tod geschrieben hatte. Ich fand ihn hinter einem Bilderrahmen mit ihrem Porträt, das über dem Kamin gestanden hatte. Der Brief roch rußig, als ich ihn öffnete. Sie hätten ihn mir zu meinem 18. Geburtstag geben sollen. Ich weiß nicht, ob sie es vergessen hatten – ich vermute eher, sie wollten ihn mir nicht geben. Denn es stand genau das darin, was sie mir nie hatten mitteilen wollen: der Name meines Vaters. Sie hatten schlichtweg Angst, ich würde herausfinden, dass er kein Monster war, kein böser Kinderfresser, sie dagegen die treibende Kraft darin, ihn von mir fernzuhalten. Doch ich war weit davon entfernt, das herauszufinden. Meine Mutter schilderte ihn als Verräter, der sie wegen einer anderen Frau – deiner Mutter – im Stich gelassen hätte. Ich konnte das tatsächlich verstehen und mein Hass wuchs weiter.

Ich hatte schnell herausgefunden, wo Hardy Bohrmann lebte. Lange wusste ich nicht, was ich mit diesem Wissen anfangen sollte. Einfach hingehen? Konnte ich mir nicht vorstellen.

Die Schule hatte mich nicht darauf vorbereitet, dass ich mich an ihrem Ende auf den Weg in mein eigenes Leben machen musste. Ich war komplett überfordert – ich hatte genug Geld bis ans Ende meiner Tage, aber keine Ahnung, was ich anstellen sollte. Auf ein Studium hatte ich keine Lust. Also beschloss ich, erst mal das Haus meiner Großeltern, bis zur Dachkammer mit schlechten Erinnerungen vollgestopft, zu verkaufen und mir etwas Eigenes zuzulegen. Du kennst das Ergebnis.

Doch ich spürte, wie ich von Tag zu Tag gelangweilter wurde. Irgendwann fiel mir das Plakat der Sprungschule auf und ganz spontan bin ich dorthin. Nach dem ersten Sprung wusste ich, was ich mit dem Rest meines Lebens anstellen wollte. Du hast es erlebt – vielleicht kannst du in Ansätzen nachempfinden, was mich erfasste. Dort oben, als ich aus dem Flugzeug fiel – da vergaß ich zum allerersten Mal diese ganze fiese Scheiße. Ich war frei – so lange, bis meine Füße den Erdboden berührten. Ich musste das wieder und wieder haben, immer wieder. Und es war das erste Mal, dass ich so was wie ein Erfolgserlebnis hatte. Jürgen und die anderen lobten mich, sie wurden zu Kumpels, sie akzeptierten mich.

Irgendwann in dieser euphorischen Anfangszeit beschloss ich, es wäre Zeit, mit Hardy Kontakt aufzunehmen. Ich fühlte mich stark und selbstsicher. Es sollte ein Überraschungsbesuch werden, weil ich sehen wollte, wie er spontan reagieren würde. Also fuhr ich zu eurem Haus. Ich blieb lange im Auto sitzen, ein wenig entfernt, sodass ich die Tür im Blick hatte. Und plötzlich kamst du. Auf dem Fahrrad. Du warst noch nicht abgestiegen, da ging die Tür auf und Hardy kam heraus. Ich konnte erkennen, wie ein Strahlen in seinem Gesicht erschien, als er dich sah. Er breitete die Arme aus und du flogst hinein. Auch du sahst glücklich aus und ich habe dich ab diesem Moment ge-

hasst. Ihn sowieso. Ihr ward das Abbild dessen, was ich nie gehabt hatte. Umarmungen? Freude? Glück sogar? Hatte es in meiner Kindheit nicht gegeben.

Ich startete sofort den Wagen und raste zurück in mein großes, leeres Haus mit dem Bett voller Kuscheltiere – alle aus meiner Kindheit. Ich würde eure Scheiß-Idylle zerstören – das war das Einzige, was in mir Platz hatte. Ich wusste nicht, wie, aber ich würde es tun. Warten konnte ich, das hatte ich bis zum Erbrechen gelernt.

Die Begegnung mit Luna in der Sprungschule lenkte mich ab. Ich war noch nie richtig verliebt gewesen, doch sie wollte ich unbedingt. Am Anfang lief auch alles wunderbar, dann ging sie plötzlich auf Abstand. Sie wünschte sich, wir sollten Freunde sein, mehr nicht. Ich wollte das nicht akzeptieren und hab ihr blöde E-Mails geschrieben. Immerhin habe ich es nach ein paar Monaten geschafft, ihr wieder einigermaßen normal zu begegnen. Und dann – tauchte Hardy bei uns auf. Mit ihr. Es war ein doppelter Schock: Sie hatte vorher nie einen Mann mitgebracht – und dann war es auch noch mein Vater. In meinem Kopf ging wieder diese Mühle los – was könnte ich tun?

Zuerst hatte ich überlegt, seinen Fallschirm zu manipulieren, damit er einfach vom Antlitz dieser Erde ausgelöscht werden würde. Aber je öfter ich ihn von dir reden hörte, umso klarer wurde mir, dass ich ihm dich nehmen musste.

Am Anfang gab es nicht wirklich einen Plan. Ich wollte zunächst Aufruhr verbreiten, Unsicherheit. Weißt du noch, das Foto, das ich Hendrik habe zukommen lassen – du in den Armen dieses Marvin? Es war so einfach! Und du warst so unglücklich und dein Vater gleich mit. Es gab mir ein Gefühl von Überlegenheit, über den Mann, der – so war ich sicher – meine Kindheit zerstört hatte. Ich drang mehrmals in euer Haus ein, aber erst, als er dich für den Tandemsprung anmeldete, brodelte es so richtig in mir. Du würdest hier springen! Das war ein Geschenk – vor allem an mich. Und du warst so dankbar für alles, was ich für dich tat. Du hast mir vertraut. Warum auch nicht? Du bist in deinem ganzen Leben bestimmt nie Menschen begegnet, denen du nicht hättest vertrauen können. Du wärst nie auf die Idee gekommen, dass ich dir Böses wollte. Du hast mich in deinen Kummer eingeweiht, hast mir deine Pläne erzählt, sodass es mir ein Leichtes war, dir einen Schritt voraus zu sein. Was meinst du zum Beispiel, warum Hendrik dich an der Bushaltestelle angegriffen hat? Deshalb: Ich habe ihm einen gefakten Facebook-Link zukommen lassen, in dem du ihn verhöhnst. Und deinen aktuellen Standort konnte er dort auch erkennen. Et voilà, *schon kam er angetuckert.*

Wer störte, war Luna. Irgendwann begann sie mit dem Versuch, uns voneinander fernzuhalten. Ich habe mich zuerst gefragt, warum. Aber dann wurde mir klar, dass sie irgendwie herausgefunden haben musste, in welchem Verhältnis Hardy und ich und damit auch wir zwei standen. Und du – mein Gott, du warst so sauer auf sie.

Ich wusste allerdings, ich musste mich beeilen – du müsstest aus der Welt verschwinden, bevor dir Hardy die Wahrheit über mich gesagt hätte. Also bin ich an diesem Mittwochabend in die Sprunghalle und habe mich oben im Gerätelager über der Halle versteckt, einen Fallschirm zwischen den Fingern – den ich manipuliert habe. Für dich. Und plötzlich tauchten unten Hardy und Luna auf. Und stritten. Ein echtes Geschenk! Natürlich gibt es keine Überwachungskameras an oder in der Halle. Ich habe erst die beiden und dann dich mit meinem Handy gefilmt. Den Bildern dann diesen Überwachungslook zu verpassen, war am Computer kein Problem. Ich wusste noch nicht, wem ich was in die Schuhe geschoben hätte, wenn du tatsächlich zu Tode gekommen wärst – aber ich war froh, »Beweise« zu haben. Mein Fehler, im Dunkeln keinen Schülerschirm gegriffen zu haben, hat glücklicherweise wenigstens dir das Leben gerettet.

Als dann Luna abstürzte, was ich wirklich zutiefst bereue, erkannte ich, wie einfach es nun war, dir oder Hardy die Schuld daran in die Schuhe zu schieben. Du selbst hast mich auf gleich zwei wunderbare Motive gebracht – die Polizei hätte angenommen, du hättest aus Eifersucht gehandelt. Deine Anwesenheit in der Halle hätte das untermauert. Oder deine eigene Theorie: Hardy und Luna waren ein Paar, aber er wollte seine Familie nicht für sie aufgeben. Daher der Streit.

Inzwischen weiß ich, dass Hardy mich nicht überfahren wollte, dass es ein Versehen war. Aber zu dem Zeitpunkt dachte ich, er wolle mich wirklich umbringen, weil ihm klar geworden war, dass ich es auf dich abgesehen hatte. Für einen Vater eine verständliche Reaktion. Doch im Krankenhaus war ich nur noch von einem Gedanken beseelt: Ich musste es hinter mich bringen, sonst wäre es zu spät, sonst würde die Polizei mich verhaften. Hardy würde offenlegen, wer ich war. Ich hatte sowieso schon geplant, mich ins Ausland abzusetzen, aber ich wollte es ein letztes Mal versuchen – aller guten Dinge sind schließlich drei.

Alice, ich weiß, ich habe dir die schlimmsten Stunden deines Lebens beschert, und dafür gibt es keine Entschuldigung. Wenn ich sage, es tut mir leid, hilft dir das nicht wei-

ter. Dich um Verzeihung zu bitten, traue ich mich nicht. Ich weiß um die Kraft der Vergebung – denn ich habe vergeben. Ich habe meiner Mutter vergeben, die sich aus meinem Leben stahl. Ich habe meinen Großeltern vergeben, die überfordert waren und einen Schuldigen brauchten, um ihr eigenes Versagen erträglich zu machen. Es war harte Arbeit. Wenn es dir eines Tages gelingen sollte, mir zu vergeben, dann wäre ich glücklich, wenn du es mich wissen lässt.

Wo immer du jetzt bist: Ich wünsche dir ein Leben, in dem du wieder Vertrauen haben kannst. Und Menschen um dich herum, die dich lieben. Denn wenn das fehlt, kann die Erde schon mal ein Platz in der Hölle werden.

Always Blue Skies!
Dein Bruder Kai

Alice wischt sich Tränen von der Wange und kuschelt sich in ihr Bett. Über diesen Brief wird sie morgen in Ruhe nachdenken. Mit tatsächlich einem hat Kai recht: Ohne Liebe wäre die Erde tatsächlich ein Platz in der Hölle. Etwas Warmes durchflutet ihren ganzen Körper. Wie froh sie ist, nein, wie glücklich, dass ihre Eltern sie immer haben spüren lassen, wie sehr sie sie lieben.

Gleich morgen wird sie zu Hause anrufen. Einfach mal fragen, wie es ihnen geht.

Das Böse hat seine guten Seiten – Die Arena Thriller

Tamina Berger

Elfengift

Leni freut sich auf die Ferien am Meer, ohne Eltern in der Strandhütte ihrer Tante. Nicht mal ihr Halbbruder Christopher, der plötzlich auftaucht, kann ihr die Ferien vermiesen. Doch schon bald merkt Leni, dass etwas mit der Hütte nicht stimmt: Nachts hört sie Geräusche, und Albträume suchen sie heim. Leni weiß nicht, dass an diesem Ort eine Gefahr lauert, der sie längst zu nahe gekommen ist.

Nora Miedler

Funkentanz

Emilia hat vergessen, wer sie ist. Als sie mit einer Gehirnerschütterung im Krankenhaus erwacht, erinnert sie sich weder an das Datum noch an ihr Spiegelbild. Von den beiden Fremden, die sich ihr als Vater und Mutter vorstellen, weiß sie genauso wenig wie von dem Brand, der ihr Zuhause zerstört hat. Was ist geschehen und warum weigern sich alle so beharrlich, ihr etwas von ihrer Vergangenheit zu erzählen? Erst als eine alte Freundin auftaucht, beginnt Emilia zu begreifen, in welcher Gefahr sie schwebt.

272 Seiten • Klappenbroschur
ISBN 978-3-401-60026-0
Beide Bände auch als E-Books erhältlich

Arena

240 Seiten • Klappenbroschur
ISBN 978-3-401-06922-7
www.arena-thriller.de
www.arena-verlag.de